新歳時記

新年

軽装版

平井照敏 編

河出書房新社

凡例

一、季を春・夏・秋・冬の四季に新年を加えて五つに区分し、春・夏・秋・冬・新年の五分冊とした。

一、歳時記においては、春は立春の日より立夏の前日まで、夏は立夏の日より立秋の前日まで、秋は立秋の日より立冬の前日まで、冬は立冬の日より立春の前日までとするのが通例であり、本歳時記もそれにしたがう。この四季の区分は、陰暦の月では、大略、春＝一月・二月・三月、夏＝四月・五月・六月、秋＝七月・八月・九月、冬＝十月・十一月・十二月ということになり、陽暦の月では、大略、春＝二月・三月・四月、夏＝五月・六月・七月、秋＝八月・九月・十月、冬＝十一月・十二月・一月ということになる。以上はきわめてまぎらわしいが、明確に解説するよう努めた。

一、新年は、正月に関係のある季題をあつめた部分だが、一月はじめという正月の位置のために、冬または春とまぎらわしい季題が生じた。これらはその都度、配置に最善を尽した。また、旧正月は陽暦の二月にあたり春と考えられるものだが、正月とのつながりを考えて新年に含めた。

一、各項目は、季題名、読み方、傍題名、季題解説、本意《ほい》、例句の順序で書かれている。本歳時

記の特色となるのが「本意《ほい》」の項で、その季題の歴史の上でもっとも中心的なものとされてきた意味を示し、古典句の代表例をあげている。

一、例句は近代俳句・現代俳句の中からひろく採集したが、例句中、季題の特徴をもっともよくあらわしていると思われる一句に＊を付した。これも本歳時記の特色である。

一、各巻の巻末には五十音順索引を付した。なお新年の部の巻末には、季語論（五編）および行事・忌日一覧表、二十四節気七十二候表、総索引を加えた。

＊本書の情報は一九九六年一二月現在のものです。

目次

生活

行事

動物

植物

本文カット　立花志津子

新歳時記

新年

時候

新年《しんねん》

年新た　年頭　年始　初年《はつとし》　明くる年　新歳　新しき年　新玉の年　新玉　年立つ　来たる年　年越ゆる　年変る　年明く　年改まる　年の端　年の始

一年のはじめ。陰暦では新年と春がほぼ一致していたので、春というと新年のことであった。また、数え年の習慣があって、新年とともに、一歳年が加わったので、新年はとくに祝われ、慶賀され、尊重された。その気持は今日でも続いて残っている。山村には古来の行事が伝わり、今日でもおこなわれている。〈本意〉『万葉集』の大伴家持の歌にも「新しき年の始めの初春の今日降る雪のいやしけ吉事《よごと》」があり、年頭のめでたさがうたわれている。『無言抄』に「〈あら玉〉は、改の字の心なり」とある。年が改まる身のひきしまる新しさを祝うこころである。芭蕉に「春立つや新年古き米五升」、士朗に「としつむや年々に年の美しき」、一茶に「年立つやもとの愚が又愚にかへる」がある。

*年改まり人改まり行くのみぞ　高浜　虚子
年立つや音なし川は闇の中　久保田万太郎
ふるさとのころ柿食うべ年迎ふ　臼田　亜浪
ひそかなる枯菊に年改る　松本たかし
新年の山重なりて雪ばかり　室生　犀星
新年を見る薔薇色の富士にのみ　西東　三鬼

犬の鼻大いにひかり年立ちぬ　加藤楸邨
年いよよ水のごとくに迎ふかな　大野林火
年明くとベッドに凭りて足袋はけり　石田波郷
あら玉の年の始めの眼鏡拭く　林原耒井
鷲下りて雪原の年あらたなり　山口草堂
新年の言《こと》云はず背と旅にゐる　石橋秀野
年あたらし炭の火となる音にゐて　西垣　脩
雪に音楽雪に稲妻年始まる　加藤知世子
年来たる如何な年ぞと頭上ぐ　天野莫秋子
年立つて自転車一つ過ぎしのみ　森　澄雄
をのこ子の小さきあぐら年新た　成田千空
これからは引算ばかり年迎ふ　清水基吉
世に借りしもの大いなり年迎ふ　目迫秩父
体重計に少女の重み年新た　尾高惇子
年新た鶏の動悸をてのひらに　香取哲郎
年迎ふちちははありし日の遠く　武石佐海
理容師も髪整えて年迎う　小山内湲声
禽獣に声をやさしく年はじめ　今川凍光
テレビ・ショー果ててふわふわ年変る　守田椰子夫
雑木山小鳥きて年重ねけり　村上しゆら

初春《はつはる》

明の春　今朝の春　千代の春　花の春　玉の春　新春《しんしゅん》　迎春　四方《よも》の春

陰暦の正月は立春をもとにしているので、新年は春とされた。陽暦になれば、一月は冬のさなかだが、まだ昔の習慣がのこって、初春を新年とする考え方が続いている。語感にも新年を祝う気持がこもっている。〈本意〉『改正月令博物筌』に「春立つ日より三五日の間をいふ」とあるが、その初春は、大伴家持の歌の「新しき年の始めの初春の今日降る雪のいやしけ吉事《よごと》」という、雪にもめでたさを感ずるこころである。芭蕉に「春立ちてまだ九日の野山かな」「誰やらが形に似たり今朝の春」「二日にもぬかりはせじな花の春」「薦を着て誰人います花の春」「かぴたんもつくばはせけり君が春」、其角に「日の春をさすがに鶴の歩みかな」「鐘一つ売れぬ日はなし江戸

の春」、去来に「初春や家に譲りの太刀はかん」、蕪村に「かつらぎの紙子脱がばや明の春」、一茶に「這へ笑へ二つになるぞけさからは」「青空にきず一つなし玉の春」「目出度さもちう位なりおらが春」がある。現代より、古典に作例の多い季題である。

*明の春弓削道鏡の書が好きで　高浜　虚子
炭斗に炭も満ちたり宿の春　松本たかし
古馬車に痩馬つけて御者の春　同
年寄れど娘は娘父の春　星野　立子
新春向きのネクタイは結んで見せる　加倉井秋を
今朝の春白きものみな病む翳もつ　窪庭　忠雄
初春や酒器に冷えたる酒もよし　村田　脩
はつ春のますほの小貝とはやさし　田平龍胆子
初春の風にひらくよ象の耳　原　和子
初春の禰宜の袴のうすみどり　小松　和哉

正月《しやうぐわつ》　一月　お正月　元月　端月《たんげつ》　初月《しよげつ》　嘉月　歳首　歳始　歳初

一年の最初の月。冬の最後の月で、ほとんど寒の内である。月はじめに小寒、なかばすぎに大寒に入る。天気は西高東低の冬型で、さむい。太平洋側は乾燥し晴天、日本海側は湿潤多雪である。陰暦の正月は睦月、陽暦の正月は一月だが、区別して使わねばならない。〈**本意**〉『年中故事要言』に「今月を正月といふは、……字彙に曰、元は大なり。また、善の長なり。また、首なり、始なり。人君極を立て年を改む。一年といはずして元年といふ。毎歳首月を、一月といはずして、正月といふ。正月一日を元日といふ。けだし、人君、元に体して、もつて正に居らんことを欲す」とある。はじめの月であることで、身を正して、年をはじめようとしたわけである。

霜除に菜の花黄なりお正月　村上　鬼城
正月の雨夜の客につぐ火かな　長谷川春草

*正月や胼の手洗ふねもごろに　杉田　久女
正月や一歯欠けたる妻の顔　佐野青陽人
正月の小川跳び越え旅の夫婦　沢木　欣一
正月の和服つめたき襟合す　百合山羽公
足のべて正月古き畳かな　松岡　草羊
足くさるまで正月を医師読みたし　平畑　静塔
正月を装ひて猿と戯るる　山口波津女
琅玕や一月沼の横たはり　石田　波郷
大粒の雨正月の闇うがつ　角川　源義
正月晴汽車が見たくて岡に登る　村越　化石
正月や過ぐれば只の日数のみ　石塚　友二
正月日和母にうぶ毛を剃られけり　太田　鴻村
正月や木曾には木曾の手まり唄　仁村美津夫
正月の山中にして嚏れり　岸田　稚魚
一月の川一月の谷の中　飯田　龍太
正月の海女海底に庭をもつ　鷹羽　狩行
正月の人来し声のひかる玻璃　升水　砂光
納豆一本づつ売る正月の言葉のせ　萩原　洋灯
髪を切ることが粧ひ喪正月　倉垣　和子
正月の空の青さに象匂ふ　光田　幸代

睦月《むつき》　むつみ月　むつび月

陰暦一月のよび名で、陽暦では二月ごろにあたる。『万葉集』の頃から使われてきた。人々が互いに親しみ睦ぶ月といわれ、正月の感じにあてはまる。時期が合っても二月には用いられない。

〈本意〉「武都紀《むつき》立ち春の来たらばかくしこそ梅を招《を》きつつ楽しき終へめ」(『万葉集』)「鶯の冬籠もりして生める子は春のむつきの中にこそ鳴け」(『古今六帖』)などと古くからうたわれてきた。『奥義抄』に「貴《たか》き賤しき往き来たるがゆゑに、むつび月といふを誤れり」とあり、『世諺問答』『増山の井』『鼻紙袋』などが同意見である。親しみ睦ぶ月というイメージで正月を思いあわせるわけである。春の季語とする歳時記が多い。

山深く睦月の仏送りけり　西島　麦南
*野も山も神の灯ともる睦月かな　新海　非風

睦月富士翼のごとき雲もてり　山吉　空果

島を出て海女も睦月の髪を結ふ　小池　白苑

去年今年《こぞことし》

大晦日の夜半が過ぎると、年を越えて元日になる。大晦日は去年になり、元日は今年になる。その時の移ろいに感慨をこめて言う。去年を回顧し、今年への思いを抱く。〈本意〉『後拾遺集』に「いかにねておくるあしたに言ふ事ぞきのふをこぞとけふをことしと」（小大君）とあるが、あわただしい年の往来をいう気持である。年頭に、前年をふりかえった感じで、その間一日にすぎないことをいう。千代女に「若水や流るるうちに去年ことし」、鳳朗に「此うへの夢は覚えず去年ことし」の句がある。

＊去年今年貫く棒の如きもの　高浜　虚子

籠編むや籠に去年の目今年の目　久米　三汀

去年今年闇にかなづる深山川　飯田　蛇笏

去年の如く今年の如く母のそば　萩原　麦草

去年もよし今年もよくて眠りけり　同

この間逢ひしばかりに去年今年　高浜　年尾

路地裏もあはれ満月去年今年　三橋　鷹女

かけつづく去年今年なきまもりふだ　五十嵐播水

針に糸通してゐるや去年今年　細見　綾子

読みさして方丈記あり去年今年　遠藤　梧逸

山に白き戸口一つや去年今年　村越　化石

去年今年一と擦りに噴くマッチの火　成田　千空

去年今年やぶれ襖のせんなさよ　川上　梨屋

一本の釘ぬき忘る去年今年　古堅　蒼江

仏壇のともりしままや去年今年　下田　童観

去年今年闇の向ふに犬鳴いて　渡辺七三郎

白光の一筋通ひ去年今年　平井　照敏

去年今年揺れて小さき耳飾　三ヶ尻湘風

黒猫と鍵を預る去年今年　諸岡　直子

去年今年わが家の誰も欠けざりし　岡田　指行

旧年《きうねん》　古年《ふるとし》　旧臘《きうらふ》　旧冬　去年　去歳

年が明けてから、去年となってしまった前年をさして言う。旧臘は旧年の臘月（十二月）のこと、旧冬は旧年の冬のこと。旧年の方が思いあわせる期間が長い。〈本意〉過ぎ去った古い年というところから、自分の位置は正月はじめにあるわけである。前年をふりかえり、「旧年中はお世話様になりました。今年もどうぞよろしく」と挨拶する。

＊旧年の畑に忘れし手鍬かな　安井　小洒
旧年の足跡すでに凍てゆるむ　角川　渡義
悔いもなく古年うせる侘寝かな　飯田　蛇笏
古年の風かけのぼる椋大樹　山田みづえ
旧年を坐りかへたる机かな　志田　素琴
旧年の闇ためてゐる落葉山　中山　一路

宵の年《よひのとし》　初昔

新年になってから大晦日の夜をふりかえって言う。語の指す内容は冬だが、新年になって回顧したときの大晦日の宵で、時のながれにのって、ぐんぐんとへだたってゆく過去をしのんでいる。〈本意〉西鶴の『世間胸算用』にも「宵の年の切なき事を忘れがたく」とあり、回顧して胸にしみじみとする過去への思いがある。

恍として高濤の月はつ昔　飯田　蛇笏
宿直《とのゐ》する顔も古りたり宵の年　名和三幹竹
＊後山の月甕のごとし初昔　同
かゝげたる燭の火明し宵の年　同
わが影に初昔とは懐しき　原　コウ子
歯が一つかけたるままや初昔　道山草太郎

元日《ぐわんじつ》　御元日　鶏日　三旦　日の始　年の始　三《みつ》の始　三始《さんし》　元三《ぐわんさん》　初暁《はつあかつき》

一月一日。一年の最初の日。元ははじめ、旦は朝のこと。「三」がよく使われるが、年・月・日をいう。元日を鶏にあてて、鶏日の語がある。長く陰暦が用いられ、それに合わせて行事がおこなわれたので、正月は陰暦を用いたり、月おくれにしたり、新暦にしてしまったり、いろいろな形でおこなわれている。正月は一つずつ齢を加える時であったが、満年齢の普及のため、これも壊されてしまった。今は形式的に、元日には、屠蘇をのみ、雑煮を食べ、初詣に出かけるが、すっかり元日の本質が変ってしまったわけである。〈本意〉『夫木和歌抄』に「あら玉の年も月日も行きかへり三つのはじめの春は来にけり」（顕朝）の歌があるが、年のはじめ、すべてが一新する、めでたい時と考えられてきた。『日本歳時記』に、「この日は四時の始めなれば、あめつちのけしきもうららかにして、よろづの草木も何となくめづらかなるけはひ出でき、人の心も年とともに改まるここちする時節なれば、古きを捨て新しきにつきて、日々に新たにせんことを思ふべし」とある。新しい命にうまれかわる気持である。守武に「元日や神代のことも思はるる」、芭蕉に「年々や猿に着せたる猿の面」、一茶に「家なしも江戸の元日したりけり」「元日や上々吉の浅黄空」、梅室に「元日や人の妻子の美しき」がある。

元日や一系の天子富士の山　内藤　鳴雪
元日や袴をはいて家に在る　松根東洋城
*元日や手を洗ひをる夕ごころ　芥川龍之介
元日やゆくへもしれぬ風の音　渡辺　水巴
元日のひなたになりし机かな　増田　龍雨
元日を白く寒しと昼寝たり　西東　三鬼
水底に元日の日のあふれけり　大野　林火
元日や枯野のごとく街ねむり　加藤　楸邨

元日の日があたりをり土不踏　石田　波郷
元日の夜の妻の手のかなしさよ　同
元日のことにさみしき大没日　石原　舟月
元日の薄明すでに文鳥覚む　箱田みよし
元日の雪といへども卸さねば　広中　白骨
いつしかに元日の雪積りけり　岩田　潔
元日の明るき昼や誰もゐず　山田みづえ
元日の田に出て鶏の吹かれをり　飴山　実
元日の鴨が来てをりすこし睡し　西山　誠
元日の日をたたみくる波がしら　浜地　勝子
元日やあらためて知る父母の齢　林　昌華
元日のブランコ漕ぐは王様か　岡本　信男
元日の日暮れ磨かれたるガラス　大井　雅人
星屑と云ふ元日のこはれもの　中林美恵子

元朝《ぐわんてう》

元旦　歳旦　大旦《おほあした》　初旦　鶏旦　三旦　朔旦　三朝　三の晨

一月一日の朝のことで、元旦・歳旦などともいうが、旦も朝のことを意味する。三がつくことばは年・月・日をあらわし、元日を鶏にあてるところから鶏旦などともいう。初日の出をおがんで屠蘇をくみ、雑煮を食べ、新年を祝う。歳旦というときは元日の朝のほか正月三が日をさすこともある。〈本意〉元日の朝の瑞気をとくにくみとって、元朝、元旦、歳旦などという。芭蕉に「年々や猿に着せたる猿の面」、暁台に「元朝やくらきより人あらはるる」があるが、晩翠の「元朝や先づ快き椀の音」、玉峨の「元朝やきつとつつみし膝頭」などにも、元日の朝のめでたさとひきしまった気持がこもっているようである。

雪沓のきしみゆくより大旦　金尾梅の門
元旦の田ごとの畦の静かかな　阿波野青畝
元朝や去年の火残る置炬燵　日野　草城
元旦の畦のしづかにならびたる　長谷川素逝
*旧景が闇を脱ぎゆく大旦　中村草田男
松毬の燠浄らかに大旦　大竹　孤悠

歳旦の雲ちりぢりに犬ねむる　加藤楸邨
ひたすらに風が吹くなり大旦　中川宋淵
元旦や子供三人鶏三羽　福田蓼汀
元旦の広場の雀かくれもなし　榎本冬一郎
元朝の吹かれては寄る雀二羽　加藤知世子
元朝のふかく目覚めし風の音　山口草堂
歳旦の砂丘涅槃のごとくにも　中島南北
元旦のまづ鬼城句を誦しけり　松本旭
元朝の空侵しゆく鴨のこゑ　原裕
元朝のサボ新しき修道士　松本あきまろ
谷戸を出て歳旦の海しづかなる　渡辺大年
元朝のつら〳〵誦する懺悔文　森永杉洞
元朝やほど経しよりの人通り　小林晨悟
歳旦の人住む筧溢れけり　鈴木頑石

二日《ふつか》　狗日

一月二日のことで、俳句では二日と書くとこの日を指すことになっている。仕事始めの日となっていて、初荷、書初め、掃初め、初商いなどがおこなわれる。粛然とした一日とちがい、町はにぎやかに活気づく。〈本意〉『日本歳時記』に「今朝卯の刻に起き、食時に至りて雑煮を食ひ冷酒を飲むこと、昨朝のごとし。また温飯を食し温酒を飲むべし。昨日新春の賀に行き残せる所には、今日、明日行きて賀すべし」とあり、馬乗り初め、弓射初め、鉄砲打ち初め、鋤初め、商い初め、舟乗り初めがおこなわれるとある。めでたい年のはじめだが、日常の生活がはじまるそのはじめの日ということになる。信徳の「正月の二日は遊ぶはじめかな」、丈左の「元日は嬉し二日は面白し」は、こうした二日の特徴をとらえている。

笹鳴に対す二日の主かな　高浜虚子
沖かけて波一つなき二日かな　久保田万太郎
かまくらの不二つまらなき二日かな　同
富士川の水みどりなる二日かな　室積波那女
一葉づつ拭ふ二日の壺椿　長谷川かな女
風花の峡の小村の二日かな　松本たかし

諏訪の湖二日の月の真青かな　加藤楸邨
＊二日はや雀色時人恋し　志摩芳次郎
青空へもぐら顔出す二日かな　沢木欣一
怒ることできてしまひし二日かな　中村春逸
鶴あゆむ二日の畦のうすみどり　米谷静二
二日はや風のとらへし夕日かな　高橋潤
二日早や朝空汚すけぶりかな　古市爽石
二日また孔子の仁の如き日を　梅沢総人
遠山の枯生光れる二日かな　本郷迂象
うらじろの葉の反り返り二日かな　佐藤信子

三日《みつか》

一月三日のことを指す。俳句では「三日」というと、この日になる。三が日の最後の日。かつて皇居では元始祭がおこなわれた。一般に官公庁や会社などはこの日まで休業する。〈本意〉元日から三日までは、屠蘇をのみ、雑煮を食べ、恵《え》方《ほう》参りに、自宅から恵方にあたる神社に参り、また、寺にいって、祖先の墓に参ったという。ただ三日になると、正月気分も落ちついて、「人去つて三日の夕浪しづかなり」（大江丸）「春三日たちて朝寝の始めかな」（其白）のような生活になってゆく。

三日はや雲おほき月となりにけり　久保田万太郎
顔触れも同じ三日の釣堀に　滝春一
三日はや峡のこだまは炭曳くこゑ　加藤楸邨
貧しさよ三日の雪も暮れかかる　三谷昭
三日はや船つくりゐる潮青し　山田麗眺子
はや不和の三日の土を耕せる　鈴木六林男
飲み飽きて三日せせらぎ眩しくて　本宮夏嶺男
和服着て炭を切りゐる三日かな　黒川白舟
故郷去る三日の暮雪ちらつく中　田中鬼骨
＊枯芙蓉しづかに三日暮れてゆく　木村杢来
父の許に三日はやくも暮れゆけり　渡辺千枝子
針折れてふつとさみしき三日かな　川端豊子
三日はやあつけらかんの鴉かな　花畑圭郎
思はざる雪の三日の墓詣　伊達大門

三が日《さんがにち》

一月一日、二日、三日をさしていう。二日正月、三日正月という言い方もある。この三日間は屠蘇をのみ、雑煮を食べ、年賀を交換し、年賀の客に年酒をすすめる。もっとも正月らしいときをいう。〈本意〉『日本歳時記』に、「わが国の風俗にて、悦しきことには餅を作りて祝ふ。この日より三日に至るまで餅をすすむるも、春を祝ふ意なるべし」とあり、また元日には屠蘇散、二日には白散、三日には度嶂散を用いると記している。正月を祝う三日間で、五日祝うこともあるというが、普通は三日間である。

一人居や思ふことなき三ヶ日　夏目　漱石
門さして寺町さみし三ヶ日　村上　鬼城
こゝろよき炭火のさまや三ヶ日　飯田　蛇笏
三ヶ日孫の玩具につまづきぬ　青木よしを
三ヶ日雪の白さにつかれけり　倉田　素商
ふるさとの海の香にあり三ヶ日　鈴木真砂女
*虚しさに似て倖はせや三ヶ日　柴田白葉女
三ヶ日静かにあれば静かに過ぐ　松崎鉄之介
山中の鯉に麩をやる三ヶ日　森　澄雄
三ヶ日いたはりし手を又使ふ　山口波津女
暖炉焚くのみの奢りや三ヶ日　殿村菟絲子
ポストまで歩く時間や三ヶ日　横山　芦石
子ら寝たり年どし迅き三ヶ日　土田　互平
三ヶ日睡魔と遊ぶ閑を得し　伊藤　莫乍

四日《よっか》　羊日

一月四日のこと。さまざまな分野で仕事始めがおこなわれる。農作業や山の仕事を形だけおこなって祝うことが各地で見られる。〈本意〉『日次紀事』に「諸職人各々家業を始む。市中、今日

諸商賈人もまたその事を始む。およそ年中物価を記し取るの簿冊を裁補す。これを帖綴ぢといひて、各々これを祝ふ」とある。正月の行事を三日でおえて、四日から仕事がはじまるのであり、一年の基がひらかれるわけである。福沸し（三が日供えた餅と菜を粥に入れて食べる）や鏡開きなどがおこなわれる。

餅網も焦げて四日となりにけり　石塚　友二

四日はや釣堀常の日だまりに　徳永佐和女

＊四日はや身を荒使ふ医にもどる　下村ひろし

酒そはぬ四日の夕餉すましけり　山田佐々子

鏘然と四日のピアノ目覚めたり　林　翔

砥に落す水清らかに四日かな　高橋　冬青

五日《いつか》　牛日《ぎうじつ》

一月五日のこと。仕事はじめにするところもある。宮中で叙位がおこなわれた日。手斧始めの日でもあった。〈本意〉『日本歳時記』に、采地（領地）を持つ人のところにはこの日領内の農民が多くあつまるので、飯饌酒肉を与えよとある。これは領地を保つことを祝し、去年の農耕に感謝するためである。一年の仕事のよい始まりのための初めの一日なのである。

＊水仙にかかる埃も五日かな　松本たかし

きらめける藪美しき五日かな　今井つる女

小湊や五日の磯のうつせ貝　石塚　友二

五日まだ賀状整理に更くる妻　水島　濤子

六日《むいか》　六日《むいか》年《どし》

一月六日のこと。この日を六日年と呼ぶ。各地でこの日、年をとり直すといい、神様の年越し

だといい、八丈（正月の注連）の年取りともいう。東北地方をのぞく各地で、六日は節日の一つとされた。大正月の終わりの日として重んじられたためのようである。〈本意〉『閭里歳時記』に、「今日七種の菜を採りて明朝の粥にまじへ食ふこと、旧きならはしなり」とあり、六日の夕方、菜を切りながら歌をうたうと記されている。その歌は「七種なづな、唐土の鳥と、日本の鳥と、渡らぬ先に」という。翌七日が式日なので、年越しの日と考えられていた。鬼貫に「一きほひ六日の晩や打薺」という句がある。

かけかへて鶴の相舞ふ六日かな　松根東洋城
＊凭らざりし机の塵も六日かな　安住　敦
正月もすこし古びし六日かな　三輪　一壺
辻々の銀座日和も六日かな　村山　古郷
片付きし居間に伽羅聞く六日かな　藤田　耕雪
海近き汐にほひくる六日かな　長谷川湖代

七日

なぬか　七日《なのか》

一月七日のこと。七日正月といい、七種粥《ななくさがゆ》を祝う。この粥を食べると病気をしないと信じられた。七草は、せり・なずな・ごぎょう・はこべ・ほとけのざ・すずな・すずしろだが、種類は必ずしも一定せず、にんじん・ごぼう・だいこん・くり・くし柿・たらの芽などに変化することがある。これらを俎板にのせ、庖丁でこまかく刻んでゆく。そのときの囃し詞が、鳥追い歌である。〈本意〉松飾りを六日に取りはずし、七日に流す地方があるが、さが流しという。さがは災いを意味し、これを流してよい年を迎えようとする。七草粥を食べるのも病気をしないようにするためのまじないであった。

七日銀座獅子舞が人を見て佇てり　長谷川かな女
七日なり鵯も頻に囃しをり　相生垣瓜人
*三輪山のひそめる闇も七日かな　星野麦丘人
一握の海光となる浜七日　薄井登美女
七日はや羽織の下の帯ほそく　麻田　鶴
みちのくの七日よ雪の幾起伏　猿田　禾風
煮大根のくづれ加減も七日かな　清水　基吉
髷解きて心軽さの七日かな　岩瀬白萩女

人日《じんじつ》　人の日　霊辰《れいしん》　人勝節《じんしょうせつ》　元七

一月七日のこと。五節句の一つで、七種粥を食べる日であるが、なぜ人日といわれるかというと、宋代の『事物起原』に、「恵方朔の占書に曰く、歳の正月一日には鶏を占ひ、二日には狗を占ひ、三日には羊を占ひ、四日には猪を占ひ、五日には牛を占ひ、六日には馬を占ひ、七日には人を占ひ、八日には穀を占ふ。皆、清明温和ならば蕃息安泰の候と為し、陰寒惨烈ならば疾病衰耗と為すと」とある。毎日の天候によって動物や人、穀物の一年の運勢を占ったのである。中国ではこの人日の日に何をしたかというと、人形《ひとがた》を作って呪《まじない》にした。この人形を人勝といったので人日を人勝節と呼ぶようになった。髪飾りを贈ったり、屋内にいては凶事にあう、と丘にのぼったりもした。日本の七種粥のような七種の羹を作りもした。人日を霊辰ともいうのは、よき日、の意味。〈本意〉『増山の井』に「正月一日を鶏とし、二日は狗、三日は猪、四日は羊、五日は牛、六日は馬、七日は人日といふなり。人は万物の霊なるゆゑ、霊辰ともいへり」とある。中国から渡ってきた考え方だが、人日の日には七種粥、登高などのことをおこなう。

人日の人影さして竹そよぐ　菅　裸馬
人の日や読みつぐグリム物語　前田　普羅
*人日の厨に暗き独言　角川　源義
人日の母のおもかげかげろへり　石原　舟月

人日や十顆の胡桃減りもせず　佐藤鬼房
人日や淡き人影こちらむく　秋元清澄
人日のすとんと昏れて了ひけり　杉元零
人日やしづかにどもりわれ老いし　片桐千東
人日やうしろにばかり山の音　細川加賀
人日や金の乏しき膝抱いて　清水基吉
人日や掌篇ほどの恋もして　鈴木栄子
人日の明日より仏語教師なり　平井照敏

七日正月《なぬかしやうぐわつ》

一月七日を元日からはじまる正月の終りの日と考える地方が多い。松七日といって、門松をとり、松送りをし、八日からを松明けという。北九州の島では、松のあと楤《たら》の木を一対立てて楤正月といって祝う。また関東・山梨では、七日に小正月の削花を作り、花掻き節句という。古い正月は望の日、十五日を年の始めとしたから、七日は、年取りの準備をする日であったのであろう。七日正月はこのように、古式正月と、のちに採用された朔旦正月との両方の性質をあわせもち、一方では年取りの準備の日、他方では、正月の終りの日となった。七日正月がさだまり、その前日を六日年越しというようになった。前夜祭のようなものである。〈本意〉『栞草』に、「俗に正月七日を五節句の初めとして、七種の羹を食らひ、遊宴して嘉義をなす。これを七日正月といふ。下賤の輩、正月七日・廿日等の日を正月といふこころは、恣に遊びをするをいふ」とある。邪気を払うおまじないをしたり、病いをさける七種粥を作ったりして、一つの重要な折目の日としているのである。

七日正月噴湯の虹を窓辺より　臼田亜浪
＊七日正月漁夫の鉢巻新らしや　寺田木公
七日正月父の貌して髪剃るよ　増成栗人

松の内《まつのうち》　松七日　注連《しめ》の内

ふつう元日から七日までで、この間、門松を立てておく。正月気分のある期間である。ただ地方によって日の異る場合もあり、松送り（松納め）を四日にするところ、六日以前にするところ、十四、五日にするところなどがある。松もすぐ焼いたり、十四、五日に焼いたりする。門松をとり去ったあとに小枝をさしておくところもある。〈本意〉『年浪草』に、「正月十五日までを松の内・注連の内といふ。十五日の朝、門戸の飾りを左義長に爆《ほこ》らすなり。江戸には、七日までにて門戸の飾りを除く、近来の風俗なり。黒田家は古来のごとく十五日まで飾りあり」とある。古くは十五日までが松の内だったが、幕府の命令もあり、しだいに早く正月気分をすてて日常生活に戻るようになった。今日では七日、東京では六日夕、ときには四日に松を外《はず》す地方が多い。

松の内酔中に事なかりけり　野村　喜舟
松の内妻と遊んでしまひけり　川口松太郎
寝ることによき月ありて松の内　大谷碧雲居
*更けて焼く餅の匂や松の内　日野　草城
松の内相見《まみ》ゆこと美しく　後藤　夜半
よき衣の衿もと寒し松の内　阿部みどり女
濃き眉をひきてあはれや松の内　加藤　覚範
松の内訃音二つにとどめ得つ　皆吉　爽雨
松の内何もせぬ灯のありにけり　檜垣　括瓠
机上やや乱れはじめて松七日　間藤衣代子
鮮しく茶碗のひかる松の内　中村　允子
訪ね来る髪美しき松の内　中谷　朔風

松過《まつすぎ》　松明　注連明

松の内が過ぎた頃のことである。東京では七日以降、関西では十五日以降が松過ぎである。松

をとると気がぬけるといい、町は日常の姿に戻るが、しばらくは正月の余韻のようなものがのこる。〈本意〉古いしきたりでは松をとると、若木を立てることがおこなわれていたようで、場所によって、四日、七日、十一日にこの若木迎えがおこなわれた。若木は松のほかの常緑樹で、十四、五日に焼いた。関西ではこの若木のかわりに門松をのこしたもののようである。

*松過の又も光陰矢の如く　高浜虚子
松過ぎて再び雪の大路かな　浅野白山
美しきものみな寒く松過ぎぬ　金児杜鵑花
松過ぎの髭そらぬ顔ばかりかな　加藤楸邨
三ヶ日閃き過ぎぬ松も過ぎぬ　石塚友二
松過ぎのかきもち焦げる香に坐せり　渡辺桂子
松過ぎやとろ火にかざす浅田飴　龍岡晋
潮騒や松過ぎの咳落すのみ　渡辺七三郎
鼓打つ人今は亡く松過ぎぬ　松本つや女
松過や肉屋は鉤に肉吊し　栗原米作
何するとなく松過ぎてしまひけり　那須乙郎
松過ぎて教師に戻る夜の日記　星野麦丘人
松過ぎの天に脚組み電工夫　榑沼けい一
松過ぎや柚子落ちてゐる藪の中　腰山梅子
松過の木曾に雪無き淋しさよ　池田圃村
松過ぎの雨のひと日を訪ひあふも　村上光子
劇場街青空ふかく松過ぎぬ　河合拓雄
松過ぎて個室の孤独始まれり　朝倉和江

小正月《こしやうぐわつ》　十五日正月　花正月

一月一日にはじまる正月を大正月といい、十四日、十五日におこなわれる正月を小正月といった。その日については地方によって多少の変化がある。小正月の小は私的の意味で、女の正月としたり、農作の予祝行事や年占いがおこなわれたりする。小正月は大正月の終りの日でもあり、注連飾りを焼いたりするが、正月神を送る行事である。餅を入れた粥を食べる望の粥も、豊作の

実りを意味するものである。〈本意〉『骨董集』下に「正月十五日、粥を焼《た》きたる木を削りて杖とし、子持たぬ女の後を打てば、男子を産むといふ。これいと古き俗《ならはし》なり。……かの地（北越）の方言に、正月十四、十五、十六日をさして〃小正月〃といふよし」とある。『守貞漫稿』には「正月十五日、十六日、俗に〃小正月〃といひ、元日と同じく戸をとざす。また三都ともに、今朝十五日赤小豆粥を食す」などとある。農民にとっては、大正月より重要な日で、農事のゆたかなることを念ずる日であった。

衰ふや一椀おもき小正月　石田　波郷
＊水底の如たそがれの小正月　松尾　朱葉
妻が買ふひそかなる株小正月　斎藤　五子
寺の畑雪厚くせる小正月　宮津　昭彦
小正月読まずにたたむ政治欄　伊藤トキノ
煮こんにやくつるりと食へば小正月　松本　旭
片側の屋根に雪ある小正月　小瀬川季楽
あやとりの紐のくれなゐ小正月　中野　青芽

女正月《をんなしやうぐわつ》　女《め》正月

一月十五日をいう。一日からの大正月を男の正月とするのに対して、十五日を中心とする小正月を女の正月と呼んでいる。十四日の夜は女の年取りと呼んで、男が女の食事を全部作るところもあり、また十五日の昼夜に、女だけ酒盛りする地方もある。一般には、正月に忙しかった女が、この日家事から解放され年始の回礼をはじめるためという京阪での説明が伝えられている。〈本意〉もともと望の日が年の始めと考えられていて、その後朔旦正月の考えが優勢になって大正月とよび、十五日の方は小正月とされたが、それを男正月・女正月と呼び、女正月を女の楽をする

日と考えるように変ってきたのである。

女正月つかまり立ちの子を見せに　中野　三允
鍋蓋で戯れ舞ひ神楽女正月　米田　一穂
＊女正月機織場から燈を招《よ》んで　武良　山生
芝居見に妻出してやる女正月　志摩芳次郎
栃餅の歯切れよろしき女正月　村上　麓人
女正月帰路をいそぎていそがずに　柴田白葉女
高菜漬きりりと辛き女正月　小坂　順子
針山に針あそばせて女正月　山中　千香

二十日正月《はつかしやうぐわつ》

団子正月　二十日団子　骨《ほね》正月　頭《かしら》正月

一月二十日のこと。全国で、いろいろな呼び名のもとでおこなわれている節日である。九州で骨正月というのは、正月の年魚の鰤をすっかり食べて、のこる骨で料理を作ったことから来ている。作物のとりいれの予祝をする地方が多い。中国地方では麦正月といい、麦畑でころがり、腹や背がわれるほど麦を食べたいととなえる。団子を作って食べる風習も江戸時代からある。この日で正月の儀礼はすべておわりになる。〈本意〉正月の終りの節日で、この日で正月全体がおわる。土地土地の風習でいろいろの名がつけられている。食べるものによって、団子正月、骨正月、麦正月、とろろ正月、はったい正月などといい、西日本に多い風習である。

＊ものがたき骨正月の老母かな　高浜　虚子
骨正月鰤の頭を刻みけり　野村　喜舟
正月も襤褸市たちて二十日かな　村上　鬼城
文楽に二十日正月とて遊ぶ　大橋　敦子
二十日正月女性ばかりの濃茶点てる　桑山　道明
ひとり酌む骨正月の老たのし　高橋　南甲
二十日正月かはたれ雪に牛みがく　服部覆盆子
鉄瓶に骨正月の煤たまる　三田　巳乗

天　文

初空《はつぞら》　初御空

一月一日の空を初空といい、その空を尊んで初御空という。気持が改まるためか、空もこの日は改まり、清新な印象がつよい。〈本意〉『夫木和歌抄』の「もろ人の祈る千年を集めてもなほ数知らぬ春の初空」、大魯の「初空や月にもよらずさくらにも」、一茶の「壁の穴や我が初空もうつくしき」、元夢の「はつ空や神の在せる松の色」など、それぞれに、その尊い印象をうたっている。

初空や大悪人虚子の頭上に　高浜　虚子
はつ空になりぬる暮のひとつかな　星野　麦人
初空や雑木の間の雲一片　岡本癖三酔
初空や一片の雲耀きて　日野　草城
初御空はや飛び習ふ伝書鳩　中村草田男
*初空をこぼるる雀火の如し　大竹　孤悠
初空や帯のごとくに離宮道　五十嵐播水
初空や嶺のうしろにさらに嶺　加藤　覚範
初空の薔薇色雀恍惚と　石塚　友二
初空に那智の滝あり入港す　山下　青葭
鐘楼のあたりくらさや初御空　大橋　霊山
初空に九頭竜川の鳴りにけり　萩原　北荘
初み空ひとの歩みの映るかな　清水　径子
美しき背山妹山初御空　柴沼　忠三

初明《はつあかり》　初夜明《はつよあけ》

一月一日の朝、さしてくる曙の光のことを初明りという。身のひきしまる寒さの中、厳粛、荘厳な光である。〈**本意**〉年が改まる最初の朝の光であるから、気持の改まる、印象ぶかい曙光になる。

はつあかりさしくる波のよせによせ　久保田万太郎
*初明りわが片手より見えそむる　長谷川かな女
わが庵の即ち楠の初明り　星野　立子
さきがけて鷄の声の初明り　田村　木国
書の面の灯色に代はり初明り　中村草田男
紅失せて童女の寝顔初明り　平畑　静塔
初明りもとより障子明りなす　石川　桂郎
住み古りて霜すさまじき初明り　殿村菟絲子
堰を越す水のとらへし初明り　木下　夕爾
初明り生きて来し身を起こさうか　近藤　重郎
初明りみづうみ靄をひらきけり　伊藤　　純
来し方を皆佳しと思ふ初明り　遠藤　はつ

初日《はつひ》　初陽《はつひ》　初旭《はつあさひ》　若日　初日の出　初日影

一月一日の日の出のこと、またその日の光をいう。初日の出は巨大に見え、これは眼の錯覚だが印象的である。年が改まった最初の日の出で、清新、厳粛な日の出である。〈**本意**〉年のはじめの日の出で、気持が一新して、きよらかな、おごそかな日の出になる。蕪村の「日の光今朝や鰯のかしらより」、一茶の「土蔵からすぢかひにさすはつ日かな」、鳳朗の「大空のせましと匂ふ初日かな」などの句にも、初日の新しく強い印象が捉えられている。

手の平に初日の恵み満ち足りぬ　中野　三允
初日いつもの鳶色の日輪となる　菅　裸馬
しばらくは初日とめたる格子かな　星野　石木
わが庭の藪はむらさき初日の出　山口　青邨
海の禽さびしからずや初日の出　阿波野青畝
*何が走り何が飛ぶとも初日豊か　中村草田男
病みぬけし胸に白矢さす初日かな　石田　波郷
初日さすまつくらがりの町工場　平畑　静塔
菜の花の一りんざしの初日かな　龍岡　晋
初日さす戦後の畳やはらかし　桂　信子
初日四肢になんと坑夫の若いこと　河村　正昭
初日おろがむは母より享けしかたち　長谷川秋子
初日いま天なる鶴に田の鶴に　兼折　風外
野に初日膝へたばしる牛乳搾る　小原　啄葉
山兎跳ぶよ初日にさそはれて　小沢満佐子
海の初日煙のごとく出でにけり　及川　一行
もみ合へる雲金色に初日出づ　戸川　克巳
鶏百羽白き胸張り初日待つ　大槻九合草
忽と来て初日の波へ泳ぎ入る　飯塚樹美子
よき子生せいま金色の初日の妻　大槻紀奴夫
猫と頒つ初日や子無き膝がしら　川辺きぬ子
貌出して牛が柱の初日舐む　永野　鼎衣

初東雲《はつしののめ》　初曙

しののめは雲のことでなく、明け方の空のことで、あけぼの、あかつきというのと同じ。一月一日の明けそめた空をいう。〈本意〉一月一日のほのぼのあけ、空が白んだ様子をいうわけで、初空をもうすこし、あからんだ空としてとらえているわけである。

水仙に初しのゝめや洛の水　松瀬　青々
*おごそかな初しのゝめに海の音　野田別天楼
鵜の礁初東雲に見えわたり　富安　風生
木の中に初東雲の柳かな　武定　巨口
初東雲かがり火浴びて詣でけり　島田とし子
汲みに出て初東雲の泉かな　田中　兆木

初茜《はつあかね》　初茜空

元日の日の出の前の、空が茜色に染まったときのことで、元日はとくに清らかですがすがしい。〈本意〉元日の空の色どりを主とした様子で、日の出の前の空の染まり方のすがすがしい印象をいう。

*窓ありて水美しき初茜　原　コウ子
初茜して楢林櫟山　長谷川浪々子
初茜とぢし瞼も薄あかり　加倉井秋を
海彦と山彦あそぶ初茜　樫村安津女
初茜してふるさとのやすけさよ　木下　夕爾
初茜天地ひびきあふごとし　今春　朱村
初茜庭木の影をまづ踏めり　飯山　正雄
潮先のちら〳〵見ゆる初茜　和田　烏峰
万葉の雲拡がれる初茜　美濃部古渓
鉄骨に血の気さし来て初茜　神谷　九品
初茜母の竈火地に展く　竹中　宏
みくじ凶結びて仰ぐ初茜　鈴木美代子

初晴《はつばれ》

元日の晴れていること。農家の人は、五穀豊穣のしるしとしてこれを喜ぶ。〈本意〉『日次紀事』に元日・天晴として、「今日晴るれば、すなはち五穀必ず熟す」とある。元日が晴天で、自然と和気があり、春の気色がうららかであるのを豊年と考えていた。

初晴や堂椽に見る阿弥陀峯　大谷　句仏
初晴や男鶴につきて母子鶴　吉野　義子
*初晴にはやきく凧のうねりかな　吉田　冬葉
初晴のわが影を濃く地に置けり　鈴木ひろし

初晴の大島を見る宿にあり　神山　太堂
初晴や大竹藪に日の透ける　江間　芽史

初風《はつかぜ》　春の初風

元日に吹く風である。冬の中なので、つめたい風であることが多いが、暖冬には、元日であることも加わって、やわらかい風と感ずることもある。〈本意〉『夫木和歌抄』に「池水の氷に宿る年なみを数ふるものは春の初風」という慈鎮の歌がある。冬の季節に、気持の春を味わわせる風といえよう。

*初風の蕭々と竹は夜へ鳴れる　臼田　亜浪
初風や雪の境内日のぬくゝ　徳永山冬子
初松籟武蔵野の友数ふべし　石田　波郷
初風す蹌踉として門辞せば　牧野　寥々
初風や道の雀も群に入り　佐野　良太
掌の白き女と思ふ初風に　渡辺七三郎

初東風《はつこち》　節《せち》東風

新年のはじめに吹く東風であり、凍を解く風とされるが、じっさいは冷たい風である。吹きつづけて、五日も十日もつづく風を節東風という。〈本意〉「東風凍を解く」といわれ、春をもたらす初めての風だが、まだ冷たいさかりである。

*初東風や雪清浄の遠嶺より　室積　徂春
はつ東風やわが身めぐりの槻落葉　矢沢　尾上
初東風に千鳥二つの巴かな　野村　喜舟
真直に羽根落ち来初東風の中　大森　桐明
初東風や波にあそべる松ふぐり　田村　木国
初東風や納屋に吊せし生簀籠　鈴木真砂女

初東風や緊りし顔の戸を出づる　徳永山冬子
初東風や肩にねむりし獅子頭　高橋　潤

初凪《はつなぎ》

元日の海が、風なく静かにひろがっている様子。凪は単に海や水辺ばかりでなく、平野から山に移るあたりでもおこる現象で、印象は場所によってちがう。〈本意〉『改正月令博物筌』には「波風のどかなる」とある。なごやかな、のどかな、元日の気分のある海である。

＊初凪の島は置けるが如くなり　高浜　虚子
初凪や千鳥にまじる石たゝき　島村　元
初凪の岩飛び／＼の遊びせり　西村　濤骨
初凪の岩より舟に乗れと云ふ　川端　茅舎
初凪や遠くに居れる伊豆の雲　阿波野青畝
初凪や大いなる日の生れつゝ　中川　宋淵
初凪や人立つ柚の実すずなりに　松村　蒼石
初凪や翔てばみな翔つ鴨の群　大友　月人
初凪の岩の鵜ひとついつ翔つや　長谷川久代
初凪やものゝこほらぬ国に住み　鈴木真砂女
初凪の沖の深さの光りけり　安立　恭彦
初凪の光りまとひぬ石叩　増田　燕城
初凪や汐さび声の男たち　佐藤みゆき
初凪の芥に芽吹く玉葱よ　高麗銀糸尾

御降《おさがり》　富《とみ》正月

元日に降る雨や雪のこと。三が日に拡げていうこともある。めでたいときの雨や雪で、縁起のよいものとしてこの名がある。また富正月といって、豊穣の前兆とも考えた。〈本意〉『山の井』に、「松の内に降る雨は〝おさがり〟と言ひならはせり。あめの下のこぼれ幸ひなど、めでたく

言ひなす」とある。『増山の井』には「元日に降る雨」、『糸屑』には「三が日の雨」、『滑稽雑談』には「歳始に降る雨、雪」、『篗纑輪』には「三が日の雨」、『年浪草』には「例月三日の内降る雨」とある。正月はじめに降る雨を、めでたいものとして言うわけである。

御降りの雪にならぬも面白き　正岡子規
御降や寂然として神の鶴　寺田寅彦
お降りや竹深ぶかと町のそら　芥川龍之介
御降や濡れ色つくす敷松葉　大場白水郎
お降りや暮れて静かに濡るゝ松　島田青峰
*お降りといへる言葉も美しく　高野素十
野鼠の穴をお降り濡らすほど　阿部みどり女
おさがりのきこゆるほどとなりにけり　日野草城
おさがりにして只の雨海に降る　加藤楸邨
御降は一滴婆の口に入る　平畑静塔
お降りの霽れてしたたか落椿　滝春一
御降りや網目ひろぐる大欅　沢木欣一
御降りの中にやすらふ大川なり　林昌華
お降りのいつか霰の音となる　粳間ふみ
御降りの心ゆくまで独りなり　古田久子
お降りや山のうしろが消えさうに　小池一平

初霞《はつがすみ》　新《にひ》霞

元日の頃に、野や山にたなびく霞のこと。天気がよく、暖かい日でないと霞が出ないから、関東より北ではなかなか見られない。四国や九州の初霞は珍しくないが、印象が深い。〈**本意**〉『夫木和歌抄』に「あら玉の年の明けゆく山かつら霞をかけて春は来にけり　順徳院」がある。旧正月の頃の山野の情景で、横雲霞む景は、めでたい風景である。

初霞川は南へ流れけり　青木月斗
初霞雪二上の裾よりぞ　筏井竹の門
初霞鶏犬の声遠近に　笹川臨風
はつかすみして苑の巌またねむる　飯田蛇笏

藁塚を畷に伏せて初霞　富安風生
*初霞畠重なり山重なり　宮下歌梯
初霞猶寒林といふ外なし　長良扶沙子
初霞して鵙の胸野をてらす　飯田龍太
初霞して赤松のうるほへり　伊藤通明
マラソンの全走者消え初霞　丸山哲郎

淑気《しゆくき》

正月元日に感じられる荘重な、めでたい気配をいう。年が明けたことによる観念的な気持のたかまりではあるが、空や光や雲のたたずまいも、つねになくおごそかに見える。〈本意〉『連歌新式増抄』に、「陽春のことなり。ただ春の美しくやはらかなる心なり」とあるが、新年の清らかで、なごやかな様子をいう。

*いんぎんにことづてたのむ淑気かな　飯田蛇笏
新たなる春むらさきに淑気満つ　室積徂春
碧落に鷹一つ舞ふ淑気かな　宇田零雨
芭蕉枯るゝ音新たなる淑気かな　鈴木頑石
厠より見ゆる闇すでに淑気満つ　高梨忠一
淑気満つ春蘭の香を箸の尖き　安田鶴女
緊る淑気男は願ひ女祈り　巌寺堅隆
玄関に鶏卵生む淑気かな　小谷舜花
うちつれて鶴歩みくる淑気かな　西山東渓
衿替へて八十の母淑気満つ　山田みづえ

地理

初景色《はつげしき》 初気色

元日の景色は、ふだん見慣れた景色でも、めでたい、清らかな、美しいものに見える。〈本意〉元日の淑気、瑞気のために、見慣れた景もめでたく見えることで、感じからすれば、都会的な景色より、山や川、野原といった景色が普通であろう。

*美しくもろもろ枯れし初景色　富安　風生
うるほへる日《ひ》翼《つばさ》多摩野初景色　山口　青邨
霜だたみまばゆきばかり初景色　神込　嫛々
大寒波被て初景色さだかなり　百合山羽公
雷嶺とスケートの子の初景色　相馬　遷子
初景色照りわたる日のゆるぎなし　吉村きよし
初景色野川一本光り出す　中村　明子
初景色富士を大きく母の郷　文挾夫佐恵
海の端めくれて波や初渚　轡田　進
初山河視線を遠く遠く据ゑる　伊丹三樹彦

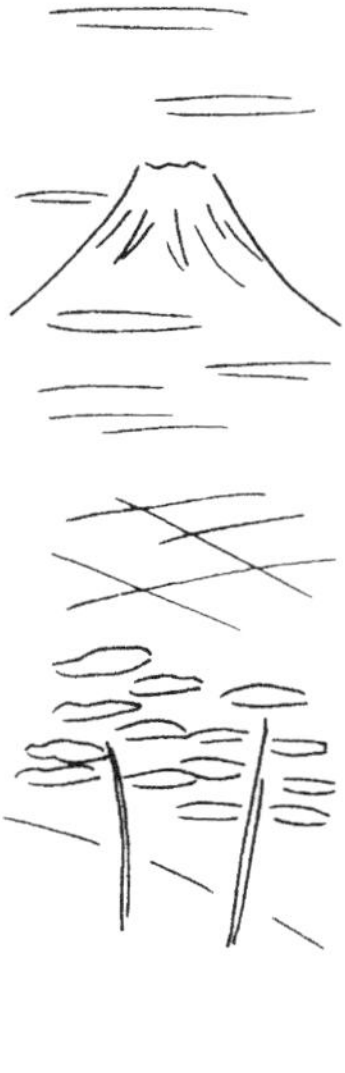

初富士《はつふじ》

元日に見る富士山で、雪に包まれた白い富士であることが多い。いつもより気高く神々しい姿である。〈本意〉『東都歳事記』に、「東都景物の最初たるべし。されば江戸の中央日本橋のあた

りをもつて、佳境とするにや」とあり、駿河台、御茶の水、深川万年橋など富士を見る場所を挙げてある。元日に見るにもっともふさわしい景であることは、宗鑑の「元日の見るものにせむ富士の山」でわかる。ほかに、初筑波、初比叡などともいう。

初富士や草庵を出て十歩なる　高浜　虚子
神棚に代へて初富士拝むなり　大須賀乙字
*初富士の大きかりける汀かな　富安　風生
初不二を枯草山の肩に見つ　水原秋桜子
初富士のかなしきまでに遠きかな　山口　青邨
初富士銀冠その蒼身は空へ融け　中村草田男
初富士の金色に暮れ給ひつゝ　竹下しづの女
初富士にかくすべき身もなかりけり　中村　汀女
初富士の赤富士なりしめでたさよ　大橋越央子
一本の欅初富士を支へたる　皆吉　爽雨
初富士を隠さうべしや深庇　阿波野青畝
初富士の紅さしそめて町の上　勝俣のぼる
初富士に牝馬は四肢を揃へけり　倉田　素香
初富士の大雪塊を野に置ける　遠藤　正年

若菜野《わかなの》

一月六日、春の七草を摘む野原のことである。その若菜で、七日の七草粥を作る。〈本意〉『万葉集』に「明日よりは春菜《わかな》摘まむと標《し》めし野に昨日も今日も雪は降りつつ」とある。昔はこの七種をつみにゆくのが、新春のたのしい行事であった。その七種の生えている野で、今はその習慣も少なくなったが、代りに、新年の野をあらわすようになった。

*若菜野に昔男ぞなつかしき　伊藤　松宇
若菜野や果なる山も朗らかに　服部　嵐翠
若菜野の濃みどり若菜のみならず　皆吉　爽雨
若菜野や八つ谷原の長命寺　石田　波郷
水音に添ひ行き若菜野に出でぬ　菖蒲　あや
みどり敷く彼方なほあり若菜の野　井沢　正江

生活

門松《かどまつ》

御門松　松飾　飾松　竹飾　飾竹　門飾　門の松　立松　松一対　飾木

正月をいわって、家の門口の両側に立てる松で、正月の神祭りの場所であることを示す。この松が歳神の憑《よ》りましとなって降臨するものとも考えられた。門松といってもいろいろで、松を主にするもの、松に竹を添えたもの、竹を主にするものなどがあり、また、松以外に、なら・つばき・ほお・くり・さかき・しきみ・しいなども用いられた。常緑樹の枝であればよかったらしい。木を山から伐って来るのをお松迎えというが、早くて十二月十三日というところもあり、松納めは、関東で一月六日の夕方、関西で一月十四日の夕方である。ただし、宮中や公家は門松を立てなかったし、その風習のない地方も多い。大阪も以前は戸口に注連をはるだけであった。屋内に松を立てる所もある。土地によっては、朔旦正月と旧来の望の正月とに二度門松を立てるところもある。**〈本意〉**『世諺問答』に、「問ひて云、一日より賤が家居に門の松とて立てはべるは、いつごろより始まれることぞや。答、いつごろとはたしかに申しがたし。門の松立つることは、昔よりありきたれることとなるべし。……その門の前に松竹を立てはべり。松は千歳を契り、竹はよろづ代を契る草木なれば、年の始めの祝ひ事に立てはべるべし。また歯朶・楪葉は、深山にあり

て雪霜にもしぼまぬものなれば、しめ縄に飾りて、同じく引きはべるにや」とある。「けさはみな賤が門松立てなべて祝ふことぐさいやめづらなる　行家」（『新六帖』）という歌にもあるように、千歳の松の憑りしろによって、歳神の降ります新年の家を祝ったわけである。

門松やわがほと〻ぎす発行所　正岡　子規
門松や雪のあしたの材木屋　飯田　蛇笏
門松のや〻傾くを直し入る　原　石鼎
門松や松籟落つる大覚寺　大谷　句仏
門松にこぼれてありぬ竜の玉　中村　汀女
門松や吾妻安多太良雪置いて　豊田君仙子
松飾り小さし大きな虚子のこと　安立　恭彦
*門松のみどりしづかな雪となる　井沢　芹風
千客の万来の松飾りけり　村山　葵郷
松飾り妻は玻璃拭き空澄ます　今村　米夫
松飾り妻が大きく見ゆる日ぞ　中条　明
海坂のきらりきらりと松飾り　渡辺　大円
門松の竹の切つ先雪降れり　井上　美子
顔かくすためにある袖松飾り　橋本　草郎
門松に青きゆふぐれ来たりけり　柏木　冬魚
門飾掛けて妻ゐるごとく住む　田村　了咲

藁盒子《わらがふし》

藁で編んだもので、蓋のついた椀の形のもの。これを門松につけ、雑煮や供物を入れて門神に供える。藁盒子というが、幸籠、やすなどともいう。似た風習として、幸木（横にした木に魚などをかけるもの）や幸籠（藁で椀状に作った籠に食物を入れ、門松につるすもの）がある。〈本意〉『年浪草』に「藁盒子は、藁にて盒子のごとく編みて、門松に結ひつけて、供へ物をこの内へ供ふるなり。幸籠もこの類か。未考」とある。門神に供え物をして、幸を祈り、新春を祝うのである。

めのと出て結びましけり藁盒子　高田　蝶衣
＊よべの飯凍てつきゐるや藁盒子　坂井　華渓
鶯の巣かも知らずよ藁盒子　松瀬　青々
百ヶ村幸籠のめでたさよ　津々日まもる
藁盒子饌米砂にこぼれゐる　浜野　潮花
藁盒子長ぶりしるき門構へ　渡辺　佼

年木《としぎ》　若木　節木《せちぎ》　祝木

年末に山から切り出しておく薪のことをいい、正月の神祭りのために使う。十二月十三日を柴切節供、年木の取初め、年切りなどといい、この日、またはこの日から、年木《としぎ》樵《こ》りをおこなうところが多い。薪は軒下や庭先に積み上げ、歳神の来臨を待つ。薪を用意することは祭屋の準備に必要なことで、それも祈願の一つの方法であった。したがって、薪を贈る風習が、宮中でも民間でもおこなわれ、宮中では御薪《みかまぎ》の式と呼び、民間では、親方や里方の親に、子方や婿が年木を贈った。この年木は、大晦日または元旦から、新しくおこした清らかな火で炉に燃やし、正月中燃やしつづける。門松も年木の一種だが、門松の根もとに立てる割り木を九州では年木と呼ぶ。これを近畿・中国・四国で幸木《さいぎ》、幸木《さいわいぎ》といい、中部・関東で鬼木といい、また、十二書きといって墨で横筋を十二本つけた。年木を小正月に粥杖として、粥占に使い、女の尻打ちや果樹責めに用いた。また鳥追い棒、小正月の削り掛け、餅花などにも用いた。若木迎えといって、正月になってから年木樵りをおこなうところもある。〈本意〉年末に薪を豊富に切り出して庭さきなどに積み、それを正月に焚いて歳神をゆたかに祭るので、年木という。清らかな火をおこして、祭りとするのである。

積み上げし年木の上の二日月　岡本　松浜
年木割かけ声すればあやまたず　飯田　蛇笏

＊さるをがせつけてかなしき年木かな　富安　風生
年木割りたる掌や湯の香しみ　高橋　冬青
年木割る夕日に僧の眉太き　羽田　岳水
赤々と年輪みえし年木かな　加藤三七子

幸木《さいはひぎ》　幸木《さいぎ》

正月におこなわれる民間行事。二種類の幸木がおこなわれ、西日本が主になる。一つは門松の根元に割木を三本、五本、あるいは十五、六本も立てかけておく。時には割木をうず高く積み上げていることもある。そこへ一年の月の数だけ縄をさげ、魚や海藻、野菜などをとりつけておき、正月中に少しずつとって食べ、二十日までに食べおえるようにするのである。これは長崎県下でおこなわれるが、壱岐の島では松丸太をかまど近くの天井に吊り、十二本の縄に、ふだんは魚鳥などをかけておくが、新年には、裏白や橙を飾り、輪飾りをつけ、大根・蕪・牛蒡・魚・鳥・昆布などをかける。不幸があった時は、古い幸木を流し、新しいものにかえることをする。ほかに、幸木に十二または十三の結び目をつけて、庭のむこうにかけておくところ、神棚の下に竹竿をつるし、ここに塩魚・昆布・野菜などを吊るところなど、各地にいろいろの風習がある。食物と薪の豊富なことを祈る風習である。〈本意〉『世間胸算用』に長崎の餅柱として、「よろづにつけて所ならはしのをかしく、庭に幸ひ木とて、横渡しにして、鰤・いりこ・串貝・鴈・鳧《かも》・雉子、あるひは塩鯛・赤鰯・昆布・鱈・鰹・牛房・大根、三が日に使ふほどの料理のもの、この木に釣り下げて、竈を賑はせ、すでに大晦日の夜に入れば、物貰ひども顔赤くして土で作りし恵美須、大黒また荒塩台に載せ、当年の恵方の海より潮が参ったと家々を祝ひまはりけるは、船着第一の所ゆゑぞかし」とある。

長崎のものが、もっとも大々的なもののようである。一年の食物と薪の豊かなことを祈念するのである。

＊いざ祝へ鶴をかけたる幸木かな　松瀬　青々　かけ添へて昆布めでたし幸木　呼子無花果
幸木てふ名の目出度さよ雁一羽　同　父の性うけて幸木を吊りぬ　中田　甚作

鬼打木《おにうちぎ》

鬼木　鬼除木　鬼障木《おにさへぎ》　鬼押木　大賀玉の木　門《かど》入道

くるみ・ねむ・かしの木などを、長さ三十五、六センチに切り、片側を削って、十二月と書いたり、横線を十二本引いたりする。これを十二書き、鬼書きなどという。この木を神仏に供え、または入口に立てておく。愛知県・静岡県・長野県で見られる。神奈川県では、この木に人の顔を描き、家の入口の両側に立て門入道と呼んでいる。一月十四日の夜立てる。木を切るのは、一月二日か四日の初山入りのときで、山から切ってきて、小正月に神に供える。これを「にゅうぎ」と呼ぶ地方もある。入口に二本立て消し炭で十二本の横線を引いたり、松や樫を二つに割り、平らな面を消し炭でぬりつぶし、入口の両側に立てたり、節分に門口にたらの木ととべらの葉を立てかけたりするところなどいろいろの形がある。鬼を払うためのものと考えられている。**〈本意〉**『改正月令博物筌』に『太賀玉の木ともいふ。門松の陰の木なり。年木とて、正月初めに疵なき木を取り、末に葉を残し、門に寄せかけて置くなり。鬼打ち払ふ木といふことにて、みな陰気を払ふの義なり」とある。仕方は多少ちがうが、鬼を払うためのものである。

常盤木の堅木を頼め鬼打木　中村　泰山　鬼打木倒して童子逃れけり　安藤橡面坊

鬼打木頻りに鬼の覗ひぬ　田中丁々
*鬼打木門安かれと思ふかな　広江八重桜
鬼打木雪道あけて立てらるる　清水渓石
瀬戸口の風ひゞきけり鬼打木　桑原志朗
鬼打木雪払ひては立てにけり　岩井野風男
葛飾の古き農家の鬼打木　西山芳行

飾《かざり》　お飾

正月の飾り物の総称。注連縄と鏡餅とが代表的なもので、鏡餅は平安時代から、注連縄はさらに古くからおこなわれている。注連縄は、輪飾りにするのが普通。お飾りは、えび・だいだい・みかん・しだ・こんぶ・穂俵・串柿・折り扇子などを添えて、神棚・門・戸口・床の間・竈・井戸・便所・枕・本箱・箪笥・工場の機械・器具などに飾る。自動車や自転車などにも見られる。
〈本意〉注連飾はもと神の占有する清浄な区域を示すための縄張りで、魔除けとも考えられている。注連飾りにいろいろの食品などが添えられるのは、幸木と同様、豊かな食料が与えられることとの祈願である。鏡餅も、丸餅が生命力を与えるものと信ずるだけでなく、心臓をかたどったものとも考えられる。どちらも、幸せを招くための祈願のものとなる。

輪飾の少しゆがみて目出度けれ　高浜虚子
京振りの掛看板に飾かな　大谷句仏
一管の笛にもむすぶ飾りかな　飯田蛇笏
*古鍬を研ぎすましたる飾かな　村上鬼城
かりそめに住みなす飾かゝりけり　阿波野青畝
輪飾のかたまり合うて燃えにけり　高野素十
青天に雪ちる戸々の飾りかな　村山葵郷
輪飾を掛けし其他はすべて略　松本たかし
波の間に見えて生簀の飾かな　岡田耿陽
海鼠突く銛ひとすぢの飾かな　河原白朝
輪飾や高く貧しき山ばかり　平畑静塔
飾り馬面出してをり日当りをり　石川桂郎
輪飾をかけてもらひて傾ぐ墓　清崎敏郎
本箱に輪飾の藁かぐはしき　沢木欣一

葛飾の藁の匂ひの飾かな　原田　旦鹿
輪かざりや母も鏡の前ながき　山田こと江
あたゝかき海風遊ぶ飾かな　中　火臣
海女の桶輪飾かけて重ねあり　田上　鯨波
輪飾や織りかけてある絣機　上田　天鼓
輪飾や神の鹿来る裏戸口　中島　黒洲

注連飾《しめかざり》

注連縄《しめなは》　七五三《しめ》縄　年縄　飾藁　掛飾　大飾　輪飾　輪注連

「しめ」というのは占有という意味で、神の占有する区域と、人間の区域を分かつ縄を占め縄という。すべて左綯《な》いにない、七本・五本・三本と、順に藁の切り下げを垂らすので七五三縄と書く。白い紙を細く切った幣を添える。『古事記』『日本書紀』に、手力男神が天照大神の手をとり、天の岩屋から大神を引き出したとき、他の神が、しりくめ縄をうしろに張り、もう岩屋の中に入られないように申し上げたとある。この縄を『日本書紀』は「端出之縄」と記しているが、平安時代の注には、「亦左縄と云ふ。端出之縄、此をばシリクメナハと云ふ」とある。縄を左ないになって、藁の端を出して垂らしたので、端出の縄と書いたわけで、地域を区切り、入るのを禁ずるための縄であった。それが、不浄なものを入れないため神前に張る縄となり、元日に家々に張る縄になった。いろいろの注連縄があり、前垂注連は、縄から藁を一面にたらし、白幣をさしたもの、大根注連は太く短くして藁をたれないもの。牛蒡注連はそのほそいもの。輪飾・輪注連は、丸く輪にした注連飾りで、今日普通に用いられ、伊勢えび・だいだい・昆布などをくくりつけている。〈本意〉『世諺問答』に、「しめ縄といふものは、左縄に縒《よ》りて、縄の端をそろへぬものなり。左は清浄なるいはれなり。端をそろへぬは、素直なる心なり。されば天照大神の天の岩戸を出でたまひし時、しりくめ縄とて引かれたるは、今のしめ縄なり。浄不浄を分かつにより

て、神事の時は必ず引くことにはべり。賤が家居に引くことも、正月の榊を祝ひまつる心だてなるべし」とある。境界をしらせ、それをこえぬための目じるしの縄だったものが、神の存在するところを示す目じるしとなり、正月に神を祭る心をあらわすものとなっていったのである。

輪飾に暗く静かや農具部屋　岡本癖三酔
熔鉱炉注連飾して真赤なり　富安風生
洗はれて櫓櫂細身や注連飾　大野林火
輪飾や凭る壁もなき四畳半　石橋秀野
輪飾や雨に打たるる仏にも　大島民郎
遺影下の遺愛ピアノに輪かざりす　及川貞
牛の瞳の中へ入りゆき注連飾る　佐野操
注連縄の逞しき縒《より》男の子産め　鷹羽狩行
柱ごと揺れる輪飾精米所　魚地静水
飾藁殊に青きを選びけり　五十嵐牛詰
老杉も注連飾りして神棲める　大木健市
＊木も石も注連をまとひて神となる　那須乙郎
注連太く張る杉山の出入口　田中禾青
開けることなき門なれど注連飾　鈴木道雄

蓬萊《ほうらい》　蓬萊飾　蓬萊山　懸蓬萊　組蓬萊　絵蓬萊　包蓬萊　蓬萊盆

蓬萊山は渤海の東の海にあるという神仙の山。その蓬萊山にかたどって台の上に作り、新年の飾り物とする。主として関西の風俗で、江戸では喰い積みを用いる。蓬萊はふつう三宝の上に白紙・しだ・ゆずりは・こんぶを敷き、米・かや・かち栗・ほんだわら・串柿・だいだい・ゆず・みかん・ところ・えび・梅干などを積み上げる。いろいろの様式があり、懸け蓬萊は床の間の壁にかけるもの。組み蓬萊は中国の三つの神仙島を羹でこしらえたもの。包み蓬萊は蓬萊の飾物を紙で包み、水引をかけたもの。絵蓬萊は絵にかいたもの。蓬萊盆は蓬萊台をやや略式にしたもの。年賀の客には蓬萊盆を前に置き、あいさつする地方がある。〈本意〉『日本歳時記』に「和国の風

俗にて、盤上に松竹鶴亀などを作りて据ゑ、栗・榧・海藻・海鰕《いせえび》・蜜柑・柑子・橘・米・柿など積み重ねて、これを嘗む。歳初に来る賀客にも、これをすすむ。これを蓬萊といふ。蓬萊は仙島なれば、その名とするならし。もろこしにも、春餅・生菜などを盤上に盛り、春盤と名づけて嘗むることあるよし、四時宝鏡に見えたり」とある。蓬萊山にかたどり、寿を祈るものである。芭蕉に「蓬萊に聞かばや伊勢の初便」、山店に「蓬萊に児這ひかかる目出たさよ」、蕪村に「ほうらいの山まつりせむ老の春」、一茶に「蓬萊に夜が明け込むぞ角田川」、蒼虬に「蓬萊の橙あかき小家かな」がある。

蓬萊に貧乏見ゆるあはれなり　正岡　子規
蓬萊や雨戸あくれば夜のあける　水落　露石
雲ふかく蓬萊かざる山廬かな　飯田　蛇笏
蓬萊の南は海へかたぶけり　野田別天楼
蓬萊の有りとばかりもたのもしき　横山　蜃楼
蓬萊や東にひらく伊豆の海　水原秋桜子
*一人ゐて蓬萊に日があまりけり　大谷碧雲居
蓬萊にをさなき宵寝ごころかな　富田　木歩
蓬萊のひかげかづらの末までも　阿波野青畝
蓬萊や湖の空より鳶のこゑ　森　澄雄
蓬萊のかげ暖かき障子かな　西林　青石
蓬萊や祝ぎごとのみに老を撮る　林　昌華
蓬萊や鳥はつねに畦にゐて　飴山　実
蓬萊や竹つたひくる山の水　宇佐美魚目
蓬萊や母の枕は箱枕　磯貝碧蹄館
蓬萊や老舗めでたき御用墨　高橋　淑子

鏡餅《かがみもち》　御鏡　餅《もちひ》鏡　据《すわ》り餅　具足餅　鎧餅

神仏に供える円形で扁平の餅である。円い形で鏡に似ているので鏡餅という。正月のお供え餅である。神前に供えてから下げ、歯固めとして食べる。また鏡開きや骨正月に割って食べ、神と

同じものを食べたという連帯意識を味わうわけである。床飾りとして立派に飾られるようにもなって、大小の円い餅を重ねて一と重ねとして床の間の三宝に飾るようになった。武士は床の間に甲冑を飾り、その前に鏡餅を供えたが、これを具足餅、鎧餅と呼んだ。〈本意〉『本朝食鑑』に「本邦いにしへより餅をもつて神明の供となし、大円塊を作りてもつて鏡の形に擬す。ゆゑに餅を呼びて、鏡と称す。これ、八咫の鏡に擬するか。正月朔日、必ず鏡餅をもつて諸神に供す。および一家の長幼団欒して同じく鏡餅を薦めて、もつて新歳を賀す。あるひは武家は甲冑に供へて、具足餅と号す。これ、八幡神に供すといふ。春初吉日、その供へ餅を煮て、上下相依りてこれを拝嘗す。これを具足餅の祝ひと称す。これらは、家に流例とするものなり。およそ鏡餅をもつて賀儀を祝するは、二箇相重ぬるをもつて一重ねと号す。これ、奇を諱みて偶を用ふるものか」とある。神への供え物の餅で正月にそれを供えて祝いとし、のちそれを食べて福寿を祈るのである。去来に「正月を出して見せうぞ鏡餅」、暁台に「かがみ餅母在《ま》して猶父恋し」、子詢に「若うなる我が影うつせ鏡餅」がある。

青黴の春色ふかし鏡餅　佐々木有風
鏡餅弁天池の石となれ　阿波野青畝
門弟の名札そろふや鏡餅　中村吉右衛門
*鏡餅暗きところに割れて坐す　西東三鬼
つぎつぎに子等家を去り鏡餅　加藤楸邨
露坐仏の大悲の御手の鏡餅　森　桂樹楼
二階は逃げ場かがみ餅くだき干し　荻野　百女
水甕の底にまづ置く鏡餅　下村かよ子
親ひとり子ひとりに夜の鏡餅　飯田　龍太
漉槽の四隅四隅に鏡餅　金丸　鉄蕉
紙漉の舟の上なる鏡餅　市川　三三
師に献ず鏡餅とて母が撫す　田子　水鴨
いと小さき歳神さまの鏡餅　戸塚　茅亭
鏡餅裂目するどくなりにけり　宮本千恵子

鏡餅据ゑても暗き納戸神　下村ひろし
罅に刃を合せて鏡餅ひらく　橋本美代子

飾海老《かざりえび》　海老飾る　伊勢海老飾る　伊勢海老祝ふ　鎌倉海老飾る

正月の飾り物の一つで、鏡餅・蓬萊台・輪飾りなどにそえて飾る海老のことをいう。伊勢海老をゆでて赤く色づかせてある。海老はひげ長く、腰がまがって老人のようなので、長寿延命の意味をこめる。また江戸で伊勢海老を用いるのは、「威勢」にかよわせたものという。〈本意〉『滑稽雑談』に「和俗、伊勢蝦と称するものをもつて、門戸の飾りとし、あるひは蓬萊台に飾る。按ずるに、蝦をもて海老と称するは、その形、鬚長く生ひて高年の者のごとし。ここをもつて、祝ひ事とするならし」とある。長寿・延命を願うための正月の飾りである。

＊暫の顔にも似たりかざり海老　永井荷風
鬚はねて太《はなはだ》長し飾海老　松本たかし
飾海老四海の春を湛へけり　吉田冬葉
海老少し風に曲りし飾かな　古川芋蔓
橙を抱く肱張りて飾り海老　富安風生
伊勢といふ字のさながらに飾海老　鷹羽狩行

飾臼《かざりうす》　臼飾

正月に、農家では土間の新しいむしろの上に洗いきよめた臼をすえ、杵をかけ、注連縄をはり、鏡餅を供える。仕事を休む心をあらわし、また歳神を迎える祭壇とするわけである。〈本意〉農家にとって臼は鍬・鎌などとともに大切なものなので、正月に鏡餅を供えて祭るのである。歳神のよきはからいを祈るのである。

＊大臼をどうと引据ゑ飾りたる　富安　風生
男臼女臼飾り並べけり　山口　漁壮
飾り臼しづかにをれば怒濤音　加藤　楸邨
飾り臼歳月母へつもりけり　黒木　野雨
飾られし臼を背にして診察す　斎藤白南子
日射し来し石の匂ひや飾臼　池田　弥生
飾臼を仔牛の濡れし鼻が嗅ぐ　木場田秀俊
土間の鶏追ひつつ臼を飾るなり　山下　竹揺
飾臼虫くひ居るもめでたけれ　河越　風骨
飾り臼南の窓の雪明り　村上　一央

飾米《かざりごめ》

正月、蓬莱台にそなえる白米のこと。丸盆に盛ったり、小さな俵にして盆にのせたりすることもある。〈本意〉米は富草といわれ、めでたい名であり、長寿と武勇を与えるもの、人の身にこめる、子うめるの略などといわれてきた。植えると、日本では千五百に増えるともされ、よね、世の根とも考えられた。そのめでたきものを供えるのである。

白妙の雪にまがふや飾米　吉田　冬葉
飾米さら〳〵鳴らし飾りけり　藤田　知子
丸盆やまろく盛りたる飾米　桑原青草人
＊母の手の節榑《くれ》立ちて米飾る　久永　芦秋

串柿《くしがき》飾る《かざる》　乾柿《ほしがき》飾る

正月に注連縄につけて飾ったり、蓬莱盆にも載せておき、客にすすめる。「かき」は幸福をかきとるとも言い、嘉来《かき》だから縁起がよいとも、形が串海鼠《くしこ》に似ているからめでたいものとして蓬莱台に加えるとも言い、嘉例食物の一つとされている。皮をむき竹にさし、干して食べることは古くからおこなわれ、これを食べると病気にかかりにくいと考えられた。〈本意〉『年中故事』に

「嘉来の音をもつて、祝ひとす。また掻き取るの祝ひごとなり」とある。語呂合せにすぎないとしても、秋の美味を保存して正月に嘉例食物として食べるのである。遊花に「串柿の夫婦めでたき連理かな」の句がある。

串柿をさして銭籠祝ひかな　安斎桜磈子
串柿を祝ふは鄙のすさびにて　栗生　純夫
＊胡蘆柿の吹き粉を愛でゝ飾りけり　名和三幹竹

福藁《ふくわら》　福藁敷く　ふくさ藁

正月に門口や庭に新しい清らかな藁を敷く。年賀の客の足をよごさぬためといわれるが、歳神を祭る祭場を浄めたいという心からおこなうものであろう。地方でおこなわれる。**〈本意〉**『滑稽雑談』に『和俗正月に、三が日あるひは五か日は、家々の庭に藁を敷きて、これを福藁と称す。これまた禁裏・堂上方にて沙汰なきことなり。民間に、打たざる藁を常にふくさ藁といふ。この義によりて、歳初の祝詞に福藁と称するなり。これまた百姓民間の家屋、尋常不浄なるゆゑ、正月の神を祭り勧請申し、家内の不浄を除くの心ばへなるべし。たとへば、筵道を設けて神輿を行はしむる義に同じ」とある。やはり単に賀客に道をととのえるためだけではなく、年の神を迎える場所を浄めるためのものであろう。

福藁に雀の下りる日向かな　正岡　子規
福藁や雪はしづかに降りつのり　井上烏三公
福藁や足にかゝりて美しき　野村　喜舟
＊福藁を敷いて飾れる唐箕《み》かな　岩谷山梔子
福藁や暖さうに犬眠る　安藤橡面坊
農留守の戸に福藁に日いつぱい　石川　桂郎
福藁のよごるる雨となりにけり　吉沢　無洲
ひとの子に乳房を吸はすふくさ藁　小谷　舜花

福藁に仔牛の誕生待つ農家　横溝　養三　　福藁の雀吹かれつやはらかし　榎本桃幸女

初日拝む《はつひをがむ》

元日に、初手水をすましたあと、初日に向かいかしわ手を打って拝むのは、身のひきしまる気持である。高台や海岸で初日の出を拝むことが行われ、伊勢の二見浦がとりわけ有名である。〈本意〉初日を拝むことは一年のはじめの気持を清らかなものにし、ひきしめる。海岸や高台の神社などでおこなわれてきた。

堅き足袋はきて初日ををろがめり　鈴木白路子　＊初日拝み聖のごとく野夫老いぬ　一戸　耕雨
鳥羽の海初日拝みてはや散りぬ　等々力進午　初日拝す古稀の目がしらうるみけり　高橋　青湖
産《うぶ》髪に初日いただかさんと出づ　下村　槐太　谷住みの小さき初日を拝むなり　藤原たかを

年男《としをとこ》　若男

正月、歳神を迎えてその祭りをおこなう男のこと。最近には節分の豆まきをする男のことを言うようになったが、本来は正月の神を祭る男で、それぞれの家に一人ずついるのである。年男の仕事は年末からはじまり、煤払い、門松や年木を山にとりにゆき、大晦日には年神棚をまつり、門松を立て、餅をそなえ、蓬萊盆を作り、夜十二時をすぎると若水を汲み、雑煮を作る。家の主人、長男などが、斎主になる。〈本意〉『改正月令博物筌』に「年越しの豆をまくより正月の儀式を勤むる人をいふ。また、その年の十二支に当りたるもいふなり」とある。家の健康で不浄でな

い男が正月のすべての祭りをおこなう。祭りは食生活など全般におよぶので、その全体をその男が斎主としておこなうのである。

＊年男松のしづれをあびにけり　高田　蝶衣
年男胡坐して謡一番す　大野　洒竹
年男飲めば痛快男子かな　相島　虚吼
かい抱く大三宝や年男　松本たかし
酒飲めず来て年男たり得るや　杉山　岳陽
年男務め申さん病歴古り　時田　雨耕

若水《わかみづ》　井華水《せいくわすい》　初水　福水　若井　井開　包井開《つつみゐびらき》　若水桶

元日の朝、年男がくみ、歳神にそなえ、口をすすぎ、初手洗《はつちょうず》をし、雑煮を作り、福茶をわかす水。もとは立春の日に主水司が天皇に奉った水で、恵方の井戸の水をくみ、朝餉のとき大土器に入れ折敷にすえて天皇に奉った。それが民間にうつり、正月の朝の行事となった。大晦日の夜、除夜の鐘が鳴ると、井戸に行き、恵方に拝み、唱えごとをしながら水をくむ。その際、新しい桶や柄杓を用いる。そのとき明りに持ってゆく松明を若水松明という。水には、井戸枠に供えた餅を入れ、上向きが豊作、裏向きが不作とうらなうところもある。この水で雑煮を作り、家人とともに食べる。井戸のかわりに、川や海へ水をくみにゆくところもある。〈本意〉『年中行事歌合』注に「若水と申すは、去年の御生気の方の井を点じて、蓋をして人に汲ませずして、春立つ日、主水司、内裏に奉れば、朝餉にてこれをきこしめすなり。年中の邪気を除くといふ本文はべるなり。これは、このごろも変りはべらぬことなり」とある。この宮中の行事が民間にうつったわけである。「年中の邪気を除く」と信じられて、元日の水を尊むのである。

若水やむすべば黒き爪の垢　幸田　露伴
若水や人汲み去れば又湛ふ　赤木　格堂
若水や星辰澄みて鳴る一樹　村山　葵郷
若水や人のこゑする垣の闇　室生　犀星
若水や裏戸を出づる星明り　佐藤　肋骨
若水にざぶと双手やはしけやし　星野　立子
若水や星うつるまで溢れしむ　原田　種茅
*若水のみどりあふるゝ国に在り　岸　秋渓子
若水を汲む深爪のあと滲みて　佐々木瑞人
若水や島に畏き帝の井　加藤　了谷
若水のつるべに丸ろき空を上げ　紀　千束
包み井を開く手元や風起こる　有田風蕩之
牛小屋も灯りてうれし井華水　村山たか女
ふるさとの若水深き井に汲めり　佐納　冬芽
若水をまづ頒ちけり藍の甕　森田連雀子
若水は鎌倉佳しと思ひけり　飯野　砂不

初手水《はつてうづ》

元日の朝汲み上げた若水ではじめて顔や手や口を洗いすすぐことで、それをすませてから、東の空を拝み、神仏に祈念をこらすのである。〈本意〉本来は井戸や川、時には海から汲んできた水で、手や顔をきよめるわけだが、今は水道の水になった。手や顔を洗ってそれだけでなく、心まで清らかにするのである。かつては「初手水」は「若水」の傍題であった。野坡に「初手水むすぶや指も梅の花」の句がある。

田の闇に鶺鴒鳴けり初手水　高田　蝶衣
まだ明けぬ御裳濯川や初手水　伊藤　松宇
白樺に湖に雪飛ぶ初手水　渡辺　水巴
*葱畑の霜雪のごとし初手水　富安　風生
初手水井底の蒼きひといろを　香取佳津見
此の里の深井も慣れつ初手水　粟津　水棹
初手水踊りこぼるる汽車に在り　皿井　旭川
たまはりし一杓青し初手水　安藤　清峰

初竈《はつかまど》　焚初

元日の朝、はじめてかまどを焚くこと。かまどには輪飾りを飾り、年木や豆がら、きびがら、柴などを入れて焚く。京都では、祇園の八坂神社のおけらまいりでいただいてきた火種でかまどを焚き、元日の雑煮を煮る。〈本意〉『季寄新題集』には「元日、雑煮を焚き始めることなり」とあるが、いつもと同じかまど焚きだが、改まった、正月らしい気分のものである。

初竈次々に燃え盛りけり　金子せん女
*初竈一灯の夜気はなれゐし　吉安　師竹
二すぢのこぼれ松葉や初竈　徳永夏川女
業ふかく生きねばならぬ初竈　鍵谷　芳春
火は神の賜ひしものに初竈　京極　杜藻
ま青なる火吹竹あり初竈　藤田　美乗
初竈燃ゆる地獄の世なりけり　新城　世燾
折りくべて桑の小枝や初竈　大竹　孤悠
豆殻を焚き初竈ゆれにけり　萩原　麦草
茄子の木を焚き了りたる初竈　同
初竈葛飾の野は近きかな　村山　古郷
よせてある枯菊も焚き初竈　田村　木国

福沸《ふくわかし》　福鍋

元日の未明に汲んだ若水を沸かすこと。その鍋が福鍋である。一年の最初の煮たきなので、福と祝っていう。四日・七日・十五日に、神に供えたものを下げて、鍋で煮て家中で食べることをいうこともある。七日・十五日のものは、七草粥・小豆粥ともいう。〈本意〉『改正月令博物筌』に「四日、今日、三が日供へたる餅に菜等を粥に入れて食ふ。福沸かしといふは祝ひの詞なり。餅の異名を福生果といふゆゑ、餅の粥を福沸かしといふにや。また、七日に食ふ餅菜の粥をも、

福沸かしといふ。また、元日、若水を汲みてものを煮るを、福沸かしといふ説もあり」とある。普通はこの最後の説が第一に考えられるわけだが、年の始めの煮たきを祝う気持の名前である。

灰の静か鍋の静かや福わかし　松根東洋城

福鍋に入るゝ菜の青よかりけり　井下　猴々

＊福鍋に耳かたむくる心かな　飯田　蛇笏

ひつそりと七日も過ぎぬ福沸　宮部寸七翁

大服《おほぶく》　大福《おほふく》　御福茶　福茶　大福茶

元日に若水でたてたお茶を家族で飲むことだが、このお茶には、山椒・勝栗・梅干・結び昆布などが入っているものだが、今は大福茶としてそれらを茶にまぜ茶商人のところで売っている。村上天皇の時代、疫病が天皇をはじめ天下に流行したとき、六波羅蜜寺の空也上人が、本尊の観世音に供えた茶を天皇に献じ、万民に施したところ、忽ち平癒したといい、それから毎年元日にこの寺から天皇にこのお茶を王服茶として献ずるようになったという。これは一つの伝説であろうが、禅寺などで、式日の早朝におこなわれる梅湯茶礼が一般にひろまったものであろうともいう。大服というのは、たっぷり注いだお茶のことで、梅干を入れて飲んで祝う。〈本意〉『増山の井』に「元日に大服に点てたる茶を、大福と言ひなして用ふることとなり」とある。服の字は忌服の服として不吉とされ、福を用いるというが、梅干や昆布を入れた茶を飲んで、健康と長寿を祈ったわけである。

＊大服をたゞたぶ〳〵と召されしか　高浜　虚子

大服の沸《たぎ》りてかすむ襖かな　勝峰　晋風

侍りて作法知らねど福茶かな　富安　風生

一年を無事でくらせし福茶かな　川上　梨屋

膝に日のあたる福茶をいただきぬ　西山　誠
猫舌に沁みてめでたき福茶かな　中村　春逸
福茶してひとりひとりの子におよぶ　中村　秋晴
故郷は母点て給ふ福茶かな　小田芙美子
喜寿の師に古稀の教へ子福茶うく　加藤　康人
鳥影の一瞬走る福茶かな　渡辺　均

屠蘇祝ふ《とそいはふ》

屠蘇　屠蘇酒　屠蘇袋　屠蘇の香　屠蘇の酔

防風・桔梗・白朮《びやくじゆつ》・山椒・肉桂などを調合し、三角形の紅絹の袋に入れ、酒か味醂にひたしたもので、薬酒の一種である。元日に飲んで一年の邪気をはらい、三が日には年賀の客に出す。中国から渡来し、嵯峨天皇の頃、九世紀にはすでに用いられていた。毎年飲むと一生のあいだ無病でいられるといい、また飲むときは幼少の者から次第に長上の者におよぶものとされたが、今日では、元日の祝い酒のように考えられている。〈本意〉『歳時故実』に、「屠蘇酒は、屠蘇散といふ薬を一貼《てふ》、紅《もみ》の袋に入れ、除夜より井の中に吊り、元朝取り上げ、酒に浸し、この酒を一家残らず、少年より飲み始め、老人に飲み納むれば、年中疫癘を病まずとなり。このこと、唐《もろこし》より始まれり。日本にては、嵯峨天皇の弘仁年中に始まる」とある。一年の邪気をはらう薬酒である。年少より年長の順に飲むしきたりがある。

頽齢の舌にとろりと屠蘇あまし　富安　風生
屠蘇のむや正座して病なき如し　高橋蒼々子
*屠蘇の酔ひ男の顔のうるはしき　高橋淡路女
次の子も屠蘇を綺麗に干すことよ　中村　汀女
齢高き父より受くる屠蘇の盃　福田　蓼汀
屠蘇飲むは幸を飲む如くなり　相生垣瓜人
屠蘇飲みてややふくよかになりにけり　同
屠蘇酒に酔ひつつありて鮨握る　久永　芦秋
屠蘇うけて居並ぶ顔を愛しめり　酒井　彩雨
屠蘇の酔妻の化粧を子にささやく　西垣　脩
たくましき子の手となりぬ屠蘇をつぐ　八木けい子
祖母も母も並びて小さし屠蘇をうく　古賀まり子

酔ふほどは飲まぬつもりの屠蘇に酔ふ　下村ひろし
屠蘇注ぐや吾娘送りきし青年に　加倉井秋を
火の国に住みて地酒を屠蘇がはり　大島　民郎
ひとりくむ屠蘇にかなしや酔ひ心地　菖蒲　あや

雑煮祝ふ《ざふにいはふ》

雑煮　羹《かん》を祝ふ　雑煮餅　雑煮膳　雑煮椀

雑煮は正月の三日間食べるのが普通だが、六日間食べて、七日の七草粥以後は食べないという家もある。雑煮は、年迎えをするために、年越しの夜、年神にいろいろのものを供えたが、それらを下げて、煮て食べた名残りのものと思われる。地方によって様式がちがうが、大別すると、関西が丸餅、餅を焼かずにみそ汁で煮、関東では切り餅、餅を焼いてすまし汁で煮る。あずき汁に餅を入れるところ（裏日本）、切り餅に小豆をのせたものを雑煮というところ（新潟）、切り餅の上に野菜の煮たものをのせ、汁のない雑煮を食べるところ（東北地方）などもある。ただ次第に東京風になってきている。汁に入れる具は、東京では小松菜、北陸・東北では里芋・大根・人参・牛蒡などを用いるが、多くは年神に供えた豆腐・昆布・するめ・あるいは幸木にかけた鰤などである。節料理を煮て重箱につめておき、雑煮とともに食べることがよくおこなわれる。節料理は、里芋・黒豆・するめ・昆布・牛蒡・人参・干し魚などを煮たものである。〈本意〉『歳時故実』に元日として「雑煮とて、餅を煮て今朝食ふこと、歯固めの餅を煮て食ふなるべし。また……鏡餅を煮て万民拝賞したること例となり、これを後の世に雑煮と名づけたり。……餅は福の躰なり。年始に賞翫すること、かやうのためしと見たり」とある。雑煮の名はいろいろなものをまぜて煮たものだからという。北九州でノーレェ、ノーライというのは、直会《なおらい》のなまり。直会は神饌をおろしていただく行事で、神に供えたものをいただき、その功徳をいただき、一年、健康

に、福を得てくらせることを祈る食物である。蕪村の「三椀の雑煮かゆるや長者ぶり」が知られている。

揺らげる歯そのまま大事雑煮食ふ　高浜　虚子
雑煮食うてねむうなりけり勿体な　村上　鬼城
*何の菜のつぼみなるらん雑煮汁　室生　犀星
空たかき風ききながら雑煮膳　臼田　亜浪
国ぶりの雑煮祝へば国恋し　宮田　重男
雑煮食ふて獄は読むほか寝るほかなし　秋元不死男
殖えてまた減りゆく家族雑煮食ふ　大橋桜坡子
働かぬ手にいただくや雑煮箸　西島　麦南
老妻のかしづく雑煮替へにけり　大橋越央子
母の乳房吸っては戻る雑煮膳　林　昌華
今年から夫婦つきりの雑煮かな　松屋　春鈴
パン食に馴れて雑煮の餅小さく　竹尾　夜畔
菜園をへだつ鶏鳴雑煮食ふ　塩崎晩紅里
鶴を聞けり旅の雑煮を祝ひつゝ　宮原　双馨
仏間まで岩海苔匂ふ能登雑煮　杉山　郁夫
塗椀のぬくみを置けり加賀雑煮　井上　雪
子ら遠くふたりに雑煮余りけり　吉沢　卯一
海凪ぎて旅の雑煮の味淡し　中村　明子

太箸《ふとばし》　羹箸《かんばし》　雑煮箸　柳箸　祝箸　箸包　箸紙

正月の雑煮を食べるときに使う、柳の白木の太い箸である。両端を細く、まんなかを太くけずり、使う人の名を書いた箸袋に入れる。浅草の市ではお羹箸という名で売っていた。羹は雑煮のことである。箸が折れるのを不吉として、折れないように、中太に作ったものであろうが、足利七代将軍義勝が落馬して死んだ理由に、その年の元朝の儀式に箸が折れたことがあげられ、弟義時が将軍位についたとき、箸を折れぬよう太く作らせたという。これは由来話にすぎぬが、柳の木を用いるのも折れぬためだという。〈本意〉『滑稽雑談』に、「和俗、年始に用ふる箸を尋常よ

り太く作りて、太箸といふ。この儀、禁裏・院中・堂上など、かつて沙汰なきことなり。ただ民間にあるならし。いつのころよりかくのごとくするにや。ある説に、箸の折るるは落馬の相といへり」として、足利義勝の話が出ている。また同書に「民間に元朝羹《あつもの》の餅《もちひ》など食ふに、その便りあるゆゑにやはべる」ともあるが、何らかの祝いの気持をこめて作られたものであろう。

＊太箸のたゞ太々とありぬべし　高浜　虚子
柳箸今年は母の亡かりけり　小沢　碧童
太箸やいただいて置くしづごころ　飯田　蛇笏
太箸や頬燃えて侍す吾子二人　石田　波郷
太箸にとゞまる日光手に移す　渡辺　桂子
太箸やいのち惜まむ四人子に　沢田弦四朗
いつまでも母の太箸汚れなく　鳥越すみこ
太箸や惣領といふは粗忽者　清水　基吉

歯固《はがため》　歯固の餅　火鑽餅《ひきりのもち》

歯は「よはひ」と読んで年齢の意をあらわすので、歯固めとは健康を守り寿命を延ばす意味になるが、もともとは、かたいものを食べて、歯の根を丈夫にすることであったろう。正月の鏡餅を二十日に砕いて食べることを歯固めの日と呼び、また正月の餅を六月朔日や夏至の日に食べて歯固めといっている所が今も残るが、実際に鏡餅を食べたりすることは中古にはすでにおこなわれなくなり、歯固めの餅は見るだけのものとなった。宮中の歯固めは、鏡餅・大根・瓜・押し鮎・猪肉・鹿肉などを皿に盛って天皇に奉るが、実際には食べないようで、室町時代には近江からささげた、火鑽餅《ひきりのもち》（清浄な火を鑽ってこしらえた餅）に『古今集』の寿歌を三唱するようになる。足利将軍は紅白十二個の菱餅を焼いて食べ、徳川将軍は、鏡餅・熨斗餅を三方に積み、かや・搗栗《かちぐり》・だいだいなどを飾って歯固めの儀式とした。民間では、一人一人の小さな鏡餅を、押

し鮎・大根・たちばな・だいだいなどとともに食べ、歯固めとし、また飴を食べたり、搗栗・かや・大根・蕪・串柿・みかん・するめ・こんぶなどを食べて歯固めとした。〈本意〉『世諺問答』に「問ひて云、同日（元三の日）歯固といひて、餅鏡に向かふことは、いかなることぞや。答、人は歯をもつて命とするがゆゑに、歯といふ文字をば〈よはひ〉とも訓むなり。歯固は、よはひを固むる心なり。餅は近江の国の火切の餅を用ふべきことなり。さて正月の鏡にして向かふ時は、古今集に入りたる〈近江のや鏡の山をたてたればかねてぞ見ゆる君が千年は〉という歌を誦するなり。この歌は、延喜の御門の御時、近江の国より大嘗会の御贄奉りし時、大伴の黒主が詠める歌なり。源氏初音の巻にも、この歌の詞を引きて書けるなり」とある。歯をかため、健康を確保するための儀式であり、そのための食物でもある。

*歯固や年歯とも言ひ習はせり　高浜　虚子
歯固や甘えごころに母のもと　岸　風三楼
歯固や鼠は何を食む今宵　尾崎　紅葉
歯固や火に酔ふ母の面赤し　佐久間法師
歯固やかねて侘しき飯の砂　松瀬　青々
歯固めの木の実一箱大和より　佐野　千作

喰積《くひつみ》　重詰　重詰料理　組重　ほうらい　手掛　喰積飾

今は重箱に、きんとん・かまぼこ・だて巻き・数の子・こぶ巻き・照りごまめ・鱠・黒豆などを一の重から四の重まで、口取り・鉢肴・甘煮・小皿などに分けて詰め、年賀の客に出してもてなす。これはもと江戸などで饗膳用に用いられたもので、三方の上に、のしあわび・勝栗・こんぶ・ところ・ほんだわら・干柿・みかん・葩煎《はぜ》などを盛った。正月用の蓬莱台と同じものである。その盛るものはみな縁起物であり、賀客は葩煎だけを取って食べたり、食べる真似をしたりした。そ

のため、別に重詰料理を用意して、客をもてなすようになった。この重詰料理がしだいに主流となるのである。〈本意〉『傍廂』に、「初春の祝物の食ひつみといふは、春の始めに食ひて薬となるべきもののみを取り集めて、客も主も物語りしながら、つまみ取りて食ひしゆゑに、くひつみとはいへるなり。今は食はぬこととして、生米をつめれど、昔は葩煎《はぜ》といひて、糯を爆りて孛婁《はぜ》しめたるなり」「そのほか、栢・かち栗・梅干・蜜柑・乾柿・熨斗・昆布・楪葉・裏白・山橘・小松・橙・九年母・野老《ところ》・神馬藻《ほだはら》など、みな無毒有能のものにて、初春の薬に用ふべきものなり。本草綱目に委しくありて、功能明らかなり。さるを、今は食はぬものとなりたるは、をかしきことなり」とある。身体によい、縁起物を積み上げて、賀客をもてなし、年頭のあいさつをかわしたものである。しだいに装飾用になり、実際に食べる重詰料理があらわれ、主流を示すようになる。嵐雪に「ほつほつと喰摘あらす夫婦かな」がある。

喰積にとき〴〵動く老の箸　高浜　虚子
凍てしきる喰積つつく寝しなかな　高田　蝶衣
松島の鯊は鰭張り食積に　山口　青邨
*喰積にさびしき夫婦箸とりぬ　松本たかし
食積の慈姑その他はなくもがな　石塚　友二
食積にあいその箸やすぐに置く　細川　加賀
食積や日がいつぱいの母の前　山田みづえ
喰積や我名なほある箸袋　萩谷　成村
食積の鏍鈿またたく蓋をとる　木田　素子
食積に箸紙赤き祝ひ箸　中村　春逸
喰積のみちのくぶりも母ゆづり　小竹よし生
喰積や子に凌がるる酒の量　冨山　青沂

数の子《かずのこ》　かどのこ

正しくは、かどのこ。かどというのは、アイヌ語のにしんのことで、その卵巣を数の子という。

また、多産の卵であるところから、子孫繁栄の意味をこめて数の子という、とする説もある。にしんの漁期は四月、五月で、卵巣は塩蔵にしたり、乾燥したりして保存する。近年は不漁がつづき、海のダイヤといわれるが、乾燥したものも塩蔵のものも、米のとぎ汁につけてもどし、酒・醬油・味醂でつけるとうまい。〈**本意**〉『本朝食鑑』に「本朝流俗、歳首に家々数の子をもつて規祝の一具となして、子孫繁多の義に取る。これもまた、田作・海老・懸鯛・乾鰯の類か」とある。卵の数が多いので、子孫繁栄を祈る縁起の食品である。

＊数の子を好む子は皆母似にて　大谷　句仏
数の子をかみ〱ひとりなるを思ひ　龍岡　晋
ひとり飲む酒数の子の粒々も　佐野　良太
数の子の妻のこめかみめでたけれ　石田　波郷
数の子にいとけなき歯を鳴らしけり　田村　木国
数の子を嚙む音子より起りけり　浦野　芳南
今は亡き子よ嚙めば数の子音のして　加藤　楸邨
数の子や一男一女大切に　安住　敦

田作《たづくり》　五万米《ごまめ》　小殿原《ことのばら》

一般に五万米の字を宛ててごまめというが、昔、田の肥料にしたというところから、田作とも呼ばれ、その名の縁起の良さから、豊作を祈願して正月料理には欠かせぬものとなっている。武家では小殿原と呼んだ。かたくちいわしを水で洗い、そのまま日に干して乾燥させたもの。ほうろくでこがさぬように煎り、あめ煮にしたものを照りごまめといい、欠かせぬ正月のおせち料理の一つ。〈**本意**〉『本朝食鑑』に、灰にまぜたり、糞汁にまぜたりして、乾鯷《ひしこ》の刻んだものを田に与えると稲がゆたかに、味よく出来るので、乾鯷を田作といい、時には乾鰯を用いるとある。こ

のためか、正月の供膳に乾鯷・塩乾の鰯・塩乾の小鯛を加えるという。武家で小殿原というのは、子孫繁栄の義を祝うためともある。ともあれ、田作という名が縁起よいものとされて、正月の縁起物の一つとなっているのである。

＊自嘲して五万米の歯ぎしりといふ言葉　富安　風生
噛み噛むや歯切れこまかにごまめの香　松根東洋城
田作や河童に入歯なかるべし　秋元不死男
ごまめ噛む歯のみ健やか幸とせむ　細川　加賀
口ばつかり達者になりしごまめかな　橋場もとき
田作や箸に触れ合ふ海の色　柴田清風居
齢重ねなほ田作のほろ苦き　鷹野　映
孫の顔ひとりふえたるごまめかな　三宅　応人
こしかたの正直すぎしごまめかな　川上　梨屋
田作の秤りこぼるる光かな　永井　暁江

年酒　ねんしゅ　年始酒　年酒《としざけ》

年始に来た客にすすめる酒のこと。もともとは、数の子やごまめなどをさかなに祝い酒を飲むだけのものだったが、だんだん贅沢な膳を出すようなならわしがうまれてきた。〈本意〉新年の祝いの酒なので、祝いの気持だけにすべきもので、酔いつぶれたりすることはその気持に反すること甚だしい。

年酒の座ひとの訃をまだ報じ得ず　岡本　圭岳
＊年酒酌むふるさと遠き二人かな　高野　素十
師の遺影ほゝ笑たえぬ年酒かな　鈴木　頑石
汝の年酒一升一升又一升　阿波野青畝
馬に逢ひ年酒の酔の発しけり　秋元不死男
無雑作に重ねし年や年酒享く　石田あき子
女一人面はゆくゐる年酒かな　川口つばな
年酒くむみな一病を負ふよはひ　本多　静江
お年酒や思ひの外に深き酔　藤永　誠一
年酒また独りがたのし鴨餠　宮田　要

切山椒《きりざんせう》

正月の菓子で、しん粉に砂糖・粉山椒をまぜ、水でこね、山椒の実を熱湯にひたした汁を少し加え、蒸してから臼で搗き、それをくりかえして、長方形に切ったもの。色は紅白に作るのが普通で、五色にすることもあり、山椒の香りがして、なつかしい。十月十九日の恵比寿講の市や初芝居の土産に売る風習があった。主として正月に東京の菓子屋で売ったもの。〈本意〉山椒の香りのする甘い菓子だが、今は古い時代のなつかしい正月の名残りとなっている菓子である。

わかくさのいろも添へたり切山椒　久保田万太郎
賑やかを持てきし人や切山椒　星野　立子
*戦なき切山椒の香なりけり　石川　桂郎
切山椒大き袋の中に乾ぬ　八木林之助
吉原のきりざんせうをみやげかな　下田　実花
座敷より茶の間が好きや切山椒　池内たけし

草石蚕《ちよろぎ》

ちよろぎ　甘露子《ちよろぎ》　滴露《ちよろぎ》

ちょろぎは脣形科の多年草で、この地下茎の先に白い塊茎があって、連珠の形をしているが、これを梅酢で赤く染めて、正月料理の黒豆の中にまぜる。徳川時代に中国から渡来したもので、この塊茎を採るために、畑に栽培される。〈本意〉塊茎がおもしろい形をしているので、それを赤く染めて、色どりに黒豆の中に入れるのである。

喰積のちよろげいつまで赤きかな　杉本　禾人
*取箸やちよろぎを添へて末の子も　大日向　洋
大叔父の好むちよろぎや先づ献ず　石井　均二
とりわけしちよろぎの紅に箸つけず　二木倭文夫

年賀《ねんが》　年の賀　年始　年の礼　初礼　春の礼　礼者　賀客　廻礼　年始廻り　賀正

新年の賀詞を述べるために、親戚・知人・近隣を訪ねてまわる。訪ねられた方も賀詞を述べてそれにこたえる。朝廷では古く元日に朝賀の式があり、天皇に賀を述べ、二日には天皇が上皇や皇太后に賀を述べるため行幸した。村々でも分家の者や出入りのものが本家に年賀を述べにおもむき、都市では、親戚・本店・支店・出入り関係の年賀がさかんにおこなわれた。明治大正には紋服やモーニングで年賀がおこなわれ、今はそれもすたれたが、華やかな、正月らしさが年賀の景に見られる。〈本意〉『日次紀事』に、正月として、「この月、士農工商および僧徒・神官、各々贄を執りて互に相賀す。およそ新年互に贈答の物、すべて年玉といふ。およそ諸商、常にその物を買ふところの家を、これ得意方といひ、新年必ず年玉を執りその家に行きて新年を賀す」とある。自分のかかわりのある義理のある人々に新年を賀し、一年の吉を祈るのである。

各々の年を取りたる年賀かな　高浜　虚子
廻礼や伊吹颪に吹かれ来し　塩谷　鵜平
ひそと来てひそと去りたる礼者かな　久保田万太郎
女弟子女礼者として見《まみ》ゆ　後藤　夜半
年礼に来し木匠の木の香する　山口　誓子
ねこに来る賀状や猫のくすしより　久保より江
飄然と君が賀状や支那とのみ　五十嵐播水
猫と居る庭あたたかし賀客来る　松本たかし
＊若人らどかどかと来て年祝ぐも　大野　林火
年祝ふ家族の増ゆることもなく　山口波津女
武蔵野の芋さげてゆく年賀かな　佐野青陽人
われ農や年始疲れは靴からくる　大熊　輝一
輝ける眉毛へ年賀申しけり　野村　親二
親方となりたる年賀受けにけり　橋場もとき
役者あきらめし人よりの年賀かな　中村　伸郎
雪卸し助けて御慶申しけり　黒田桜の園

遺児として逞しく生ひ年礼に　柏原　絢
片言の孫の年賀をうけにけり　林　鰌児

御慶《ぎょけい》　改年の御慶

新年の祝詞で、年始にかわしあう。古いことばの感じを愛して使うむきもあるようだが、忘れられかけている。〈本意〉意味の上だけでは祝い全般について言えるが、とくに、年始のときの専用である。ことばの印象も耳への音もいかにも年頭祝賀の感じである。野坡の「長松が親の名で来る御慶かな」が知られるが、古い時代の古典的な印象である。

橋の上の御慶もっともはなやかに　中島　南北
彼のそば彼女ゐる筈御慶のぶ　森田　峠
*歩み寄りさらりと御慶言ひ交し　今井つる女
もう母に頼れぬ御慶申しけり　鈴木　栄子
賀辞述べし口開けられて咽喉診らる　樽沼　清子
美しきことのはじめの御慶かな　前田野生子

礼者《れいじゃ》　初礼者　門礼者　賀客　年賀客　年始客　年賀人《びと》

正月のはじめに、年賀を述べるため、家々をまわり歩く人のこと。三日間でたくさんの家をまわるため、玄関先でお祝いをのべて去るのを門礼、その人を門礼者という。〈本意〉『日次紀事』に「およそ諸商、その物を買ふところの家を、これ得意方といひ、新年必ず年玉を執り、その家に行きて新年を賀す。……諸民に至りては、各々作業の物を相贈る。高貴のごときは、太刀・馬代・時服等贈答の物、枚挙に及ばず」などとある。タオルやお茶、海苔などのものを持って、年始に歩く人である。

病牀を囲む礼者や五六人　正岡　子規
星月夜鎌倉山に年賀客　高浜　虚子
慇懃にいと古風なる礼者かな　同
*雪掻けば直ちに見ゆる礼者かな　前田　普羅
一棟は粟稈葺けり礼者来る　滝井　孝作
玄関で足袋はきかへし礼者かな　大場白水郎
南縁の日に迎へたる賀客かな　室積　徂春
賀客なく雪ふりつもる山家めき　山口　青邨
寒屋にひそみて居れど礼者くる　百合山羽公
三歳の礼者女王のごと来り　中村　良子
礼者来る落葉松に雨降りそそぎ　出光　牽牛星
礼者まづ茶畑づたひ隣家より　岩城のり子

女礼者《をんなれいじや》　女賀客　女礼《をんなれい》

年賀にまわる女性のことで、四日以後に見られることが多い。三が日は、客の応対などで家を出られず、そのあとにまわる。女性の年賀は時間がかかり、あまり外へ出られぬので、三月の雛の節句まではよいとされた。一月十五日を女正月といい、女礼者のまわりはじめの日とし、また女だけの正月の祝いをするところが多い。〈本意〉女性の年始まわりは、男とちがって三が日がすぎて、年賀の客がなくなってからになる。男の年賀とは異る、きめこまかい、情感の漂う年賀である。

*女礼者らしく古風につゝましく　高浜　虚子
相逢うて女礼者や物語　松根東洋城
産見舞かねての女礼者来る　名和三幹竹
雪払ふたしかに女礼者たり　佐々木有風
藪蔭より出で来し女礼者かな　村山　古郷
譲り合うて入り来る女礼者かな　川原田蒲公英
繭の香をまとひし女礼者かな　滝沢伊代次
涙ぐむ話に女礼者かな　有地由紀子
満月が女礼者の肩ごしに　佐藤明日香
そこまでと女礼者を送る妻　重原　爽美

礼受《れいうけ》

年賀の客を三が日玄関にむかえ、祝詞をうけ、応対すること、またその人のこと。年賀の記帳をする帳面が礼帳、礼受帳である。〈本意〉年賀客を迎え、祝詞を受け、祝詞をかえすこと、またその人のことで、主人役の人、またはその代りになる人の仕事になる。

＊礼受やよき衣寒く置炬燵　高浜　虚子
遊び妓火桶囲みて礼者受　後藤　夜半
礼受の人恥しや筒井筒　同
礼受や雲水の礼うつくしく　岡村　浩村

名刺受《めいしうけ》

正月三が日の間、回礼の客が来ても応接しなくてすむように、玄関先、店舗先に、名刺入れの器を置いておく。三宝風のもの、また塗盆に袱紗を敷いたものが使われる。〈本意〉中国で宋の末のころより、名刺風のものを下僕にとどけさせたといい、明人も、机上に白紙簿と筆研をおいて、賀客が署名し、迎送することがなかったという。簡便なので、士庶の家でそうすることが多くなったが、実意を得ないでよいのかどうか、後世の風俗だと『一話一言』にある。簡便な方法だが、礼受の一つの方法となっている。回礼で方々をたずねねばならぬため、主客ともに便利でもあるわけである。

名刺受早や暮れそめてをりにけり　今村　晩果
＊大徳寺庫裏深々と名刺受　山口　誓子
はや〳〵の人のなつかし名刺受　上川井梨葉
吾に馴れし犬吾手嘗《な》む名刺受　中野　三允
名刺受雪降りこみて濡れにけり　大場白水郎
役者名を知らず名刺を交換す　新所　杏所

名刺受第一枚目置きにけり　前田野生子
文鎮の鷹の眼が澄み名刺受　藤田　志洗

年玉《としだま》　お年玉　礼扇

今日では、年始回りのときに配る手拭や半紙、そのほかの品、あるいは、正月に、子供たちに与える金《かね》、または品物をいう。この風習は、中世からおこなわれるようになった。室町時代では、将軍家から皇族へ、禁中から人々へ、また僧家のあいだなどで、贈答がおこなわれ、扇・紙・絹織物・酒・魚、若い人々には、羽子板や羽根、毬打が贈られた。年頭の贈り物でなく、年玉を使う地方があり、神詣でのとき白米を白紙に包んでひねったものを九州地方では年玉と言い、鹿児島県の甑《こしき》島では、年ドンという歳神に扮した若者が元日の朝、一軒ずつ回って、子供たちに紅白の丸餅を渡すが、この餅を年玉という。江戸時代には年玉は多く扇または鼠半紙が用いられた。

〈本意〉『日次紀事』に「およそ新年互に贈答の物、すべて年玉といふ」とあるが、新年を喜び、祝うこころをこめた贈物ということである。一茶の句に「とし玉のさいそくに来る孫子かな」「年玉をおとして行くや留守の家」があるが、年玉の風習の実情をよくとらえている。

年玉を並べて置くや枕元　正岡　子規
年玉を呉れたりしこと罪せしむ　岡本　圭岳
年玉やかち〳〵山の本一つ　松瀬　青々
年玉の襟一トかけや袂より　久保田万太郎
*年玉の手拭の染メ匂ひけり　同
年玉や貝に納めし豆人形　島道　素石
年玉のかざしの鶴の挿せば舞ふ　森川　暁水
お年玉使走りの小娘に　池内たけし
かへらうといふ子にお年玉何を　上村　占魚
年玉をとりためらふもあはれなり　比良　暮雪

賀状《がじやう》　年賀状　年始状　年賀郵便　年賀電報　年賀はがき

新年の賀詞を記したはがきや手紙である。郵政省では年賀はがきを年末に売り出し、年賀郵便特別取り扱いをおこない、元日には、年賀状がちゃんと届くようにしている。年賀電報もある。年賀状の配達はたのしく、古い友人知人の消息を知ったり、思いがけない顔を思いうかべたりする。〈本意〉新年を迎えた喜びと祝意を述べる手紙やはがきである。旧知の人や、新しく知り合った人に、新年の挨拶をするわけである。親しみとなつかしみをもっておこなう一年一度の礼儀である。しかし中には、義理だけで心のこもらない年賀状もある。

〃長命寺さくらもち〃より賀状かな　久保田万太郎
賀状来ぬ其の人の訃や人づてに　高橋淡路女
薄倖の字の美しき賀状かな　五十嵐播水
*母国語の賀状なつかしかりしとや　阿波野青畝
年賀受け年賀状受け籠りをり　松本たかし
たのしきらし我への賀状妻が読み　加藤楸邨
世に在らぬ如く一人の賀状なし　皆吉爽雨
人去りて賀状それぞれ言葉発《な》す　角川源義
賀状うづたかしかのひとよりは来ず　桂信子
子への賀状量《かさ》自ら年の順　貞弘衛
符箋あまた疲れし賀状返り来る　鈴木鶉衣
賀状完配井戸から生きた水を飲む　磯貝碧蹄館
喪にあつて賀状一瞥したるのみ　森田峠
亡き人へ年賀の筆をあやまりて　川畑火川
担ぎ女の賀状代りと菜をくれし　内田黄子
団地ぐらし賀状の版画壁に貼る　権藤匡道
賀状色刷り家族の名前また殖えて　小沢多留男
年賀状余白に喜寿とありしかな　佐藤路草
この賀状焙り出しとはおもしろや　佐久間慧子
賀状書く背を夕焼が移るらし　黒岩有径
年賀状来る日来ぬ日となりにけり　荒子明子
母のみの吾家賀状の少なさよ　麻生和子
賜はりし一顧うれしき賀状かな　篠塚しげ子
いつ逢へるともなく見入る賀状かな　河原白朝

初便《はつだより》

新年になってはじめての手紙や葉書のこと。多く、受けとる場合に言う。年賀状の場合は初便とは言わない。近況などが書かれたものを指す。肉親や親戚、友人などの初便りは嬉しい。自分が書く便りも、明るい気持で書ける。**〈本意〉**新年を迎えた喜びで、手紙を受ける場合も書く場合も、心たのしい思いである。

初便りとは淡々の恋ごころ　山口　青邨
老来の覇気の溢るゝ初便り　大橋越央子
初便り一子を語るつまびらか　中村　汀女
初便り皆生きてゐてくれしかな　石塚　友二
＊初だよりかなしきことをさりげなく　西山　誠
初便り友垣古りて美しき　渡辺みかげ
ロンドンを倫敦と書き初だより　梅村　好文
退職のことには触れず初だより　宇都宮斧響
初便り兄の字劃の固さかな　小野満里子
ふたりには未来あるのみ初便り　松原　文子

初電話《はつでんわ》

新年、はじめて電話で話しあうことである。年賀のあいさつをし、明るい楽しいことを話す。**〈本意〉**新年の電話なので、くらいこと、悲しいことなどを話題にせず、明るい話を、さらっと話すわけである。

初電話巴里よりと聞き椅子を立つ　水原秋桜子
メモにとりうれしきことの初電話　富安　風生
初電話果して彼の声なりし　高浜　年尾
初電話ありぬ果して父の声　星野　立子
初電話二人が起ちて姉がきく　五十嵐播水
＊よき事の話みじかき初電話　肱岡　恵子

初電話簡潔にして父の情　近藤　昌平

初電話親しき声のはづみ来し　天野佳津子

初刷《はつずり》　刷初《すりぞめ》

新年になってはじめて新聞や雑誌などの印刷物を刊行することで、とりわけ、元日の新聞や週刊誌などをさす場合が多い。屠蘇を酌み、雑煮を食べて読む新聞などには、新年の特別の記事が多く、カラフルに刷られ、写真も多く、特別な印象深い季節感がある。〈本意〉「初」に大きな意味があり、新しい年のはじめという、印象の一新した、新鮮で、気持のひきしまった思いで読む印刷物である。

初刷の刷りあやまりし表紙かな　久保田万太郎

初刷やくさぐさわかつ奥と店　長谷川春草

初刷をたたんで渡す膝の上　甲田鐘一路

初刷の郵便受に余りけり　阿片　瓢郎

*初刷をひろげて部屋を領したる　井沢　正江

初刷のばさと置かれて日浴びたる　岡田　貞峰

初刷のまぬがれがたき誤植かな　轡田　進

初刷りの大小の穴切り抜きす　大森扶起子

初刷の危機てふ文字をみのがさず　小林白山子

初刷のにほふ紙面に師の随想　斎藤みゆき

初写真《はつしやしん》　初撮し

新年にはじめて写真をとること。そのときとった写真をいうこともある。全員元気で正月を迎えた家族の写真をとるのはよい記念にもなり、またどんな写真でも、あらたまった、印象ぶかい写真になる。〈本意〉あらたまった気持でうつす新年の写真で、ひとつの区切り目のものとして印象ぶかい。

初写真長幼序あり一家庭　伊藤　松宇
初写真妻が前髪歪みゐる　杉田　以山
*初写真おもひきり師に寄り添ひぬ　小川原嘘帥
初写真素直に笑顔生れけり　同
初写真紅き幼児を膝に載す　佐久間かよ
吾子初写し介添妻の太き指　小島　青樹
婢の顔のすこしのぞける初写真　色部みつぎ
初写真かゞめば芝の温みをり　佐藤　輝城
初写真遠まなざしのまま撮られ　塩崎　緑
しぐれ今晴れしと並び初写真　佐々木民子

初暦《はつごよみ》　新暦　伊勢暦　暦開き　本暦《ほんごよみ》　柱暦　綴暦　花暦　巻暦

新年に、その年の暦をはじめて使うこと。暦開きともいう。暦はもとは巻物で、右から巻いて使っていったので、巻暦ともいわれた。昭和はじめの頃には、三百六十五日の日めくり（綴暦）が用いられたが、その後月毎の七曜表が多く用いられるようになった。花の開落をしらせる花暦、行事を記した暦もある。暦本は今日ではほとんど見られなくなった。〈本意〉暦には、京都の大経師暦、伊勢神宮の伊勢暦、伊豆の三島の三島暦があって、大経師暦は禁裏に書き進ぜられた。暦は冬に売り、初春にはじめて見、ひらくわけである。荷了に「身のねがひ言ふてあけるや初暦」の句があるが、一年の幸を祈る気持で、暦をひらいたのである。

小机に載せてこそあれ初暦　尾崎　紅葉
父の座のうしろに掛けぬ初暦　佐藤　紅緑
初暦冷たく折目そろひけり　渡辺　水巴
初暦掛ける処や戸惑はず　池内たけし
初暦わが起ち上る日はどの日　日野　草城
初暦知らぬ月日の美しく　吉屋　信子
子に来るもの我にもう来ず初暦　加藤　楸邨
初暦かけしいつもの柱かな　西山　誠
*初暦めくれば月日流れそむ　五十嵐播水
初暦終の日付をいつにせむ　小谷　舜花

初暦かけて野鍛冶の煤柱　森　冬比古
人おもふ倖せを抱き初暦　加藤えう子
初暦吊りて花やぐ居間の子よ　関口　成生
初暦胸中に齢重くなれり　花田　哲行
祖父となる日もこの中に初暦　梅村　好文
吾子の背の高さにかける初暦　高橋　悦男

初日記《はつにつき》　日記始　新日記

新年に初めて一年の日記をつけはじめることである。日記帳も新しく、その第一ページに書き入れることが、心をひきしめ、どこかたのしい。〈本意〉一年のはじめの日記で心のあらたまる思いがある。

*初日記いのちかなしとしるしけり　久保田万太郎
老の字の虫のやうなる初日記　富安　風生
初日記老のこととて色もなし　小杉　余子
太初より言葉はかなし初日記　野見山朱鳥
新しき日記とかさね記紀風土記　木村　蕪城
新日記三百六十五日の白　堀内　薫
日記始め罪なきつみをしるしけり　松尾　春鈴
大雪と書くことたのし日記初　大場　香波
初日記今年もおのれ欺くや　椎津　虚彦
初日記充たすもの何欠くるは何　野沢　節子
初日記わが半生は母占むる　番取佳津見
闘病の体温記す初日記　相川紫芥子

初湯《はつゆ》　初風呂　若湯　湯殿初　初湯殿

新年に初めてはいる風呂で、銭湯では、元日は休みで、二日が初湯になる。初湯には番台に祝儀をのせる習慣があった。初湯を若湯と呼んで、若返るとするのは阿蘇地方である。七日に七草粥に入れる七草のゆで汁を入れて風呂をたき、初風呂とよんで、霜焼けにかからないとする地方もある。〈本意〉日は時代と地方によってちがいがあるが、だいたい正月二日に入る湯で、一年

のはじめの入浴で、若返ると言い、祝うべきものとしている。新年を迎えて、身も心も一新することの一つのあらわれになる。沐浴し、一年の幸を祈る気持である。

から〳〵と初湯の桶をならしつゝ　高浜　虚子
*わらんべの溺るるばかり初湯かな　飯田　蛇笏
男湯の初湯に白し女の子　松浦　為王
初風呂や父の次には男の子　星野　立子
初湯出て青年母の鏡台に　三橋　鷹女
わが焚きてわが初風呂としたりけり　中村　春逸
赤煮えの蟹が初湯を出て歩く　平畑　静塔
我年に母吾を生みぬ初湯浴み　石橋　秀野
初湯揺れ小痣浮くかに悔一つ　香西　照雄
初湯出てまた小説の世にもどる　大島　民郎
初湯せる赤子もつべきものを持ち　本宮　鼎三
肥りしよ肩より初湯あふれしめ　沖田佐久子
初湯の児足裏赤くやはらかし　阿部左多子
初風呂に胎児うごきてあふるる湯　古堅　蒼江

初鏡《はつかがみ》　初化粧

新年にはじめて鏡にむかい化粧することで、その鏡のことも言う。〈本意〉女性のはじめての化粧、身だしなみであり、一年のはじめの身のひきしまる思いがあろう。

*まだ何も映らでありぬ初鏡　高浜　虚子
初鏡眉目よく生れここちよし　池内友次郎
姉妹の怨寝もよし初鏡　山口　青邨
人のうしろに襟合せたり初鏡　中村　汀女
化粧せぬ童女もうつる初鏡　山口波津女
初鏡竹の戦ぎに身の緊り　阿部みどり女
一とくぎりつけ得て妻の初鏡　貞弘　衛
初鏡ぬちにうしろの世の見ゆる　赤松　蕙子
初鏡ひげ落さねば亡父に似て　井上　如風
初鏡とて粧ひもなかりけり　中原　千鳥
六十も女盛りや初鏡　矢野　絢
装へば母のおもかげ初鏡　粕谷留津子

梳初《すきぞめ》 梳きはじめ

新年にはじめて櫛で髪を梳くこと。髪をくしけずり、初髪を結うことになる。正月のために、年末に結った髪を解いて、梳き、結い直すことにも使われる。〈本意〉女性にとって、年初の髪梳きで、特別の、身のひきしまる思いがある。すがすがしい気持である。許六に「水上の滝のよどみや梳初《けづりぞめ》」の句がある。

新しき櫛や油や梳き初め　高浜　虚子
鏡中にあふるゝ影や梳はじめ　五味　洒蝶
＊梳初や油光りの手馴櫛　高橋淡路女
梳初の束ね細りをわびしみぬ　藤森　捨女
梳き初めや足袋ほのしろき立鏡　上川井梨葉
梳初や小さくなりし母の髷　中村　澄子
髪長きことを誇りに梳き初め　牧野美津穂
初髪といふも銀髪束ねたる　鳥越すみこ

結ひ初《ゆひぞめ》 初結

新年にはじめて髪を結うことをいう。大晦日の夜から元日の朝にかけては、美容院などでは客がたてこむので、元日、二日を休んで三日に結い初めをすることが多い。〈本意〉正月の晴着に合うように、きちんと美しく髪を結うのである。髪をきっぱり結うことで、心もひきしまり、新鮮な気持になれる。

初結の髷が三人ともちがふ　小西　米太
結初や尼ともならず茶筌髷　鈴木　芳如
＊老刀自の短かき髪を結ひ初めし　矢部　榾郎
結初の娘が頬染むる電話あり　楠部　南崖

初髪《はつがみ》

新年にはじめて女性が結った髪のことだが、時に大晦日のうちに結ってあっても、新年に見かけるきれいに結った髪は初髪といってよい。正月仕事はじめに、職場の若い女子社員は、島田・桃割れ・丸髷などに髪を結い、晴着を着て出勤することが多い。女性たちは晴れがましく、嬉しそうである。〈本意〉正月の髪をきれいに結った喜びのあらわれである。

初島田結ひて汚き割烹着　高浜　虚子
初髪を結ひをり雪のふりてをり　久保田万太郎
古妻の初髪ほめてやりにけり　橋本　花風
船室にひとり初髪の幼な妻　福田　蓼汀
初髪のおもたきことも嬉しくて　下田　実花
*初髪の稲穂の揺れをまぶしめる　佐野青陽人
初髪の娘がゆき微風したがへり　柴田白葉女
妻の初髪電話に鳴られどほしなり　樋本　詩葉
初髪にひとりの夜の身を飾る　鈴木半風子
初髪を古鏡のなかに結ひはじむ　永島理江子
還暦の母の初髪小さけれ　奥山さち子
初髪をあそびごころにおのれ結ふ　今井　玲女
初髪に愛憎淡くなりしかな　石田いづみ
初髪に青天こぼす雪すこし　吉川　菰丈
母と子の初髪匂ふ厨ごと　石崎　静女
初髪の稲穂はゆるるほどの長さ　鶴　淡路

春着《はるぎ》　正月小袖　春小袖　花小袖　松がさね　若草衣　初衣裳

正月に着るために新しくこしらえた晴着。女性や子供に関して言うことが多い。地方によって、正月ご・せつ（せちもん）・もちくい衣裳などという。正月ごは正月の着物のことで、兵庫・岡山・香川で使われ、せつ（せちもん）は節日の着物のことで、東北から新潟で、もちくい衣裳は、

餅を食うとき着る衣裳ということで、仙台辺で使われる。新年に初めて着る晴着を初衣裳、初がさねという。〈本意〉正月の晴着で、はれがましく、匂やかなものである。初春らしく、松がさねや若草衣などが着られる。

＊あらたまの春著に着かへ用のなき　久保田万太郎
人の着て魂なごみたる春着かな　飯田　蛇笏
春著の妓はや酔うてゐる手をつかへ　高浜　年尾
いささかの他人行儀も春着かな　森　岩雄
遙かなる春著こちらへ来ず曲る　山口　誓子
一軒家より色が出て春着の児　阿波野青畝
膝に来て模様に満ちて春着の子　中村草田男
広間たゞ衣桁に春着かかるのみ　室積波那女
春着着る子の遙けさよ熱の中　石田　波郷
春著きし乙女を父が仰ぎみる　百合山羽公
走れずよ谷の飯場の春著の子　西東　三鬼
遠き田の春著の吾子ら駈けちがふ　石川　桂郎
春著きて孔雀の如きお辞儀かな　上野　泰
高原のバス待つ春着吹かれをり　大島　民郎
春着の子黒瞳いきいき畦を跳ぶ　津田　清子
ぬかるみを跳び越す春着より足出し　同
帯締めて春著の自在裾に得し　野沢　節子
吾が売りし切手をなめて春着の子　大林　秋灯
なりはひの春著かなしく美しく　五十嵐八重子
抱きよせてつめたかりける春着かな　神保　愷作
三歳の春著を翅のごとひらく　辻田　克巳
少年の紺の絣の春着かな　岩倉　憲吾

着衣始《きそはじめ》

新年にはじめて着物を着ること。むかしは三が日のうち吉日をえらんで着衣始を祝った。今日ではとくにこれにあたる行事はないが、春着を着るときなどの気持がこれに近いものともいえよう。〈本意〉『日本歳時記』に、「暦に〈きそはじめ〉とあるは、浄衣を着初むることをいふなり」とあるが、正月三が日のうち吉日を選んで着る祝いをするのである。季吟に「けふや晴ときよら

にぬひてきそ始」とあるが、新年を祝い、一年の生活の無事を祈る心のものであろう。

妻持ちしことも有りしを着衣始　塩原　井月
＊着衣始人となりたる袴かな　島田　五空
若うして家の主や着衣始　佐々木北涯
火燵出る足袋の白さや著衣始　中村　烏堂

縫初《ぬひぞめ》　縫始　初針　針起し

新年にはじめて針を持ってものを縫うことである。家庭の婦女子はもちろん、洋服の仕立屋、洋裁師、和服の裁縫師などの初仕事も含まれる。昔は二日を縫初めとし、袋などを縫ったが、地方によってこれが残っているところがある。阿蘇地方、庄内地方などである。デパート関係では、五日以後におこなわれる。〈本意〉婦人の主要な仕事の一つとして重んじられた縫仕事で、改まった気持で、一年の初仕事を始めたわけである。

縫始今暖めて来し手かな　中村　汀女
縫初のたち居静かに終りけり　鈴木　頑石
＊縫初の絹糸紅し張り鳴らす　岡本　圭岳
縫ひ初めや一気に裁ちて手馴針　藤田いづみ
針始つゞれ刺すてふはてもなや　石橋　秀野
縫初の母のききゐる琴を弾く　斎藤　耕子
初針の浮き沈みゆく布の上　上野　泰
縫初の繕ひをまづ千鳥がけ　佐藤よしこ

掃初《はきぞめ》　初箒　初掃除　お撫で物　采配

正月二日に、はじめて新しい箒で家の中を掃く。元日は福を掃き出すといって、箒を使わないので、二日が掃除はじめになる。忌みことばで、箒をお撫で物、はたきを采配という。〈本意〉

土地によって、元日から掃くところ、二日から掃くところ、二日、あるいは三日まで掃かぬところといろいろだが、元日は神を祭る日なので、物忌みに、箒をとらなかった。

掃きぞめの帚や土になれ初む　高浜　虚子
*掃初や銀元結の屑すこし　岡本　松浜
掃初の母のものごしめでたけれ　小松　月尚
掃初やかゝれとてしも雪もよひ　久保田万太郎
掃き初めの門辺の雪のうすうすと　高野　素十
掃き納め又掃き始む枯菊に　松本たかし
声高の漁婦過ぎゆけり初箒　松本千恵女
掃初の金襴屑や人形師　杉森　干柿

俎始《まないたはじめ》　庖丁始

正月の三が日は、できるだけお節料理を食べて、炊事をしないようにするが、主婦は、それでも、雑煮などの支度に、俎や庖丁を使う。多く新しい俎や庖丁を使う。〈本意〉春着に身を包んで、俎にむかう姿は明るく、新鮮な気持がある。正月らしい。

*庖丁の痕一つ俎はじめかな　高浜　虚子
柚子刻むだけの俎初めかな　柄沢ひさを
水さつと注ぎ庖丁始かな　関谷　嘶風
鯛の彩うつる庖丁始かな　秋元不死男
葱すいと割いて庖丁始かな　同
神杉のもとに庖丁始の儀　黒田　晃世

読初《よみぞめ》　草子の読初　読書始　初草子

新年にはじめて本を読むこと。昔は儀式化されていて、源実朝は『孝経』を読んだといい、儒家では、『孝経』の士章、あるいは唐の杜審言の「終南山の詩」を読んだ。女子には草子の読初めがあり、『文正草子』を読んだという。〈本意〉『日本歳時記』に元日として、「常に経史を業と

し、あるひは定まりたる勤めある人は、今日より始むべし。礼服を着てその初めを正しくすべし。一年の全功を用ひんとならば一日も欠くべからず」とある。『日本書紀』『孝経』、女子ならば『文正草子』を読むことが多かったが、一年の学問のはじめに、よく勤めれば、一年中よいものとして、必ずおこなわれるものとされた。子供たちには、勉強の成果があがるためのはじめの祝いの行事として重んじられたわけである。

謹で君が遺稿を読みはじむ　高浜　虚子
読初や露伴全集はや五巻　久保田万太郎
読始紙背に徹することなくて　岡本　圭岳
傾倒する馬鹿一ものを読初　富安　風生
座右の書兵火免れ読始　山口　青邨
読初の少年のわが負ひしもの　加藤　楸邨
読み初めの近視や細字馬太伝　平畑　静塔
読初や戞々として板響神　石田　波郷
心経に不の字無の字や誦みはじむ　秋元不死男
読初めの夫に夜更けしことを告ぐ　山口波津女
＊読初めのやがて声にす茂吉の歌　沢田幻詩朗
「いづれの御時にか」読初をこゑに出す　上田五千石
読初や異宗なれども歎異鈔　景山　筍吉

書初《かきぞめ》　試筆　試《し》毫《がう》　吉書　吉書始め　筆始　筆を試む

新年になって、はじめて字を書くために、筆を手にすることで、書いたものを指すこともある。今はほぼ二日に、赤毛氈に紙をのべたり、机の上で、筆の文字を書く。書くのはめでたい文字や文句、新年の賀頌などを書く。この行事は鎌倉、室町頃からといわれ、禅寺で、元旦、年少の喝食たちに賀詩を出させたという。京都御所でも元日であったが、民間には二日が定着、寺子屋では五日となった。書き初めを吉書と呼び、七日・十五日の門松のたき上げの火に入れて燃やすも

のとされ、高く舞いあがるのを、手が上ったといって喜んだ。〈本意〉『日次紀事』の二日の項に「今日、公武両家および地下良賤、各々筆を試む。これを書始《かきぞ》めといふ」とある。新年を祝い、自分の筆跡の上達を祈る気持のものであろう。芭蕉に「大津絵の筆の始めは何仏」の句がある。

書初の筆力今を盛りとす　矢田挿雲
二紙三紙いよゝ書き劣る試筆かな　志田素琴
書初や親子と生れ詩に仕ふ　島田青峰
書初やうるしの如き大硯　杉田久女
師に侍して古書の墨をすりにけり　同
落字して老いの吉書のめでたけれ　池上浩山人
一の字に力入れたる吉書かな　同
窓にとぶ都鳥あり筆始　大橋桜坡子
*書初めのうゐのおくやまけふこえて　高野素十
書初に日がさしさつと書きむすぶ　加藤知世子
鉄つくる固き指もて筆始　沢一三
書初の太文字はわが男弟子　古賀まり子
書初の書き出せし字の大滲み　岩崎起陽子
天平の祝ぎ歌うつす筆はじめ　奥田とみ子

初硯《はつすずり》

新年になってはじめて使う硯のことで、書初めに限らない表現であろう。気分があらたまり、きりっとした気持で文字が書ける。〈本意〉本来は試筆というが、それを俳人が俳句の季語として作り出したわけである。新しい筆を使い、気分一新して文字を書くわけである。園女に「百ばかり年といふ字を初硯」、吐月に「一字づつ氷を出たり初硯」とある。つめたい季節の硯使いであり、めでたい硯使いの気持が加わっている。

*ましろなる筆の命毛初硯　富安風生
病床に膝揃へけり初硯　石田波郷
唐墨の伸び匂やかに初硯　羽村野石
初硯天の青さを映しけり　長倉閑山

初硯命毛に墨滲みゆき　河府　雪於
返礼の二三したたむ初硯　三田　巳乗
初硯筆に朱墨を染ませけり　永井東門居
墨の香の殊に匂ひて初硯　中川喜久栄

初笑《はつわらひ》　笑初　初笑顔

新年になってはじめて笑うことを言う。笑うことはなごやかでよろこばしいので、初笑いと特に名づけて、めでたいものとする。〈本意〉「笑う門には福きたる」ということばがあるが、なごやかな笑いのあるところにはよいことが寄ってくるものとして、笑いをめでたいものとするわけである。新年のはじめての笑いにそのめでたさを見ている。

*初笑深く蔵してほのかなる　高浜　虚子
咽喉仏見せたる吾子の初笑ひ　上野　泰
初笑森閑として起りけり　松根東洋城
初笑ひ玩具の犬に描きし髯　沢木　欣一
その頰にしづかにたたへ初笑　富安　風生
かしこまる父子おかしさに初笑ひ　木村　ふで
病人と思はれぬほど初笑　中田みづほ
子に和して終に哀しき初笑ひ　小坂　順子
初笑ひたしなめつつも祖母笑ふ　星野　立子
重役陣初笑ひして散ることよ　榑沼けい一

泣初《なきぞめ》　初泣

新年になって、はじめて泣くこと。子供が泣くと、一年中泣いていることになると叱られたり、初泣とはやされたりする。芝居や映画に行って泣くことも含めたりする。〈本意〉涙を米にたとえて、初泣を米《よね》こぼすといい、また若水あぐるともいう。めでたいときに泣くことを、暗くとらず、めでたく感じ、はやすのである。

初泣をしに参りけり市村座　高浜　虚子
手をしめてしめて泣初めしたりけり　久保田万太郎
＊静かなる日や泣初もすみたれば　加藤　楸邨
知らぬ子の泣初ならむ道の上　石田　波郷
灰に落ちし涙見られし泣初め　阿部みどり女
初泣きははしかの子ども淋しけれ　京極　杞陽
初泣きやしんしんとして真暗がり　小坂　順子
初泣きの水飲みてよき声を出す　長谷川双魚
見つめゐる大初泣となるまでを　赤松　蕙子
女児すでに肩肘まろく初泣す　橋詰　沙尋
初泣きの嬰児そのまゝ初笑ひ　大久保九山人
初泣の大診察となりにけり　川畑　火川

乗初《のりぞめ》

初乗　初飛行　初電車　初自動車　初車　初渡舟《はつわたし》　橇乗初

新年になってはじめて、いろいろの乗物にのること。初詣、年始回りの人々もおり、初髪の人、春着の人も多くまじる。〈本意〉もとは騎初であったり、かごの乗初だったりしただろうが、近代の交通機関の発達で、自動車や電車、飛行機などのイメージが強くなった。それらの乗物に、新年はじめて乗ることである。

浪音の由比ヶ浜より初電車　高浜　虚子
初電車子の恋人と乗りあはす　安住　敦
一輛の田舎電車の初電車　山口波津女
少女馳けて初電車獲しを祝福す　石田　波郷
おとなしく人混みあへる初電車　武原　はん
初電車灯の煌々と野路走る　奥田　敦子
＊初電車通りて心明けにけり　安藤　草々
バスケットから犬が貌出し初電車　中野　青芽
見えて来しカナリヤ色の初電車　小川　千賀
芦刈られ川幅広く初電車　桃井　雲洋

初飛行《はつひかう》

新年になってはじめて飛行機に乗ること。また、元日の空を飛んでいる飛行機そのものをさすこともある。国内、海外のジェット機の旅もさかんだし、ヘリコプターの飛んでいるのを見ることも多い。〈本意〉新年はじめての飛行機、または飛行機に乗ることである。改まった気持もあり、空の眺めも、荘厳な眺めと見える。

初飛行つづく裏富士雲を見ず　飯田　蛇笏
初飛行近畿立体地図の上　日野　草城
*初飛行大日輪を従へぬ　川村　十牛
雪原にわが機影投げ初飛行　室賀　杜桂
富士消えてよりの雲海初飛行　山根　草炎
初飛行昏きグラスを乾盃せり　永橋　並木

初旅《はつたび》　旅始　旅行始

新年になってはじめての旅。正月を迎えてから、初詣や帰郷などの旅に出ることが初旅らしい。いつもの旅とちがって、あらたな感慨を抱いての印象的な旅となる。〈本意〉正月になってからの旅で、心改まった感慨深い旅である。社寺に詣でることも多い。

初旅の靄にしづめる葡萄郷　山口　青邨
*初旅や彼方よりただ新大気　中村草田男
初旅や近づくものに男山　佐野青陽人
初旅の友来る富士の裾野より　沢木　欣一
妻子つれし初旅法隆寺に暮れぬ　川口　川郎
初旅の雪の近江に雪あらず　百合山羽公
初旅や山川つねにわが師なり　吉井　莫生
荒海見んと一途な夫が初旅へ　榑沼　清子
初旅の駅毎に雪深くなり　石井とみ子
初旅の橋をいくつも渡りしこと　伊藤　通明
初旅のしば〳〵富士に逢ひにけり　田村　木国
初旅や月のみの空柔かく　呂　啓愉

仕事始《しごとはじめ》　事務始　初仕事　初事務

新年になってはじめて自分の仕事をはじめること。ふだんと同様に仕事をすることもあるが、多くは、すこしだけ仕事のまねをして、仕事始めといって、正月気分で休んでいるのである。その一例としていえば、大工は鉋だけ研ぎ、農家は藁一把だけ打ち、きこりは鋸の目立てだけをするわけである。二日であったり、三日・四日・五日・十一日のこともある。官庁や会社などの御用始めの日は、初髪、春着の女性たちがまじって事務をとり、晴れやかな、独特の眺めである。

〈本意〉『日次紀事』に四日として「諸職人各々家業を始む　市中、今日諸商賈人もまたその事を始む」とあり、『年中行事大成』には二日として「工商はその家業を始む」とある。他方、職種によって日は異るが、仕事始めの日は儀式的に仕事のほんの少しをおこなって、始めたこととし、あとは休むことが多い。新年になって最初に仕事に手をつけるときの儀式である。

*仕事始とて人に会ふばかりなり　大橋越央子
ぬぐはれてある黒板や事務始　五十嵐播水
電話早吾を待ちゐし医務始　同
抽斗の朝日にあつし事務始　佐野青陽人
ひとの愁聴くことをもて初仕事　吉井莫生
たかぞらより滝なす火花が仕事始め　赤城さかえ
乗り合はす仕事始のチンドン屋　杉山岳陽
晴着にて女子事務官の事務始　相馬蓬村
死亡カルテ机上にさむき事務始　古賀まり子
船団を発たす仕事の初めかな　橋田龍子
モナリザに見詰められをり事務始　新井市人
口に刷毛銜《くは》へ表具師初仕事　武永江邨
咥へ打つ釘の香甘し初仕事　嶋西うたた
仕事始のスイッチ禱るが如く入る　琢　光影
肩かけて押す空の貨車初仕事　久野よしお
荒彫にとゞめ仕舞ひぬ初仕事　中島築邦

御用始《ごようはじめ》

官公庁では、一月四日を御用始めとしているので、民間の会社や銀行でも、この日を御用始めとするところが多い。この日は女子の職員が春着姿で出勤し、はれやかな雰囲気で、あいさつをして、終ることが多い。本当の仕事は五日からはじまる。〈本意〉新年になってはじめての出勤で、仕事がはじまるが、まだ儀式として、出勤し、年頭のあいさつをするだけで終る。

部屋から部屋めぐりて御用始なり　高木　丁二
くろずめる朱肉に御用始かな　西川　狐草
*うつうつと御用始めを退けにけり　細川　加賀
桃われの御用始の給仕かな　柏崎　夢香
らちもなき御用始めの訓辞かな　内藤さち子
停年に小会社貰ひ御用始　小原　野花

学校始《がくかうはじめ》

学校の長い休暇は、夏、冬、学年末とあるが、冬休みの休暇は新年を迎える休暇で、他の休暇とちがう印象のものである。一月八日から、小、中学校は三学期に入り、他の学校もほぼその頃から授業が再開される。〈本意〉もとは数え年だったので、この休暇明けは、一歳年長になっていたわけで、意味深いものがあった。受験生はいよいよ入試が間近かの気持を抱いての学校再開である。

雪垂れて落ちず学校はじまれり　前田　普羅
言ひ交はす御慶学校始かな　細木芒角星
学校始そのはらからに日冷し　吉村　落暉
学校初校門に雪だるま晴れ　柴田　澄子

学校初めの子に遇ふどこの子と知らず　荻　亮一
＊山彦と晴れて学校始めかな　松下　鶴生
学校始兎の檻に先づ集まり　町田しげき
鳩小舎に学校始の日はぬくし　小川　千賀

新年会《しんねんくわい》

新年を祝う宴会で、同じ職場の人々、学生たちなどがもよおす。同窓会を兼ねることもある。〈本意〉新年を祝うためのもの。もとは元日節会といい、宮中で元日に文武百官を集めておこなわれたが、元日は行事が多いので、明治五年からは新年宴会として一月五日におこなわれてきた。太平洋戦争ののちは実施されていない。

医の友の年祝ぐうたげ行かざらむ　水原秋桜子
炭火匂ひ人まだ寄らず新年会　山田　春洋
新年会夜の銀座といふところ　土井　碧水
道に逢うて並び入る門や新年会　山口うたゝ
＊今も師に遠く坐すなり新年会　風間　ゆき
床生けの松大いなり新年会　平林　洲芳
新年会果てしか雪に声高に　町田しげき
新年会終へて窯場の唄荒し　中島　花楠

初句会《はつくくわい》

初運座　初披講　句会始　運座始　初懐紙

新年になってはじめての句会。句会は毎月定例でおこなわれるが、その一月の定例句会も初句会と言ってよい。昔は初運座と言った。初披講は、その初句会で、選句を読み上げること。初懐紙は新年はじめて使う懐紙のこと。〈本意〉新年はじめての句会で、今年こそはと思いをあらため、決意をもって集まることが多い。新年に会って句会できる喜びももちろんある。

初句会旅戻りなる顔もありぬ　松根東洋城
*初句会綺麗に句箋裁たれたり　野村　喜舟
生涯の句なり君とりてよ初句会　山口　青邨
上人と一つ火桶に初句会　原田　浜人
小人数の親しき仲の初句会　松本たかし
松とれし町の雨来て初句会　杉田　久女
山の気に声ややさぶる初披講　栗生　純夫
窓の富士いときはやかや初句会　徳永山冬子
厨より妻も出句や初句会　宮下　翠舟
はなやぎてをみなばかりの初句会　中村　澄子
初句会末座に闘志しづかなり　長浜大薩子
初句会星美しき家路かな　内藤　豊子

初市《はついち》　初市場　市始　初立会　初相場

新年になってはじめてひらく市。魚、野菜、果物などの市である。むかしは二日におこなわれたが、今は四日、十日ごろとなっている。初市での取引きは御祝儀相場で、初相場というが、買い値をはずんだりしてにぎやかである。証券取引所の初立会は四日で、大発会という。〈**本意**〉はじめての市で、どこでも、正月の気分で、にぎやかに、御祝儀相場で取引きをおこなう。本格的な取引きをはじめる前の儀式としての祝いの取引きである。

*初市に生きたる鯛の耀られけり　秋元草日居
初市の豚の鼻みな息をせり　神生　彩史
初市の金盞花抱へ顔隠る　宮津　昭彦
いさましく柝を入れてけり初相場　加藤　汀波
*飾られて初市に出る牛の瞳よ　千原　叡子
初市へ農夫甘藍光らせて　森　水仙
絹の上に算盤がのり市始　渡辺　青楓
青葱を雪に並べて市始め　北川つるゑ

福達磨《ふくだるま》　達磨市

新年に神棚にまつり、幸福を祈る達磨のこと。達磨は全国各地にあるが、関東と静岡・福島辺の達磨は目なし達磨で、願いをかけ、願いがかなうと、墨で目を入れる。関東の養蚕地帯では、春蚕があがると目を一つ入れ、秋蚕があがると残りの目を入れ、十二月煤払いの日に氏神様におさめる。群馬県少林山達磨寺の境内には一月六・七日に達磨市がたち、目なし達磨を売る。この達磨は腹に金字で福と書いてあるのでとくに福達磨と呼ばれている。元日の大宮市氷川神社の達磨市をはじめとして、一月中、関東各地の寺で達磨市が次々におこなわれる。〈本意〉達磨は本来中国へ渡ってきたインドの禅僧だが、面壁十年大悟したのを絵や人形で、足のないダルマとしたのが民衆に愛されて縁起物になっているわけで、福を与える有難い人形となっている。

大風の森ゆるがせり達磨市　水原秋桜子
＊富士昏れて枯野灯す達磨市　杉山　葱子
雪原の日矢に盲ひし達磨売り　木内　彰志
達磨市賑ひ畦の凍ゆるぶ　島村　時子
曇りつゝ薄目映えつゝ達磨市　石田　波郷
雪嶺や白眼ばかりの達磨市　渡辺　白峯
枯桑に打たせじと抱く福だるま　出牛　青朗
風の日の捨値となりぬ福だるま　鈴木しげを

初商《はつあきなひ》　商始　商初　初売　売初

むかしは、大晦日に、終日の商売、その集金、帳簿つけで疲れきり、元日は商売を休んで、店を閉じるのが普通であった。そして二日から商初めをするのがつねで、これが初商である。近年東京・大阪などのデパートでは、一月四・五日に開店することが多くなったが、地方では、二日から商売をし、福袋などを売ることが多い。〈本意〉『改正月令博物筌』に二日として「商ひ初め・買ひ初め・売り初め。家により三日・四日などにもあり」とあるが、一年のはじめの商売を賑や

かに、めでたくおこなうわけである。荷《にな》いあるく売り手は、はじめ恵方に出てからめぐり歩き、魚商人はことに賑やかに勇ましく歩く。商家では、未明より店を開き、物買う人に祝い物を出し、買う人も買初といって賑わしくしたと『諸国風俗問状答』にある。

＊初売や真青き蕪の苞卵　森　総彦
初売りや風船に息入れて待つ　門井　香車
奥の間や初商の銭勘定　古川　芋蔓
初売の街の静かに暮れにけり　志田　一女
初売の蜜柑積まれて小駅前　葛西　十生
初売のシャッター一気に押しあぐる　沢田　早苗
売初の枡酒の香をこぼしけり　出口竹葉子
初売ののどなだめゐるなめぐすり　芳野年茂恵
初商の法被の紺が匂ふなり　古山千代子
初商絹と紬の手ざはりに　新藤　潤水

帳綴《ちやうとぢ》　御帳綴《おちやうとぢ》　帳祝　帳書　帳始　新通ひ

一月四日に、商家でその年使う帳簿を新しく綴じ、上書きをして祝う習慣があった。帳綴の日は四日・十日・十一日の例があげられる。小さな店では九枚・十一枚・十五枚など半紙の紙数を半目にして、白元結かこよりでつづった。大店では十日の閉店後、店中で、上質の和紙で帳を綴じ、店の隠居が表紙を書いて、二十日の恵比寿講に供えた。帳綴をすませると酒・小豆・餅・数の子・牛蒡・田作りなどの祝膳についた。今は古い商家にしか残っていない習慣である。〈本意〉『日次紀事』の四日の項に「諸職人各々家業を始む。市中、今日諸商売人もまたその事を始む。およそ年中物価をしるし取るの簿冊を裁補す。これを帖綴ぢといひて、各々これを祝す」と、十一日の項に「帖綴　諸商、今日、年中買売の簿書を綴づ。これを帖綴ぢと称す。酒食を饗し、互にこれを祝す」とある。一年の帳簿を作り、一年の好調を祈り、祝うのである。

帳とぢや錐目満ちたる店机　高田　蝶衣
裁屑の膝払ひ立つ御帳綴　佐久間法師
吾子が書く学生の字の帳祝ひ　池上浩山人
帳綴や古き音なる掛時計　阿片　瓢郎
帳綴や掌にまろめたる裁ち落し　秋山馬鼓洞
伊賀紙の紙の白さよ御帳綴　伊藤　観魚
＊御帳綴小口の白きめでたけれ　中村　泰山
又しても御破算の音帳始　山口　峰玉
そろばんのぴしりと合ひし帳始　曽我部ゆかり
年玉も必要経費帳始　杉山芳之助

鏡開《かがみびらき》　鏡割　お供へくづし

正月に歳神に供えた鏡餅を割って食べること。四日・六日・十一日・二十日などにおこなわれるが、十一日が多い。武家では一月十一日に甲冑に供えた鏡餅を食べて祝い、女子は鏡台に供えた鏡餅を食べて祝った。鏡開は刃物で切ることを忌み、手か槌で割り、ひらくという。水菜すまし汁、汁粉で食べる。講道館の鏡開は有名である。〈本意〉『日次紀事』に四日として、「良賤家々、鏡餅を截る。新年、〈截る〉の字を忌む。ゆゑに鏡を開くといふ」とある。歳神に供えた鏡餅を割って食べ、その福にあずかるわけである。

鏡びらき店名旧にもどりけり　久保田万太郎
相撲取の金剛力や鏡割　村上　鬼城
傍観す女手に鏡餅割るを　西東　三鬼
手力男かくやと鏡開きけり　京極　杜藻
三寸のお鏡ひらく膝構ふ　殿村莵絲子
なぜか素直に鏡開の夜の子ら　堀口　星眠
＊金太郎生れて鏡開かな　吉崎つる代
五十過ぎても男力や鏡割る　下村ひろし
罅に刃を合せて鏡餅ひらく　橋本美代子
鏡開静座の息のゆたかなる　奥峰　輝治

蔵開《くらびらき》　御蔵開

正月十一日に商家ではじめて蔵を開き、祝った。「十一日は蔵開き、お蔵を開いて祝いましょう」と江戸の数えうたにもある。この日は鏡開の日でもあるので、鏡餅を割って雑煮にしたり、酒肴をととのえたりして祝い、蔵の中に入って祝った。謡曲や木遣をうたったという。〈本意〉『年中行事大成』の越後長岡の項に、「蔵開きは、みな十一日を用ひはべり。士家に蔵開きとて定まれる仕方もはべらず。商家にて、その家あるじをはじめ、召仕ふ者まで、上下を着て蔵を開き、内に入りて大黒柱のもとに神酒を供し、鯣一枚、その上に昆布を重ね、白げたる米一つまみ置き、ぬかづきて神酒を頂き、次に世継ぎの子、それより次々頂き、めでたきことなど言ひ続け、小謡うたふて後、家に帰り、鏡餅を煮、酒をくみかはして祝ふなり」と祝いの様子をくわしく記している。蔵は商売の根拠になるものだから、神に祈ってひらき、繁栄を祝うのである。

風に向ひて並ぶ雀や蔵開　青木　月斗
蔵開かん潦の一つかがやくゆゑ　竹馬　規雄
*こぼれ米撒きたるごとし蔵開　広江八重桜
蔵開き老いたる母に重き鍵　伊藤由起子
すたれたることのうちなり蔵開き　小杉　余子
蔵開きあたり見馴れぬもの多く　河府　雪於
雑誌はや二月号なる蔵開き　石塚　友二
腰に鳴る鍵にぎやかや蔵開き　宮田　戊子

売初《うりぞめ》

小売店などが、正月はじめてものを売ること。安くしたり、品物を贈ったり、景気よく売り出す。〈本意〉『諸国風俗問状答』を見ると、「物買ふ人に祝ひ物など出す」などと書かれることが

多い。景気をつけ、にぎやかに、商売の好調を祈り祝う気持の商売初めである。

売初や町内一の古暖簾　高浜　虚子
売初や多分に切つて尺の物　河東碧梧桐
＊売初やよゝと盛りたる枡の酒　西山　泊雲
売初や潟の煮鮒に羊歯そへて　竹中　春男
魦小鮒けふ売初の賤ヶ嶽　斎藤　夏風
売初や目なしだるまの目白押し　河本　和
売初の濁酒なり借られけり　田中　徹平
売初の芹くわゐよと見て下向　米沢　登秋

買初《かひぞめ》　初買

新年になってはじめての買い物である。証券取引所では株の初商いにこのことばを使う。普通は小商店での買物である。〈本意〉江戸では二日におこなったようで、『東都歳事記』に、二日として「商家には今日貨桟《みせ》をひらき售《あきなひ》を肇《はじ》め、年礼に出るゆゑに市中賑ひて、酔人街に多し」とあるが、はまぐりとなまこを買うものだったという。初市で塩を買うのがしきたりの地方もあり、商初めが買初であった。初市は十一日のところもあった。一年の買い初めは、縁起物を買うこともあり、めでたい気持のするものである。

買初の紅鯛吊す炬燵かな　室生　犀星
＊買初の小魚すこし猫のため　松本たかし
買初にしてふくれ初めて女なれば　加藤　楸邨
買初にかふや七色唐辛子　石川　桂郎
色足袋を買初めに町ぬかるみて　細見　綾子
買初や買ひ疲れたる女の瞳　柴田白葉女
初買の異国書インキ匂ひけり　吉田　洋一
＊ためらひつ我が物ばかり買初に　沢田しげ子
買ひ初めの何も買ひ得ず戻りけり　渡辺　藤穂
買初めの言問団子横にすな　遠山喜美子
東海老籠にはねしを買ひ初めに　鷹野　清子
小遣で子が買初の童話選る　奈良比佐子

初荷《はつに》

初荷馬　飾馬　初荷車　初荷船　初荷橇

今は四日または五日にすることが多いが、江戸時代には二日に初荷をした。これは問屋や大商店で、商品を荷車に積み、元日の夜半過ぎから、提灯を照らし、大勢で車について小売店をまわることで、夜明け前にすませたという。小売店も祝儀を与え、にぎやかに手打ちをしたりした。今ではトラックなどを使う。〈本意〉『守貞漫稿』に、「正月二日、今暁江戸にては、大賈は、伝へ売る中賈に諸買物を荷車に積み、僮僕五七人あるひは十人、紅の弓張挑灯等を照らし車に副ひて得意の店に行くを例とす。なづけて初荷といふ。初売り・初荷とも、天明を限りとすること、三都同事」とある。商売はじめのにぎやかな行事で、商売繁昌の祈りでもある。江戸時代に「うちかすみけりな初荷の馬の鈴」（霞城）の句がある。

おとなしくかざらせてゐる初荷馬　村上　鬼城
*炭橇や初荷の旗は子どもの字　滝　春一
風が棲む雪山の裾初荷行く　相馬　遷子
初荷馬飾られてゐて尿しぬ　青柳　菁々
豊橋に港町あり初荷船　岡田　耿陽
吹きすさぶ初荷の街を歩き出す　杉山　岳陽
花のごと掃きし路上の初荷屑　山田　文男
初荷馬腹当赤く海辺来る　河北　斜陽
初荷馬木曾の高嶺に嘶けり　木内　彰志
降されて初荷のヒヨコ歌ひ出す　森川健太郎
初荷トラック発つまで暗く店塞ぐ　秋山青一点
父かなし初荷かついでよろめけり　菖蒲　あや
初荷馬浅間吹雪に逸《はや》るなり　渡辺　湖
妻も担ひ天地無用の初荷出す　中原　鈴代
大籠に鯛の尾あまり初荷舟　谷　迪子
初荷から投げてくれたる蜜柑かな　富崎　梨郷

飾馬《かざりうま》

初荷を引く馬や、自分の家で飼っている馬に、正月、新しい腹当てをつけたり、たてがみを結んだり、麻布を染めて美しく下げたりして飾り立てたものをいう。鈴がつけてあり、歩くとしゃんしゃんと鳴ってめでたい感じがする。正月にふさわしい眺めだったが、今日では、都会はもちろん、田舎でも、馬の姿が見られなくなった。〈本意〉馬を正月に飾り立てて、初荷をひかせたり、歩かせたりするのは、美しくもあり、鈴の音もきこえて、めでたい感じのものである。

飾り馬面出してをり日当りをり　石川　桂郎
阿蘇馬の飾られゆくよ湯女と見る　皆吉　爽雨
飾り馬ひと懐しき眼を持てり　渡辺　亀齢
百頭の飾り馬来し市場かな　為成菖蒲園
*峡を行く飾りし馬の機嫌かな　本野　李城
飾り馬遠く晴れたる琵琶の湖　大月一草子
飾馬のあとゆきおのれ幸信ず　山田ひろむ
あしもとをまづしくはこぶ飾り馬　永作　火童

機始《はたはじめ》　初機　織初　機場始　機屋始

新年にはじめて機織りをすること。結城紬《つむぎ》・小千谷縮・薩摩絣・久留米絣・大島紬などの産地では、機始の祝いが、今でもおこなわれているだろうし、紡績工場でも、式をおこなっている。〈本意〉機織は、女にとって大事な仕事の一つで、各農家には必ず手機があったもので、機始めもおこなわれたが、それが失くなってしまった。古い織物産地でも、近代的な紡績工場でも、簡単な儀式をおこなうだけである。

初機のやまびこしるき奥嶺かな　飯田　蛇笏
姫神に織初めの神酒たてまつる　同
機はじめ手機はすぐに止みにけり　水原秋桜子
織初の洩れ灯の濃さも母の里　木場田秀俊
古き機ふるき燭置き機始　同
結ひたての髪に糸屑織初め　桝岡　泊露
機始母娘の梭のそろひけり　田村　萱山
＊晴着姿を織機よろこぶ織初め　但馬　美作
織初やよりそふ母の言縷々と　栗生　純夫
照り返すわだつみ窓に機始　山野辺としを
清らなる織初の灯に神あらむ　金子星零子
機始雪抜けて水かがやけり　阿部九十九

初染《はつぞめ》　染始

新年になってはじめて織物や糸などを染めること。紺屋の仕事始めのことをいうが、一般家庭でも染めがおこなわれることがある。ただしこの頃はほとんどまれになった。〈本意〉新年はじめての染めもので、つめたさもあり、色の出もよくなっているのであろう。仕事はじめの祝いの気持もある。

初染や藍の泡立ち快う　高田　蝶衣
初染の藍流れ込む紙屋川　岡田ふさの
練釜もともに湯気上ぐ染始　但馬　美作
＊初染の藍のきげんを喜びて　浅野弓道人
初染を素十好みといふ色に　嵐野　径雪
藍汁のしみ加減見て染初　山岸　修

鍬始《くははじめ》　鍬入　鋤初　一鍬　初田打

新年はじめの仕事始めの一つで、日は土地によってちがい、二日・四日・十一日などである。関東では四日に行ない、一鍬という。吉方の田の土を三鍬おこし、その上に松を立て、白米をそ

なえて戻り、鍬を洗い箕に入れ一升枡に餅を入れてそなえる。中国地方では二日で、牛をつれて畑へ行き、犂をつけて畑をのの字に鋤《す》き、かやを立ててくる。静岡では田を一、二か所一列におこしかやや幣を立てる。長崎・宮崎ではかやの代りにゆずりはを立て、その下に米を紙に包んでそなえる。茨城ではその米を烏にたべさせ、早生・中生・晩生のどれを食べたかによって豊凶をうらなう。東北の雪のあるところでは、雪を鍬でおこし、藁や大豆がらを植える。〈本意〉農事をはじめる儀式なので、おまじない的に祝い事をするのである。『諸国風俗問状答』に奥州白川として、「十一日、農家〝鍬入れ〟と申して、年徳神へ上げ候根松と、田の神へ供へ候鏡餅一つ、田所へ持ち参り、三鍬打ち返して祝」うと書いている。田を打ち返し、松の小枝をさして米を供えたり、田に神酒を供え松に幣を切りかけて立てたり、起し初めと唱えて田を打ったり、いろいろと地方によって異ることが記録されている。

鍬始浅間ヶ岳に雲かゝる　村上　鬼城
凍土に酒匂ひけり鍬初　渡部杜羊子
*鍬はじめ椿を折りてかへりけり　室生　犀星
遠き田の氷まぶしや鍬始　吉岡　句城
鍬初めに出てゐるたつた一人かな　阿波野青畝
鍬始太初の光り身に降りて　大月　芳雨
蒼海の空に畠あり鍬始め　河野　静雲
にぎやかに寒がり出でぬ鍬始　山本　村家
鍬初や雪の上なる供物　小野甲子園
手なぞこに乗るほどの富士鍬始　中野　詩紅
伊豆の田はみかん落ち照り鍬はじめ　皆吉　爽雨
仏立つ畦に火かけて鍬始　冨山　青沂

山始《やまはじめ》　初山　山初《ぞめ》　山入　初山入　初登　山ほめ

正月はじめに山に入る際の儀式で、注連縄や餅・米の供物を持って山の神に祈り、木の枝を切

ってくる。それで火を焚いて祝う。このことを初山（山梨・静岡・岐阜）・初山踏・若山踏（和歌山）・初山入（鹿児島）・初登（福井）・山初（東京）などと呼ぶ。徳島では、餅のほか串柿・みかん・田作りなどを持って行き、山誉《やまほめ》という。日取は関西が早く二日だが、東の方はもっとおくれる。千葉県では六日を山上り正月といい、山の松に注連縄をゆわえ、下草のかやを刈り、そのかやで餅を焼く。茨城県では五日が山入りで、山の神に餅を三つずつ三か所に供えて、鳥に食べさせ、早稲・中稲・晩稲を占う。青森県では、八日か十一日に山に入り、藁で作った年縄を木にかけ、薪をとって帰り、鳥に餅をやる。鳥は山の神のつかわしめと考えられたからである。

〈本意〉山仕事をはじめるための儀式で、山神に供物をして、山神のゆるしを得、山でとった薪を焚いて山神との一体感を味わうものである。

初山や高く居て樵る雲どころ　飯田　蛇笏
初山や斧ふるふ下の湖晴るる　山田　梅屋
初山の朝空雪を散らしけり　松本　随処
山始めまさしく啼ける懸巣かな　中島　月笠
＊山始三輪明神は斧知らず　阿波野青畝
初山のけふも人焼く遠けむり　西島　麦南
鎌止めの初山を見て父の如し　萩原　麦草
初山の杣は神話をいまも持つ　木村　蕪城
淋しさを卍と焚きぬ山始め　畔上　幸泉
神酒吹きて斧のくもれる山始め　藤原たかを
初山の一岩塊ぞ風起す　下田　稔
山始一人が谺起しけり　増井　冬木
父のゐる山に立つ煙山始　清水　寥人
熊ゆきし跡鮮らしき山始　石井　秋村
蔵王堂はるかにのぞみ山始　加藤三七子
斧始外輪山へ馬つれて　大島　民郎

初漁《はつれふ》　漁始

新年になってはじめて漁に出ること。そのときとれた初魚を、恵比須などの漁の神や船霊にそなえて、海幸を祈るのが初漁祝いである。ただ、漁業は季節によっていろいろの方法があり、複雑なので、それぞれの初漁も多様におこなわれる。博多辺の北九州ではそれぞれの漁業の初獲物のときにおずけ（おーずけ）という祝いがあり、島根県下では、初漁の獲物を黒焼きにして祝い、その獲物をいわし・さば・あじの四つ張網漁の初漁だけに限る地域もある。漁獲量に関係ない漁初めは、正月二日の乗り初めによっておこなわれ、船を出して、港付近の夷・金比羅・竜宮などのお宮をまわってくるものである。ときには漁のまね事をして、切り餅や蜜柑を浜辺の子どもに投げ与えることもあった。〈本意〉仕事始めの一つで、はじめての獲物を神に供えて、その年の魚獲を祈るわけである。それが形式になって、漁のまね事をしたり、漁の神様に船で参るようにかわってゆく。

*初漁の大蟹雪に這わせ売る　長谷川かな女
とどろける祈願太鼓や漁始　田中　敦子
初漁を待つや枕木に油さし　西東　三鬼
獅子舞の艫に来て舞子漁はじめ　植田　露路
初漁の舟を鎮めの雑賀崎　阿波野青畝
初漁や船に真直ぐ犬馳けり　皆川　盤水
舟底に跳ねつぐ鰤や漁始　河北　斜陽
藻に棲めるこまかき蝦を漁始　森田　峠
初漁の網まんまるに打たれたり　下田　稔
漕ぎ出でて利島と並みぬ漁始　井沢　正江

万歳《まんざい》

千秋万歳　千寿万歳　万歳楽　門《かど》万歳　大和万歳　三河万歳　知多万歳
野《の》大《お》坪《つぼ》万歳　加賀万歳　秋田万歳　会津万歳　伊予万歳

正月松の内に家々を訪れて祝言を述べる門付けの一つで、いろいろの門付けの中でも、いちば

ん勢力のあったのが万歳である。万歳とは万年の意味で、千年も万年も栄えたまえと予祝するが、そのことばから万歳の名が出た。千秋万歳の略である。室町時代には千秋万歳と名のる芸人が宮中や幕府に参入して祝いの芸をおこなった。江戸時代になると、三河地方の三河万歳と、大和の大和万歳が勢力をもったが、徳川家が三河の領主であったことから毎年正月に三河万歳が江戸城に参り、御勘定所で祝賀の歌舞をおこなった。大和万歳は千寿万歳ともいい、京都御所、貴族の邸宅などをめぐり祝いの芸をした。万歳は太夫（鶴太夫）と才蔵の二人が一組になる。太夫は烏帽子に素袍・扇、才蔵は大黒頭巾に鼓という姿、才蔵の打つ鼓につれて、太夫が舞を舞い、歌をうたい、祝言をのべ、才蔵と問答をかわす。祝言の冒頭に「とくわか（常若《とこわか》）に御万歳」というので、万歳のことを徳若とか御万歳ともいった。三河・大和のほか、福井の野大坪万歳・石川の加賀万歳・秋田の秋田万歳・福島の会津万歳・愛媛の伊予万歳などがあったが、大方はすたれ、三河万歳・その分派・知多万歳、あるいは伊予万歳などがのこっているだけである。〈本意〉『世諺問答』に「問ひて云、千寿《せんず》万歳といふは、何の起こりにてはべるらん。答、昔は男蹈歌とて、京中の男女、声よきをつどへて、内裏にて祝詞を諷ひて舞はせられしなり。（中略）この余風、はるかの末にとどまって、千寿万歳の祝詞を諷ひはべるなり。蹈歌の舞人、万春楽を奏せしゆゑに、万歳楽とはやすなり」とあるが、新年の祝いをおこなう芸のことで、しだいに型や形式がととのっていったわけである。

*万歳の烏帽子かしぐは酔へるかな　野村　喜舟
万歳の酔うて居るなり船の中　久保田九品太
万歳の三河の国へ帰省かな　富安　風生
万才の遠ければ遠き世のごとく　山口　青邨
万歳の終りの腰は泣きさうに　加藤知世子
三河万歳熱の子の瞳が笑ひ出す　志摩芳次郎

万歳の折れんばかりの大男　浜井武之助
子に泣かれ加賀万才の困りけり　伊藤トキノ
万才の雪嶺にかざす扇かな　志水　圭志
万歳は二人づれなる山河かな　佐野青陽人

獅子舞《ししまひ》　太《だい》神楽　大《だい》神楽　代《だい》神楽　竈祓　獅子頭

新年に、獅子頭をかぶり、家々を訪れて舞ってゆく門付けの一つ。祝福のためのもの。獅子頭は赤く、唐草模様の緑の布をたらし、二人の舞人が入って舞う。一般に太神楽という。獅子は神か神の代理者と考えられ、新年に舞うことでその年のしあわせが約束されるものと考えられた。またその年の竈祓いとして、家内安全、火災予防が祈られたのである。雄獅子、雌獅子の二匹で踊るもの、あるいは、七、八匹で踊るもの、一人立の獅子という、一人で獅子頭を頭につけ、胸に羯鼓（締太鼓）をつけて、打ち鳴らし踊るものなどいろいろある。子どもの頭を噛む真似をして大騒ぎをさせたり、新年の風物詩ともなっている。春や秋、村の祭りの日など、いろいろの時期におこなわれる。**〈本意〉**『人倫訓蒙図彙』に「悪魔を払ふといふなり。出所たしかならず。獅子は天竺の獣なり。神前に犬を置くは不浄の者を知るゆゑに置くよしあればなり。日吉の神事に田楽坊師といふもの、獅子の頭をかづきて練り渡るなり。今の獅子舞は、これをうつしたるなり」などとあるが、邪をはらうものとしておこなわれたものであろう。

獅子舞やあの山越えむ獅子の耳　久保田万太郎
獅子舞の青天に毛を振りかぶり　久米　三汀
*獅子舞は入日の富士に手をかざす　水原秋桜子
あなたぬしあなおもしろと獅子跳ねて　阿波野青畝
吹かれつつ獅子舞とゆく伊良胡岬　大野　林火
獅子舞の笛のきこえてこゝへは来ず　安住　敦
豊隆の胸へ舞獅子口ひらく　西東　三鬼
獅子舞の浪見て返す熊野灘　桂　樟蹊子

獅子の囃子獅子のねむりとなりにけり　増田　龍雨
狂獅子かつと閉ぢたる顎かな　皆吉　爽雨
獅子舞の胸赤く運河渡るなり　石田　波郷
獅子舞の巨口がつくり舞ひ納む　福田　蓼汀
獅子舞の獅子さげて畑急ぐなり　森　澄雄
笛もなく激しく舞へり旅の獅子　殿村菟絲子
雪をたひらに棲めば獅子舞来たりけり　村越　化石
獅子舞のおのれかなしく足を噛む　芦川　源
獅子舞のまづしき顔や聖橋　杉山　岳陽
獅子舞も濡れて行くなり嵯峨の雨　河北　斜陽
獅子囃子吾児の温みを胸中に　町山　直由
原つぱに出て獅子舞は風湧かす　古庄　陽炎
ふり向くや獅子舞の顔昏れてなし　斎藤優二郎
獅子舞も雪もしづかに舞ひをさむ　笹井　武志
風呂敷に獅子舞の具峠越す　下田　稔
雪噛んできし北国の獅子頭　佐藤　恵子
耳たれて舞獅子伏せし青畳　掛札　常山
獅子頭笛の音澄めば眠りけり　山田　恵子

猿廻し《さるまはし》

猿曳　猿舞師　狙公《そこう》　狙翁　舞猿　太夫猿

正月に猿を背負ったり曳いたりして、家々をめぐり、太鼓を打って猿を舞わせ、金銭を請う門付け芸人のこと。訪れた家の繁栄の祈り、また災厄を去る（猿に通ずる）という厄除けのまじないとされたが、また、猿は馬の守り神という信仰があったので、武家や農家の厩にも行き、馬の無事を予祝した。猿廻しの根拠地は紀州の有田地方で、貴志甚兵衛が多くの配下を全国に持っていたという。京都の猿廻しは因幡薬師に根拠があり、毎年一月五日に内裏に参ったといい、親王が誕生すると、内裏で祝いの芸を捧げたという。江戸の猿廻しは三谷橋辺に住み、正月・五月・九月に江戸城の御厩や諸大名の馬小屋に参ったという。古手巾をかぶり、敝衣を着、二尺ばかりの竹を持っていたが、大名に召される者は羽織袴を着ていた。最近ではまったく見られなくなった。**〈本意〉**『年浪草』に「これ、馬櫪神といふ厩の神を祭る祓ひなり。正・五・九月、祭祀す。

○本艸綱目に時珍曰、獼猴を厩に繋げば、馬病を避くと。これに拠るか」とあるが、このための猿廻しの役割は意外に大きかった。しかし、やはり元来は、繁栄を予祝し、厄をよけることを祈るものであったろう。芭蕉に「年々や猿に着せたる猿の面」がある。

妻猿の舞はですねたる一日かな　内藤　鳴雪
猿曳の猿を抱いたる日暮かな　尾崎　紅葉
猿曳の太鼓聞えて遂に来ず　村上　蚋魚
其猿と猿曳似たり似たるかな　伊東　極浦
猿曳の肩にまたたく猿なりし　原　石鼎
＊人に似てかなしき猿を廻しけり　西島　麦南
すべもなき啞が身過ぎか猿廻し　富田　木歩
廻し猿松上の雪こぼし去る　三宅　一鳴
猿曳の猿寒々と投げ出さる　中谷　朔風
われ佇つにそれきり猿の舞見せず　酒井　彩雨

傀儡師《くわいらいし》

傀儡《くぐつ》　人形まはし　木偶《でく》廻し　てくぐつ廻し　夷《えびす》廻し　夷かき

新年に、家々をまわって芸をする門付けの一つ。首から人形箱をかけていて、その中からいろいろの人形を舞わせる。今はほとんどなくなって、徳島・愛媛あたりにわずかに見られる程度である。くぐつともいい、集団的に放浪生活をする下層の人々が、人形をもって全国の道を歩いてまわった。くぐつ師は人形を神と信仰し、訪問される人々も、神の訪れといって喜んだ。〈本意〉『塵塚談』に「傀儡師を、江戸の方言に山猫といふ。人形まはしなり。一人して、小袖櫃のやうの箱に人形を入れ、背に負ひて、手に腰鼓を敲きながらありくなり。小童、その音を聞きて呼び入れ、人形を歌舞せしめ、遊観す。浄瑠璃は義太夫節にて三絃はなく、芦屋道満の葛の葉の段、時頼記の雪の段の類を語りながら、人形を舞はし、段々好みも終り、これきりといふところに至りて、山猫という鼬のごときものを出して、チチクワイ〳〵とわめきて仕舞ふなり。われら十四

五歳ごろまでは、一ヶ月に七八度づつ来たりしが、今は絶えてなし」とある。人形を舞わせる門付けだが、単に人形を舞わせて子供たちをたのしませるだけでなく、また富貴を授ける一種のおまじないにもなっている。

＊人形まだ生きて動かず傀儡師　高浜　虚子
傀儡師鬼も出さずに去ににけり　村上　鬼城
傀儡の頭がくりと一休み　阿波野青畝
さすらひの老が夫婦や傀儡師　吉田　冬葉
紐重く肩にかけたり傀儡師　室積波那女
玉の緒のがくりと絶ゆる傀儡かな　西島　麦南
傀儡の歎き伏したる畳かな　橋本　鶏二
絢爛と傀儡の凍てる楽屋裏　石原　八束
かつたりと泣く目を閉ぢし傀儡かな　名見崎　新
かつ〳〵と眉毛怒れる傀儡かな　徳永山冬子
あふむきて傀儡笑へば傀儡師も　成瀬正とし
泣き伏して身のかさもなきくぐつかな　安田千鶴女
傀儡われ箱に納まるごとく臥す　渡辺　鳴水
やませ風吹けば目つむる木偶の首　石原　君代

春駒《はるこま》　春駒舞　春駒万歳

正月、家々をめぐって、新春の祝詞をのべる門付け芸の一つである。木で馬の首を作り、それを腰につけ、手綱の代りの引布を手にとり、馬にのった形をして、三味線や太鼓の音にのって、「目出たや目出たや春の初の春駒なんぞや、ソレハエンソレハエン夢に見てさえ、よいとや申す」などと歌う。馬を蚕の守護神とする信仰が全国にあり、養蚕の予祝にも春駒は用いられた。今は、長野・山梨・岩手・沖縄などの地方に芸能として残っているが、門付け芸能としては佐渡に残っている。**〈本意〉**『世諺問答』に「正月七日に青馬を見れば年中の邪気を払ふ、といふ本文はべるなり。今の童の春駒といふは、これより始まりはべるにや」とあり、『塩尻』に「春駒は蚕桑の

ことぶきなり」とある。この二つの祈り、予祝がこめられて門付け芸となったものであろう。

春駒や己が宿より舞ふて出づ　松瀬　青々
春駒や染分手綱濃紫　籾山　梓月
*酔うて来し春駒みれば女なる　前川　龍二
踊り込む春駒の背を怒濤が押す　加藤知世子
面あげて風の春駒磯いそぐ　岸田　稚魚
春駒の鈴の音澄めり湖に来て　皆川　盤水
春駒のどこかをかしくかなしくて　金子のぼる
つと出でて妹の春駒いさむかな　菊池　芳女
春駒は面のうちよりささやけり　藤井　青咲
春駒や雪の椿をくぐり来て　中島　花楠

鳥追《とりおひ》

正月、家々をめぐって祝いあるく門付け芸人の一種で、女が多かった。編み笠、木綿の着物、小倉の帯、紅染の手甲、日和下駄という姿で、門口で三味線をひいて鳥追い歌をうたった。鳥追いは、農村の鳥追いの行事から移ったもので、田畑に害のある鳥獣を追い、豊作を祈るもので、子供らが、小正月に、棒やささらで地面を打ってあるいた。この行事のしめくくりは、神社・寺院などに設けたたまり場の小屋を焼くことで、どんど焼きという。田遊びもこれと似ていて、ささらを打ち合わせて鳥を追いはらうもので、地面をたたき、ささらをならすことが、鳥を追うまじないであった。これを門付け芸にした人が、京都悲田院の非人与次郎で、白布で顔をかくし、笠をかぶり、門々で手をたたき祝言を述べたという。それが、女たちの門付け芸となった。〈本意〉『塩尻』に「万歳は造宅の祝辞、鳥追は田事の祝ひ、春駒は蚕桑のことぶきなり。人、衣・食・住の三つを重しとす。ゆゑに年の始め、これをことぶきて、興を催しはべるにこそ」とある。田事の繁栄を予祝するものが門付け芸化したものである。

＊鳥追や顔よき紐の真紅　飯田　蛇笏
鳥追や二重あぎとにしかと紐　同
鳥追のかほよくて知る人もなし　松瀬　青々
鳥追の艶治こぼるる笠のうち　石原　舟月
鳥追は竹の径をめぐり来る　河越　風骨
鳥追の雪にころぶもありにけり　川島　奇北

初音売《はつねうり》　初音笛

元旦に鶯笛を売り歩くこと。竹で作ったおもちゃの笛である。長野市付近にまだ残っているという。〈本意〉鶯笛をならして初音と言って、めでたがりながら、売って歩くわけで、初音を売ると言ったところに、しゃれた工夫がある。

水餅深き夜明けの初音売　臼田　亜浪
大甍日の出てうすし初音売り　村上　麓人
＊竹の香の青き初音を買ひにけり　栗生　純夫
初音売る子が門外の霧に消ゆ　小山若葉洞
子を抱くと反身の母に初音売　石川　桂郎
僧われにひとつ呉れ去る初音売　東条　素香

歌留多《かるた》　骨牌《かるた》　歌がるた　百人一首　花歌留多　いろは歌留多　読札　取札

かるたということばの語源は、ポルトガル語・イスパニア語のカルタだという。正月の遊びだが、歌がるた（小倉百人一首）・花かるた・いろはがるた・ウンスンかるた・トランプなどの種類がある。歌がるたが代表的なもので、定家の選んだ小倉百人一首を用い、読み札、取り札各百枚に作り、源平（又は別《わけ》）という団体競技と、散《ち》らしという個人競技がある。花かるた、あるいは花札は、十二か月に各四枚の札を配当、総数四十八枚の札を配って勝負を争うもので、花合わ

せという。いろはがるたは、読み札・取り札各四十八枚に作り、いろは四十八文字のそれぞれを頭に置いた諺によって作られている。江戸の「い」、「犬も歩けば棒に当たる」は、京では「一寸先はやみ」、大阪・中京では「一を聞いて十を知る」となるように、地域によって変化があった。ウンスンかるたは四十八枚、のち七十五枚になり、賭博に用いられた。今日ではトランプにとってかわられつつあるが、昔、歌がるたに興じた正月の夜は楽しい興奮にみちた夜であった。〈本意〉歌の本末を覚えるために歌がるたが生れてきたなどともいうが、正月の遊びに、名歌秀歌を用いて競い遊ぶというのは、日本人の心情をうつし出したものといえよう。その歌をめぐる競技から男女の交流がうまれ、楽しい正月の遊びとなった。

加留多とる皆美しく負けまじく　高浜虚子
*封切れば溢れんとするかるたかな　松藤夏山
かれがれの日々を歌加留多そらんじぬ　滝井孝作
夜がこはしかるたのあとのかへる径　長谷川素逝
法師出て嫌はるゝなり歌がるた　阿波野青畝
遠の灯のいろはがるたを取りをるか　佐野良太
かるた切る心はずみてとびし札　高橋淡路女
歌かるたよみつぎゆく読み減らしゆく　橋本多佳子
かるたの子去にけり風の音となる　徳永夏川女
刀自の読む咳まじりなり歌留多とる　皆吉爽雨
歌留多読む恋はをみなのいのちにて　野見山朱鳥
掌に歌留多の硬さ歌留多切る　後藤比奈夫
妻病みて父子の歌留多の倦み易し　奥野曼荼羅
百人一首読人知らぬまま覚ゆ　岩橋　勲

絵双六《ゑすごろく》

双六《すごろく》　盤双六　双六石　道中双六　役者双六　出世双六　浄土双六

双六はインド起源ともいわれ、ヨーロッパでも行われた。日本へは中国から渡来し、持統天皇の頃にはすでに流行していたという。『万葉集』、平安時代の物語にも出るが、盤上に十二の線

があり、そこに石をならべ、筒の中の賽二つを振り出して、石を進める古代からの双六は江戸時代の文化・文政頃にはすたれ、江戸時代初期からはじまる絵双六が次第に支配的になる。道中双六・浄土双六・おででこ双六・鳴り物づくし双六・顔見世双六・江戸巡り双六など、さまざまの種類があった。中では道中双六が代表的なもので、東海道や木曾街道を賽の目だけ宿場をたどって京へ上がるものである。川柳入り、俳句入りの双六もあったという。〈本意〉正月の子どもの遊びの一つで、カルタと並ぶものだが、古式のものを道中や浄土などの絵を加えて、見た目をたのしくして、上がりをきそうわけである。いくぶん教育的効果もあった。

賽の目の仮の運命よ絵双六　高浜　虚子
人の世の様描かれて絵双六　同
大津から程むつかしや絵双六　野村　喜舟
道中双六いそがぬ旅のひとり哉　籾山　梓月
*生きて今妻子の前に絵双六　目迫　秩父
双六の花鳥こぼるる畳かな　橋本　鶏二
仲見世の屋の灯あはし絵双六　古賀まり子
振り出しへ戻りて遠し絵双六　山口　幻花
双六の上りは月の世界かな　椎名みすず
双六にいれてもらへず父は立つ　鷹羽　狩行
双六の五十三次晴れつづき　柴崎　富子
双六の賽掌に暖め家長の座　保知券二郎

十六むさし《じふろくむさし》

十六目石《むさし》　十六さすかり　むさし八道《さすかり》　武蔵《むさし》

正月の遊びの一つで、明治の頃までさかんであった。四角形を縦横斜めに仕切ったところに接して、三角形の牛部屋が描かれている。四角形の中央に親をおき、周囲に十六の子をおく。親は二子の間に入るとこれを倒し、封鎖されぬ数にすれば親の勝ち、子は間にはいられぬようにして、人海戦術で親をおいつめ、牛部屋（雪隠ともいう）に押しこんで、封鎖すれば、雪隠づめといっ

て、子の勝になる。古くから各地でさかんにおこなわれてきた遊びである。〈本意〉双六の一種で、もと八本の線をひき、その線に従って馬をうごかして勝負を争った八道行成《やさすかり》から出たものであろうという。この八道をむさしともよぶ。諸説があって定まらないが、歴史は古い。今はすたれたが、二手にわかれて競う双六的な遊びである。

幼きと遊ぶ十六むさしかな　高浜　虚子
碁に弱く十六むさし強きかな　池内たけし
*古框十六むさし興じをり　阿片　瓢郎
菓子屑に十六むさし昏くなる　関口　久雄
父祖遠し十六むさしまた遠し　瀬戸口民帆
兄弟の手のうち十六むさしかな　木口六兵衛

投扇興《とうせんきょう》

正月とは限らない遊びだが、正月によくおこなわれる座敷遊戯の一つ。台の上に、銀杏の葉の形のものを置き、二メートルぐらいはなれてひらいた扇を投げてこれを落とす。その落ちた形で勝負をきめる。江戸時代後半から明治ごろまでがさかんであった。酒席が多い。〈本意〉投壺をまねておこなわれた酒席の遊びで、『百戯述略』に「源氏物語五十余帖の名目に比し、甲乙を極はめ候儀にて、寛政中、また天保度、しきりにはやり候ところ、賭博に落ち入り候につき、制禁に相成り候ところ、このごろまたまた行はれ候よし」などとあり、さかんにおこなわれたことがわかる。

投扇興末子さかしく笑ひ初む　大谷　句仏
投扇興妬み心のしばしあり　徳永山冬子
*尼門跡の声の若やぐ投扇興　但馬　美作
投扇に興ずる東男吾　井桁　蒼水
とるほども無き袂とり投扇興　高本　時子
男われ投扇興に負けつゞけ　森田　峠

も一度は吾に投げさせよ投扇興　城戸崎丹花　夕顔を心に投げし扇かな　成瀬正とし

福笑ひ《ふくわらひ》　おかめつけ

正月の遊びの一つ。目や鼻や口、眉毛などの描いていないお多福の顔に、目や鼻や口、眉毛を切りぬいた紙片を、目かくしをしてのせてゆく。とんでもない顔ができあがるので座が笑い興じる。〈本意〉正月の遊びの一つで、たのしくみんなで笑えるおもしろい趣向のもの。

福笑山茶花散らすごとくなり　中島　月笠　鼻置いて眉つけやうや福笑　原山　夏人
*目隠しが透いて見えたる福笑　籾山　梓月　賑やかな小母さんが来て福笑　太田　道子
福笑大いなる手で抑へられ　阿波野青畝　目隠しの子の大頭福笑　轡田　進
福笑妻も座敷の人となり　青木　景信　目の一つ畳にはづれ福笑　村上　凡花

羽子板《はごいた》　胡鬼板《こぎいた》　はご

正月に羽子をつく遊びをするが、そのつき板のことである。『看聞御記』に永享四年正月五日、貴族と女官とでこきの子勝負をし、永享六年正月五日、将軍家よりこき板、こきの子の献上があったとある。こき板、こぎ板が羽子板のこと。こきの子、こぎの子が羽子のことで、若い人々への正月の贈り物であった。室町時代からこぎ板を羽子板とも呼ぶようになり、江戸時代には羽子板とのみ呼ばれた。羽子板には、江戸時代初期には左義長や梅の花の絵、のち押し絵、江戸時代後期から当たり狂言の俳優の押し絵をはったものなどが評判を得た。高価な押し絵羽子板、安い描き絵羽子板、板画をはった羽子板などいろいろある。押し絵の羽子板は初正月を祝う女の子へ

の贈り物、床飾りなどになる。〈本意〉『世諺問答』によれば、子供が胡鬼《こぎ》の子といって羽根をつくのは、幼き者が蚊に食われぬようにするためのまじないだという。秋のはじめにとんぼが出て蚊を食うが、木連子《むくれんじ》などに羽をつけたものを板でつけば、とんぼう返りのようで、蚊をこわがらせるのだなどと説く。的の稽古のためにつくのだとか、神功皇后を女武者の祖と仰いで遊ぶのだとか、いろいろの説があるが、今日見る羽子板は人気役者の姿や歴史上の人物の姿の押し絵で、女の子の好む美しい人物像が多い。床飾りなどにされる。

梅幸の羽子板艶を失はず　相島虚吼
羽子板の上に二つの羽子置いて　池内たけし
羽子板やかなしき闇を枕上み　長谷川春草
羽子板や母が贔屓の歌右衛門　富安風生
羽子板や勘平火縄ふりかざし　水原秋桜子
羽子板や子はまぼろしのすみだ川　同
羽子板の重きが嬉し突かで立つ　長谷川かな女
＊羽子板の役者の顔はみな長し　山口青邨
羽子板の写楽うつしやわれも欲し　後藤夜半
羽子板はまだ父の手に紙包　中村汀女

羽子《はね》

胡鬼《こぎ》の子　羽《は》ごの子　羽子つき　飾羽子　串羽子　熨斗《のし》羽子　羽子日和

古くは、むくろじに竹のひごを刺し、そのひごに鳥の羽をつけた。羽は、きじ・かも・さぎなどの羽で、三枚ほどゆわえて、切りそろえた。明治時代には、竹ひごを短くし、羽も五枚結んだ。竹の串に羽を五枚ずつはさんだものが串羽子、竹串の先へ羽を一枚つけたものを熨斗羽子という。一人で数え歌をうたってつくのが揚げ羽子、二人以上でつき合うのが追い羽子、遣り羽子で、勝負をきそう。〈本意〉『守貞漫稿』に、「鳥羽四ヶを細き二寸ばかりの竹の頭に糸をもって巻きつ

け、下に薬子《むくれんじ》をつくるなり」「京坂のはねは寸余の竹串の頭につくる。江戸は竹串なしに、直きに羽根を薬子に刺す。あるひは薬子の代りに土丸に錄泥押したるものをも用ふ」という。蚊にさされぬよう、おまじないに羽をつくといわれる。正月の楽しい美しい遊びの一つである。

大空に羽子の白妙とゞまれり　高浜　虚子
＊東山静かに羽子の舞ひ落ちぬ　同
落ち羽子に潮の穂さきの走りて来　山口　誓子
ぼろぼろの羽子を上手につく子かな　富安　風生
羽根二つ飾るがごとくおく枕　山口　青邨
大空の羽子赤く又青く又　阿波野青畝
羽子の音嘗て日は降り人は揃ひ　中村草田男
その中に羽根つく吾子の声澄めり　杉田　久女
羽子落ちて木場の漣あそびをり　石田　波郷
日見て来よ月見て来よと羽子をつく　相生垣瓜人
遠き日につきてけふまで羽子つかず　山口波津女
羽子つくや母と云ふこと忘れをり　池上不二子
病みこもる静かな日々や羽子の音　下田　実花
朝夕の潮の遠音も羽子日和　西島　麦南
一天の玉虫光り羽子日和　清崎　敏郎
羽子一つはなやがすなり古畳　清水　基吉

追羽子《おひばね》　遣羽子《やりばね》

正月の女の子の遊びの代表的なもので、多くは二人が相対して、一つの羽子をつき送り、競い合うが、落とした方が負けになり、墨やお白粉をつけられたりして興じた。また一人でつき上げて、数をきそい合ったりする。打つ音やテンポがのどかで、正月の楽しみらしい。〈本意〉『嬉遊笑覧』に、「二人より四五人聚まりて羽子つくを、追ばねといふ。これには男も雑ざる」などとあり、おもしろい数え唄などをうたった。美しく楽しくのどかな女の子の正月の遊び。

＊やり羽子や油のやうな京言葉　高浜　虚子
追羽子に舁きゆく鮫の潮垂りぬ　水原秋桜子

遣羽子や海原かくすさうび垣　山口　誓子
追羽子や森の尾長は森を翔び　石田　波郷
追羽子や海へなだるる離宮道　五十嵐播水
噴煙はなびき追羽子なだれがち　皆吉　爽雨
追羽根にひねもす筑波濃かりけり　原　裕
追羽根の中を抜けゆく郵便夫　畠山　譲二
追羽根をつくや湖国のよく晴れて　岩井　英雅
神父ヨゼフ追羽子よけてすぎたまふ　高橋　潤
追羽子や川をへだてて嵐山　岸　風三楼
追羽根やふるさとの唄口に出て　小沢満佐子
ひとりつく羽子は野川に映りつつ　加倉井秋を
追羽子の硬き音のみ沿線都市　藤井　亘
つく羽子の数よむ母で有難し　小野　希北
突く羽子の白をたよりの身の在りど　田中みどり

手毬《てまり》　手鞠　手毬つく　手毬つき　手毬唄　毬唄　手毬子

正月の女の子の遊び。中世からはじまる。綿・芋がら・こんにゃく玉・鉋屑、あるいははまぐりの殻に砂を入れて音が出るようにしたものを芯とし、これに糸をまきつけ、その上を五色の絹糸で綾にかがったもの。明治時代にゴム毬が輸入され、絵具で糸毬のように彩色して売られた。向かい合って膝を立ててつき、歌をうたって、数をつき、相手にわたす。手毬唄にはいろいろ味わいぶかいものが多い。初正月の祝いに女の子に贈る風習もでき、飾り用の手毬も作られている。今は郷土玩具のようなものとなり、また輸出品として四国などで作られている。〈本意〉『改正月令博物筌』に「年の初めに幼女のもてあそびなり。いつごろに始まるにや知れず。久しき世より童女のもてあそびとし来たれり。毬打にならへるものなるべし」とある。美しくこしらえた毬で、女の子の正月のあそびにいかにもふさわしい。「本町二丁目の糸屋の娘、姉は二十一、妹ははたち、妹ほしさに宿願かけて、伊勢へ七たび熊野へ三たび、愛宕様へは月参り」とか「ひいふうみ

いよう御世のあねさんこうとおか市浜の都は落すな〳〵」などと唄いながら毬をついた。

*手毬唄かなしきことをうつくしく　高浜　虚子
十ついて百ついてわたす手毬かな　同
雪さそふものとこそ聞け手毬唄　久保田万太郎
絹毬の突かであるなり函のまゝ　岡村　柿紅
手毬唄うたひくれたる人のこと　池内たけし
手毬唄手紙の中にこもるなる　滝井　孝作
焼跡に遺る三和土や手毬つく　中村草田男
手毬唄きこゆ生涯の家と思ふ　大野　林火
佝僂の子の帯うつくしき手毬かな　西島　麦南
つまづきし如く忘れし手毬歌　橋本多佳子
つきそれし手毬をひろひ夕ごころ　福田　蓼汀
ほつれたる手毬の糸は今は赤　河越燕子楼
手毬唄日暮は亡き父恋ふ唄に　加藤知世子
手毬唄その身が毬の雪ふるる　村越　化石
夢殿の前に手毬をつき遊ぶ　久保　龍
みちのくのかなしき節の手毬唄　村上　三良
恋知らず唄ふや恋の手毬唄　相川紫芥子
手毬つく土間やはらかに牛の息　阿部　子峡
手毬唄十は東京なつかしと　水上　涼子
手毬唄賽の河原の児も冷えて　中丸　義一

独楽《こま》

叩き独楽　ぶしやう独楽　海螺《ばい》独楽　唐独楽　半鐘独楽　ごんごん独楽
博多独楽　銭独楽　曲《きょく》独楽

正月に男の子があそぶ玩具である。もとは「こまつぶり」といい、略して「こま」と呼んだという。多くは、紐をまきつけて、投げながら紐を引いてまわすものである。種類が多いが、叩き独楽は、海螺独楽に似たものを、竹などの先に木綿のきれをつけた鞭でたたいて回す。唐独楽・半鐘独楽・ごんごん独楽は、竹の筒に細工して、回りながら音を出すようにしたもの。海螺《ばい》独楽（べいごま）は、海螺の殻に鉛を入れて重みをつけ、色のついた蠟を詰めたもので、桶や箱にご

ざをのせ、その上に回しながら投げ入れ、相手の独楽をはじき出して遊ぶもの。指先で回すひねり独楽は木の実のような形のものに心棒をつけたもの。銭独楽は、穴あき銭に心棒をはめ、手で回したり、緒で回したりする。子供の遊びのほか、酒席の余興とされたり、寄席で曲独楽を演じることもあった。〈本意〉男の子の春の遊びで、一人で回したり、競い合ったりして遊ぶ。勇壮な、男らしい遊びである。男の子は凧あげ、独楽まわし、女の子は、羽子つき、手毬つきというふうに言われ、代表的な正月の遊びである。

*たとふれば独楽のはじける如くなり　高浜　虚子
縄跳びと独楽廻す子と風花と　永井　龍男
独楽の精尽きて松籟ごうごうと　内藤　吐天
負独楽を愛し勝独楽に目もくれず　富安　風生
独楽の紐子等はゆつくり巻いてゐる　山口　誓子
独楽澄めば山川風土ひかりあり　佐々木有風
手のくぼに重さうしなひ独楽まはる　篠原　梵
暮れてゆくひとつの独楽をうちにうつ　橋本多佳子
吾子病めりこれやこゝなる独楽童子　石塚　友二
勝独楽のなほ猛れるを手に掬ふ　福田　蓼汀
ひと死にて慰問袋の独楽まひ澄む　片山　桃史
おのが影ふりはなさんとあばれ独楽　上村　占魚
独楽きそふ子に塀越しの父病めり　目迫　秩父
母の亡き故の上手か独楽童子　大橋　敦子
白き紐たれて手にあり独楽澄める　佐々木郷盛
独楽澄むや山空たゞにうすみどり　村田　翠雨
負独楽に唾《つば》くれて紐まきはじむ　佐藤南山寺
まはらねば倒るる独楽のさみしさよ　竹谷ただし
独楽澄みて夕満月をのぼらしむ　村上しゆら
肩触れて引くべくあらず喧嘩独楽　鈴木　栄子

正月の凧《しやうぐわつのたこ》　初凧　凧揚　紙鳶《しえん》　いかのぼり

凧というと一般に春季であるが、京都や江戸では、正月の男の子の代表的な遊びが凧揚げであ

った。地方によっては、五月の節句やお盆の頃、あるいはさらに別の季節に揚げるところもある。

〈本意〉『嬉遊笑覧』に「このもの、江戸などには春の戯れとすれども、諸国他時に弄ぶ所多し。〔志保之理〕に、三州吉田より遠州見付のあたりまで、五月五日、家々大なる紙鳶を作りてあげ、端午の遊びとす。……まづ四月の末より試みにあげて、端午、各々家広き処あるひは河原へ出て美を争ふ。……〔夏山雑談〕に、大坂などにては五六月、西国辺は七八月、児童の弄ぶなり、といへり」とある。土地によってさまざまではあるが、正月、女の子は羽子つき、男の子は凧揚げを代表的な遊びとする。大空に高く上り澄む凧は、男の子らしい豪快、爽快な遊びである。

霜除にちらり〳〵と凧の影　池内たけし
狂ふすべなき静かさや喧嘩凧　室積徂春
凧揚げて来てしづかなる書斎かな　山口青邨
*住吉に凧揚げゐたる処女はも　山口誓子
凧の糸持たせてもらひ凧傾しぐ　原田種茅
凧あがり戦前戦後町変らず　福田蓼汀
凧の下母が手織の絣欲し　石田波郷
風花にひきしぼるなり凧のぼり　松村蒼石
凧あげの空や秩父嶺あきらかに　及川貞
遠近の凧や乞食が火を焚けり　皆川盤水
凧あがる空の弾力妻妊る　石井康久
拓地つ子に末広がりの凧の天　三石白蛾
沖合ひの父乗る船に凧伸ばす　菊田千石
正月の凧裏窓に漂へり　風間加代
あやまちて正月の凧踏みしかな　小川千賀
少年の瞳に海平ら凧揚ぐる　東早苗

福引《ふくびき》　笑籤　宝引《ほうびき》

福引ということばは鎌倉時代からあり、二人で向い合って、一つの餅をひきわることであった。ちぎれた餅の大小によって吉凶禍福を占ったのである。のち、縄の端に銭、あるいは品物を結び

つけておき、他の端を引いて引き当てた者を勝とする宝引きと同じものになった。近世末期には笑い籤ともいう、なぞを応用した籤引きがおこなわれるようになった。一例をあげれば、「売女の心づけ」という題で、傘を賞品に出し、瘡《かさ》の洒落としたというような好色なものが多かった。明治にはこれがさかんで、福引きの題を集めた本も出るほどであった。これは今日でもおこなわれている。〈本意〉『梅園日記』に、「正月、福引きとて、鬮にて人に物を取らすることあり。ものに見えたるは、月堂夜話に、ある人云、正月の福引きは、昔は両人して餅を引き合ひて、両方の多少取りたるを見て、その年中の禍福を見しことあり。今代は種々の器物に取り代へたるなり。餅を引き取るゆゑに福引きと名づく、とあり」などとある。吉凶をうらない、また福を引きあてることで、新年のよい兆しとしようとする風習の一つである。

*福引に一国を引当てんかな　高浜　虚子
福引のはるかなる目をして引けり　山内　山彦
福引のみづひきかけしビールかな　久保田万太郎
福引に師の短冊を引き当てし　樋口　岩丈
福引やためらひ引きて当り籤　相島　虚吼
福引の当りてどかと諸大根　新津香芽代
福引に当りしものを重宝す　富安　風生
福引の目無し達磨を喜ばず　赤堀　秋荷

稽古《けいこ》始《はじめ》　初稽古

新年になって初めてする稽古のこと。柔道・剣道・謡曲・仕舞・舞踊・いけ花・ピアノ・バレエなど、いろいろある。新年なので気構えもあらたに、着飾って、なごやかに集まり、稽古する。〈本意〉武道始め、道場開き、謡い初め、舞い初め、初さらいなどというが、気持をあらたに、

また新年なのでなごやかにおこなう稽古である。

念流の矢止の術や初稽古　金子伊昔紅
三味かかへ稽古はじめの妻となる　成瀬正とし
*初稽古袴の折目正しうす　小崎　弥生
長廊下踏みゆく稽古始かな　西沢十七里
立ちざまに面とられたり初稽古　村山初桜子
胸に厚き利久懐紙や初稽古　中川　利子
かんざしの稲穂のゆるる初稽古　井口はる子
電話にて呼びあひ集ひ初稽古　京極　高忠

謡初《うたひぞめ》

新年にはじめて謡曲をうたうこと。松の内にうたうことが多いので、松謡ともいう。行事として松囃子、御謡初があるが、これらは別である。終ると、酒肴が出て、たのしい新年のつどいになる。〈本意〉本来は正月三日、徳川将軍の前でおこなわれた、御謡初式、松囃子である。国主大名のほかは、諸侯が酉の刻から参殿、将軍と御三家とで盃ごとをおこなって、観世太夫が「四海波」を平伏しながら謡った。この行事ではないが、新年に、謡曲をたしなむ人が、うたい初めをして祝うのである。

重なりて覗ける子等や謡初　佐野青陽人
*謡初妻に鼓を打たせつつ　坂元　雪鳥
折からの雪面白や謡初　池松　迂巷
武蔵野の松に霜おき謡初　岡田　信成
謡初め明治を残す顔きびし　吉岡　道夫
赤らみし老師の頬や謡初　河野　探風
締めなほす鼓の紐や謡初　広田　芳子
埋火の灰の深さや謡初　岡本　庚子

吹初《ふきぞめ》　籟初《ふきぞめ》

新年に初めて笛や笙、尺八などを吹くことをいう。現代では、フルートやクラリネットなど西洋の管楽器を含めてもよいかもしれない。〈本意〉『俳諧歳時記』に「簫・笛」、『改正月令博物筌』に「篳篥・簫・尺八・笛の類」とあるが、新年にはじめて吹いて、新年を祝い、一年の上達を祈るのである。

籟初や座附に名ある笛の家　小沢　碧童
吹初はいづこの家や賀茂の橋　渡辺　水巴
梅白しさるふき初の宿ならん　高田　蝶衣
*吹初の高笛雪を降らすかと　山口　誓子
吹初の人揃うたる一間かな　松野　白得
吹はじめ雑木山より僧衣出づ　加藤　正子

弾初《ひきぞめ》　初弾　琴始

新年に初めて琴・三味線・琵琶・胡弓などの絃楽器を弾奏すること。多くは師匠の家にあつまっておこなう。ヴァイオリンやギター、マンドリンなどやピアノなどを含めることもできよう。〈本意〉『年浪草』に「倭俗、琴瑟の類を鼓する、これを弾くといふ。これもまた歳首にその業を試むるなり」とある。弾き初めを祝い、一年の上達を祈るのである。

弾初の姉のかげなる妹かな　高浜　虚子
弾初のをはりし指の閑かなる　日野　草城
*弾初の灯ともしごろとなりけるや　久保田万太郎
弾初や八《や》十《そ》路《ち》の母の桜狩　古賀まり子
弾初めに重ね着の児の重からん　井上　日石
弾初や障子の隙に隅田川　竹内南蛮寺

まなかひにきみある如く弾初めぬ　白川　京子
一群れははや弾初の帰りらし　遠藤　為春
弾初のグノー一指をためらはず　永井　尤人
弾初や第一音を弱からず　阿片　瓢郎
弾き初めの千鳥の曲が雪降らす　林　明子
瞽女の頬涙ひとすぢ弾初　山内　星水

舞初《まひぞめ》　仕舞始

正月はじめ、師匠の家に弟子たちがあつまり、祝いの曲を舞うのが慣例である。能や狂言の師匠の家では、翁や三番叟の仮面を床に飾り、神酒をいただき、舞を披露する。能の中の独立した舞の一部を面・装束なしでシテが舞う仕舞の舞い初めもあり、仕舞以外の狂言小舞、上方舞などの舞い初めのこともある。宮内庁の雅楽部では、毎年一月五日に、舞楽を奏舞するのが恒例である。〈本意〉『改正月令博物筌』に「四辻家に楽初めあり。正月十七日、禁中に舞初めあり。舞初めは能初めにはあらず、舞楽の初めなり」とある。新年のはじめの祝いと祈りの儀式的な舞いである。

舞初や女の中の美少年　岡本　松浜
*梅の精狂ふ舞初うつくしく　山口　青邨
舞初の衣裳のままで昼餉どき　松原　文子
舞初や父がゆづりの修羅扇　小疇　静子
舞初の伏目のままに舞ひ通す　渡辺千枝子
舞初めの袂と云ひて抱きゆけり　泉　登志
舞初や朱のはなやげる鼓の緒　宇田　零雨
舞初や昔おぼえを仕る　白井　一江
舞初の子のしづかなる瞳にあへり　堀　稲花
舞初の眼ざし宙を宙を追ふ　村上　梅泉

能始《のうはじめ》　初能　舞台始

新年になってはじめての能会の舞台である。恒例として、「翁」をはじめに演じ、国土安穏、五穀豊穣を予祝し、脇能に、「高砂」などのめでたい神能を演ずる。〈本意〉新年の祝いと一年の祈りのために、一年の能のはじめを特別な形でおこなって、けじめとするのである。

白洲ある古き舞台の能始　松本たかし
初能や松笠見ゆる橋掛り　佐野青陽人
*笛方のしづ〱と出や能始　鈴木　芳如
息ながき男のこゑや能始　伊藤　通明
初能や朝より碧落たまはれり　小枝秀穂女
鼓座のいかれる肩や能始　下田　童観
面箱に太夫正座や能始　大川　千里
お能始の一笛澄めるお幕ぬち　原田　岐水

初鼓《はつつづみ》　鼓初

新年にはじめて鼓を打つこと。師匠の家に弟子たちがあつまり、鼓初めの儀式をおこなうことが多い。〈本意〉一年のはじめの祝いと祈願に、鼓を打って儀礼とする。

*旧山河こだまをかへし初鼓　飯田　蛇笏
聴きとむるゆかりの宿のはつ鼓　同
袖ぐちのあやなる鼓初かな　日野　草城
初鼓あめつち響きあふごとし　下田　青子
打始やことに吾子の初舞台　林　吉太郎
初鼓観世屋敷の庭ふかく　中　火臣
初鼓夜をひびかして打ちにけり　犬塚　皆春
梅若の門の柳や初鼓　遠藤　はつ

初茶湯《はつちやのゆ》　初釜　初点前《はつてまへ》　点初《たてぞめ》　茶湯始

新年の始めに初めてもよおす茶の湯のこと。茶道の家元や宗匠などは、元旦から若水の大福茶の釜をかけて、年賀の客にもてなすが、これは茶会ではなく、松の内の一日をえらんで、茶会を

ひらき、正月膳を出してもてなすのが、初釜、点《た》て初めである。床に一行物などをかざり、長熨斗か餅飾り、あるいは炭蓬莱（白米の上に炭をつみ、えび・だいだいを組みあわせたもの）をかざる。花はつばきを用い、他に柳の丈余のものを青竹に活ける。茶具ははなやかにし、雑煮・祝い肴・濃茶・薄茶、紅白、または青の菓子などを組み合わせにして出す。〈本意〉新年の祝いと、一年の祈りをこめた、儀式的なもてなしである。

初釜のやがて鳴るべき時来たり　高浜　年尾
初釜のはやくも立つる音なりけり　安住　敦
うらわかき膝しづまれり初茶の湯　石田　波郷
初釜にスカート緑濃き乙女　百合山羽公
足袋堅く爪先へ気や初点前　牧野　寥々
吾れひとり家風を継ぎて初茶湯　松原　文子
＊初釜の炉に太き炭一文字　佐野　美智
蓋置に青竹切りつ釜始　橋本　雪後
初釜の初雪となり戻りけり　伊東余志子
初釜や花びら餅のうすくれなゐ　同
初釜や目に入るもののみな青く　渡辺　千代
初釜や朝よりつゞく細雪　佐々　登良
初釜の幾たりか妻となり母となり　遠山　弘子
師のつよき袱紗さばきや初点前　沢田しげ子
初茶の湯あめつち結ぶ柳かな　高林とよ子
初釜や雪に遅れて来し夫人　宮下　翠舟

初芝居《はつしばゐ》　初曾我　春芝居　芝居仕初　二の替《かはり》

正月におこなわれる芝居興行で、春芝居ともいい、歌舞伎がその代表的なもの。昔はこれを江戸で初春興行、京阪で二の替わりと呼んだ。二の替わりは、十一月の顔見世を一年のはじめと数えるためで、正月の芝居を二度目としたためである。初芝居は正月二日頃とされ、のち十五日に改められるが、元日には、仕初めの儀式をおこなった。座元・若太夫・座頭（又は筆頭振付師）が「式三番」を舞い、一座全員が舞台で新年のあいさつをし、座頭が、初春狂言の名題、役割を

読み上げ、子役の踊り初め、一同の手打ちをおこなった。初春狂言は、江戸では曾我狂言、京阪では傾城買いの狂言を出したが、今は三番叟物や曾我物の一部を演ずるだけで、他の日と変らなくなってしまっている。〈本意〉新年はじめの芝居で、はなやかに、めでたく演ずる。劇場も、にぎやかに美しく飾られて、新年を祝い、一年の無事を祈る。

*あの役者この役者なし初芝居　久保田万太郎
茶屋へ行くわたりの雪の初芝居　同
牡丹雪小やみもなくて初芝居　水原秋桜子
国許の母が来てゐて二の替　富安風生
うたはれし名妓老けたり二の替　阿部みどり女
帰りゆく但馬は遠し初芝居　五十嵐播水
初芝居母もわすれし江戸言葉　小沢満佐子
初芝居おきく播磨に切られけり　稲垣きくの
海老蔵に雪降らせけり初芝居　野口里井
逢へば泣く明治の恋や初芝居　中島順子
幕あきて舞台の寒気初芝居　依田由基人
団十郎なきあとの初芝居かな　富崎梨郷

騎初《のりぞめ》　騎馬始　馬場始　馬騎初《うまのりぞめ》　初騎

新年になってはじめて馬に乗ることだが、武家の時代には、儀式化されていて、室町時代には正月二日、徳川時代には正月五日が恒例とされていた。江戸時代、将軍は、吹上、あるいは奥の馬場で、小納戸頭が恵方に向ってひく馬に、初乗りしたという。〈本意〉『塩尻』に「武家正月馬乗初といふは、天正のころまでは爆竹と称し、名ある武士馬を馳せて、その終りに飾り置きしさぎちやうに火をかけ、見物とともに一同に曈とはやしたて、馬どもを駈けさせける、これを年始の祝儀とせし」とあるが、武家にとって重要な、年初の儀式であった。

初乗や由井の渚を駒並めて　高浜虚子
騎初に厩を出づる良駒哉　青木月斗

＊騎初や鞭加へ越す雪野原　広江八重桜　初騎は貞任橋のあたりまで　小原啄葉
雪嗅いで鼻醒めし馬や騎始　安斎桜磈子　騎馬始九十九里浜はづれより　下田稔

弓始《ゆみはじめ》　射場始　的始　弓矢始　射初　初弓　初垜《はつあづち》

新年にはじめて弓を射ること。射始め、弓場始めともいう。もと朝廷で、近衛中将・少将の中の弓の上手が選ばれ、弓場殿で弓を射る新年の行事であったが、鎌倉幕府は、文治五年正月三日から恒例の行事とし、室町時代は正月十七日におこなった。徳川時代にこれを再興したのが徳川吉宗で、享保十四年二月五日、吹上御殿の庭で弓始めをおこない、翌年からは正月十一日におこなった。十人が弓を射、将軍がこれを上覧したという。〈本意〉『日次紀事』に二日として、「公家その業を試み、武家もまた弓、馬、剣術、鉄砲の類、これを試む」とあるが、武家がその主要な武術の一つ、弓をはじめて試みて、一年の心構えを新たにしたのである。

乱好む人誰々ぞ弓始　高浜虚子　弓始我が朱の弓のはれがまし　川原田薄公英
天清浄地清浄や弓始　河東碧梧桐　雪散らし野鳩翔け出づ弓始　柄沢ひさを
初弓や遠く射かけてあやまたず　飯田蛇笏　弓始一切松林中のこと　加倉井秋を
＊しづかなる射初の音のしてをりし　富安風生　乙女子の手力見よと弓始　土山紫牛
禰宜の矢のおほらかに逸れ弓始　平松措大　弓始たすき真白くをみななる　吉田速水

鞠始《まりはじめ》　蹴鞠始

新年はじめて蹴鞠をする儀式。今日では正月四日、京都でおこなわれるだけで、昔のおもかげ

はない。鞠は鹿の皮で作り、直径二十五センチで、これを戸外で蹴ってあそぶ。もと唐の遊戯が日本へ伝来したもの。平安末から鎌倉初めにさかんにおこなわれた。鎌倉時代以後は飛鳥井・難波両家が師範として京都で栄えた。明治維新で廃絶し、その後復活しているが、昔日の俤はない。
〈本意〉蹴鞠の蹴りぞめで、古くさかんだった王朝時代のあそびの年初の儀式である。

地下の人さゝげていでぬ初蹴鞠　田中　王城
＊初鞠やあまりに高き渡し鞠　同
大比叡を仰ぐ蹴鞠始かな　那須　茂竹
まつすぐに禰宜の一蹴鞠始　苅谷　曳杖
初鞠やかむり崩れし立烏帽子　藤田　耕雪

初夢《はつゆめ》　夢祝　夢流し

年の始めに見る夢だが、正月二日の夜のことども、節分の夜のことともいう。歴史的にいえば、『山家集』には、立春の朝、昨夜の夢を初夢と呼んでいるが、室町時代には、除夜か元日の暁見た夢を初夢と呼んだ。江戸時代にもそれが続いたが、天明頃から、元日の夜、あるいは二日の朝の夢を初夢と呼ぶようになった。それは、大晦日の夜は夜を徹するので、初夢はなく、元日の夜、はじめて夢を見ることになるからである。ともかく、正月二日の夜か節分の夜に、枕の下に宝船の図を敷いてねたり、悪夢は獏に食われよと、獏の枕という獏の絵の紙を敷いてねた。初夢のめでたいものとしては、「一富士・二鷹・三なすび」といい、それらを見ると、その年は幸運があるとよろこぶ。〈本意〉『日次紀事』に十二月として「もし年内立春あるときは、すなはち……禁裡、画船を白紙に貼して宮内および諸臣に賜ふ。地下の良賤もまた船を画きてもつて臥褥の被底に敷きて寝る。今夜吉夢あれば、来歳福を得るといふ。もし悪夢を見るときは、すなはち翌朝こ

れを流水に付す。これを悪夢を流すといふ」とあるが、夢によって一年の吉凶を判じて喜憂する習慣である。

初夢の金粉を塗りまぶしたる　高浜　虚子
初夢を見をれるごとし覚ますまじ　岡本　圭岳
はつゆめのせめては末のよかりけり　久保田万太郎
初夢の大きな顔が虚子に似る　阿波野青畝
初夢の何かわびしきことなりし　富安　風生
初夢に父に遭ひしが叱られし　佐野　良太
初夢に見たり返らぬ日のことを　日野　草城
髪も稍々白初夢などは嘗て見ず　加藤　楸邨
初夢の何やら美《は》しく寝過しぬ　武石　佐海
*初夢のただしらじらと覚めてなし　大野　林火
初夢の母死なさじと手を握る　山口波津女
初夢の思ひ出せねどよきめざめ　三浦恒礼子
初夢や野のただ中にただよひ覚む　太田　鴻村
初夢をうかと見過ごししまひけり　古谷　原升
初夢に見し踊子をつつしめり　森　澄雄
初夢のゆめの深さに溺れをり　村沢　夏風
初夢のあまり美事に悪夢なる　山田みづえ
初夢の抱ききれぬほど毬拾ふ　山本　馬句
ただようてゐし初夢の青の中　恩賀とみ子
初夢の初蝶なりし白かりし　県　多須良
初夢の中や一人で歩きをり　長部　紅女
初夢が覚め病人に戻りけり　小林　一泉
初夢や兵たりし日は遠く近し　古市　狗之
初夢はあたたかさのみ覚えゐし　平井　照敏

宝船《たからぶね》　宝船敷く　宝船敷き寝　宝船売

めでたい初夢を見れば、一年中幸運にめぐまれるというので、よい夢を見るために、枕の下に宝船の絵を敷いて寝る。明治の頃には、二日の夕方に、子供が「おたから」と呼んで、宝船の絵を売って歩いた。よい夢が見られれば守袋にしまってお守りとし、悪い夢を見れば、翌朝、川に流す。宝船の絵は、帆の張った船に宝物が積まれ、七福神が乗っていて、「なかきよのとをのね

ふりのみなめさめなみのりふねのをとのよきかな」という回文《かいぶん》が書いてあるものである。室町時代末からはじまり、江戸時代にさかんになり、明治頃まで続いていた。〈本意〉よい夢を見るために、縁起のよい宝船の絵を枕の下に敷くのがよい、と俗に信じられているのである。

宝船目出度さ限りなかりけり　高浜　虚子
ひとり寝の一枚かふや宝船　松瀬　青々
町灯りてはや売りにきぬ宝船　渡辺　水巴
遠つ世の浪の音きけ宝舟　星野　石木
＊七十路は夢も淡しや宝舟　水原秋桜子
今朝さめて波濤あとなし宝舟　庄司　瓦全
古き宮の宝舟なり買ひにけり　山口　青邨
お宝お宝と大音声に呼はったり　宮島五丈原
母よりも早寝の父や宝舟　深川正一郎
宝船敷いて夜更ししてをりぬ　町　春草
つくづくと寶はよき字宝舟　後藤比奈夫
小いびきにはや乗る夢路宝船　井沢　正江

寝正月《ねしやうぐわつ》

正月の松の内の頃は、勤務や仕事も休みで、早起きもせず、のんびりと、朝寝・早寝をし、家にこもっていることが多い。年賀などもさけて温泉などに泊って、正月を過ごすこともある。〈本意〉もともと、正月に、村全体が忌み籠りをするところもあったが、それほどの厳密なものでなく、正月を家族だけでのんびりと休養することをいう。

次の間に妻の客あり寝正月　日野　草城
我も折れていはるるままに寝正月　富安　風生
＊わが老をわれがいたはり寝正月　福井　艸公
虚子庵に不参申して寝正月　松本たかし
けもの鍋こと〳〵煮えて寝正月　石橋　秀野
寝正月大和島根の浮くまゝに　中島　月笠
常磐木の青さ眼にしむ寝正月　原　コウ子
裏街に住む気安さよ寝正月　久保田一穂

金輪際決め込む妻が寝正月　岸田　稚魚　寝正月帯の流れのやうな町　片岡とし子
孫子等の遠きもよけれ寝正月　副島　ふみ　寝正月一ト笑ひして起きにけり　渡辺　軍平

寝積む《いねつむ》　稲積む　いねを積む　寝挙ぐる　いねを起す

正月に寝ることをいねつむ（寝積む・稲積む）という。正月の忌み詞で、寝ることをめでたく言うことばである。八丈島でも正月には病気することを「いねつみ」という。寝るの古語は「いぬ」で、これを稲に言いかけたわけである。いねあぐる、いねを起こすといえば、寝ているのを起こすこと。〈本意〉『俳諧新式』に「三が日の間、人の寝起きするをいふなり。寝の字を書きて、和訓、イヌル、イネル、イネテなどと訓めば、イネを稲に取りなしたるなり。ツム・アグルは稲の詞なり」という。元日の忌みことばで、言い替えたものだが、「積むは楽しきを積み重ぬる心なり。元日の寝るをいふ」と『改正月令博物筌』にもある。めでたい言い替えである。

寝積や大風の鳴る枕上ミ　村上　鬼城　吾妹子やまだ宵ながら寝積まむ　浅井　龍勇
*寝積や布団の上の紋どころ　阿波野青畝　寝積むや馬の藁喰む音聞きて　町田しげき
長命のははのもとにていねつまむ　坂井　華渓　吃又の酔画にひとり寝積まむ　鳥越憲三郎

寒餅《かんもち》

正月、餅を食べおわった頃につく餅。寒中につくと、かびが生えず、保存がきくというので、かき餅やあられにして干して保存する。春になって、お茶菓子にする。のし餅でなくなまこ餅にして、切って干す。〈本意〉保存用の餅をつくわけである。寒中につくので寒餅という。正月か

正月すぎにつく餅である。

寒餅を搗く音きこえすぐやみぬ　水原秋桜子
寒餅のとゞきて雪となりにけり　久保田万太郎
忽ちに食ひし寒餅五六片　日野草城
寒餅を搗かん搗かんとおもひつつ　松本たかし
一臼の寒餅搗けり山売れて　野沢秋燕子
寒餅のうす紫や水にひそみ　伊藤稚草
*青空がある寒餅を切り並べ　清水経子
寒餅吊しふつくりと巻く濃染和紙　高島筍雄
寒餅やしん〳〵として土間暗し　池上柚木夫
山の風寒餅に紅滲まする　村上しゆら
寒餅を搗くとふまへし力足　河合佳代子
住みつきし町がふるさと寒の餅　風間啓二

寒造《かんづくり》

寒中の水で酒を醸《かも》すこと。また醸された酒のことをいう。清酒づくりは十一月初旬から三月末頃までおこなわれるが、とくに寒の水で作った酒は、味がよく、長く貯蔵できるという。清酒のほか、焼酎、泡盛などについても言ってよいだろう。〈本意〉寒中の水に特別の力があって、作られた清酒が、一きわ良質で、長もちがすると考えられている。西山宗因にも「奥深きその情こそ寒つくり」という句がある。

寒造りしたゝる甕のひゞき哉　田中王城
みちのくの深雪の倉の寒造　遠藤梧逸
*佇めばつぶやく醪寒造　岸風三楼
昼閑かなれば醪《もろみ》はつぶやけり　佐野まもる
摺り減りし一番櫂や寒造　西本一都
洞然と湯気をさまりし寒造　中村丹井
暁に蔵唄きこえ寒造　松尾静子
寒造りこの泡底に切なきもの　天野莫秋子

寒施行《かんせぎやう》　野《の》施行《せぎやう》　穴施行

寒中に狐に餌を与える行事で、林や野のはずれや稲荷の裏手や樹の洞《うろ》などに豆腐、油揚げ、小豆入りの握り飯、干いわしなどをおいてくる。狐信仰からおこなわれるわけで、中国地方、近畿地方などにのこっている。〈本意〉狐信仰、稲荷信仰から始まった行事で、狐の巣穴や通り道ちかくに、食物をおいて、狐にほどこすわけである。「寒施行、寒施行」と叫んで食物を投げ歩いたりする。「かんぶれまい」、野施行、穴施行などと言うところもある。

*野施行や一本榎野に立てる　河東碧梧桐
寒施行北へ流るゝ野川あり　石田　波郷
野施行の水にうつりて通るなり　岡本　松浜
夜の樫が実を落したり寒施行　小川　正策
泉声の絶えしほとりや寒施行　水原秋桜子
空ろ木にさす月青し寒施行　松田　撲工
野施行や石に置きたる海の幸　富安　風生
がや〱と藪をぬけたり寒施行　植木　露女
大釜に煮ゆる蕪や寒施行　大竹　孤悠
野施行の通りし闇のひきしまり　宮原　雉房

寒紅《かんべに》

紅は、べにばなの花冠を摘み、黄色素を除いて、紅色素だけにして精製したもので、小町紅という。食用にもなる紅である。この紅は寒中に製したものを最良とし、寒の丑の日に売り出した紅を丑紅として最良品とした。江戸時代の女性は、この日に争い求めたという。京紅という名の通り、京都が本場で、皿につけてあるものを紅猪口といい、板や金属につけたものを紅板といって売り出している。今日では、化学的に作られ、いろいろの洋紅が使われているが、俳句でいう

寒紅は、寒中に女性がつけた紅全般をさしてよいだろう。とくに日本紅と限定することはない。
〈本意〉寒中に製した紅が最良ということで、寒紅といい、とりわけ色が美しいものとされる。

寒紅の店の内儀の美しき　高浜　虚子
寒紅を二つはきたる小皿かな　村上　鬼城
＊寒紅の濃き唇を開かざり　富安　風生
古妻の寒紅をさす一事かな　日野　草城
寂莫と寒紅うすくなりにけり　萩原　麦草
寒紅や二夫にまみえて子をなさず　吉屋　信子
筐底にわがいつの日の寒紅ぞ　高橋淡路女
寒紅の口うつくしき京言葉　蒲生　院鳥
丑紅にをんなとなりし瞳のすゞし　野沢　順水
筆嚙んで寒紅の唇汚さざる　村林　星汀
寒紅や石女と言ふ語はかなし　木村　梧葉
寒紅や鏡の中に火の如し　野見山朱鳥
曖昧に生きぬ証しの寒紅ひく　中村　明子
寒紅やおどけて心ひきたてて　清水万里子

寒稽古《かんげいこ》

芸能、あるいは俳句などでも言うが、主として、柔道や剣道などを修業する人々が、寒の三十日間を朝早く、あるいは夜に道場にあつまり、とくにきびしい稽古をして、心身を鍛えること。
〈本意〉歌舞音曲では寒ざらい、寒習いというが、寒稽古にかかわりなく、武道の稽古とともに、寒さのきびしい時に逆にきびしく稽古して、心身をたくましく鍛えるのである。

渋引きしごと喉強し寒稽古　高浜　虚子
寒稽古夜更けて残る二人きり　鈴木　花蓑
寒稽古青き畳に擲《なげう》たる　日野　草城
＊門弟の中のわが子や寒稽古　高野　素十
寒稽古生涯かけし師一人　上村　占魚
小つづみの血に染まりゆく寒稽古　武原　はん
赤胴の似あふ少年寒稽古　中　紫水
歌舞伎座のとんぼ返りの寒げいこ　中村吉右衛門

雪の戸をわれ立ち出づる寒稽古　岩田　潔
寒稽古に出しやりし燈の部屋に沁む　原田　種茅

寒復習《かんざらひ》　寒ざらへ

音曲・声曲（箏曲・浪曲・長唄・常磐津・琵琶など）などで身を立てている人や芸者は、寒中、早暁や深更に、とりわけきびしく稽古する。寒中に稽古すれば、芸の進歩がいちじるしいといわれる。〈本意〉寒さに耐えて稽古すれば上達がめざましいと信じ、音曲・声曲を寒暁や夜更けに練習する。

*半分は泣いてゐる声寒復習　浅野　白山
寒ざらひそびらの真闇風通る　赤木　梢人
糸づめの爪のよわくて寒ざらひ　下田　実花
寒習ひ女身固め物々し　仁多　豊水
身についてしまひし芸や寒ざらひ　同
すたれたる奥浄瑠璃や寒復習　宮野小提灯

寒弾《かんびき》

寒中に三味線の稽古をすることである。とりわけ、師匠の家に住み込みで修業している内弟子は、寒中に、早朝起きて稽古する。寒稽古と同じである。〈本意〉寒中稽古すれば上達がめざましいと信じ願って、寒の朝早くからおこなう、三味線の猛稽古である。

寒弾に添へし老の手老の声　長谷川かな女
寒弾の撥に息吹をあてにけり　中谷　一馬
寒弾や三すぢの糸の真善美　松原　文子
寒弾の盲の面の紅潮す　大橋桜坡子
*寒弾の糸をきりりと張りにけり　安田源二郎
寒弾きの細りきる音をくりかへす　林　翔

寒声《かんごゑ》

音声を鍛える寒稽古の一つ。常磐津・長唄・謡曲、あるいは読経などの声をきたえるため、寒中、夜、あるいは早暁に発声の練習をするのである。〈本意〉寒中に練習すると芸が進むといって声音をきたえる稽古である。

寒声は女なりけり戻り橋　内藤　鳴雪
寒声に嗄らせし喉を大事かな　高浜　虚子
寒声や目鼻そがるる向う風　青木　月斗
*寒声や高誦のまゝの朝ぼらけ　芝　不器男
寒声や隣は露のをみなへし　小杉　余子
寒声の水をわたりて冴ゆるかな　小泉　迂外
寒声や月のしみ入る喉仏　吉田　冬葉

寒見舞《かんみまひ》

寒中、親しい人を訪ねて、寒さの中の生活や健康を見舞うこと。手紙で見舞うこともあるが、暑中見舞ほど一般的ではない。〈本意〉暑中見舞と同じ気持で、寒中の生活の無事かどうかを見舞うことであり、親戚や友人たちに対しておこなう。

山の日の障子にありて寒見舞　高室　呉龍
*しもふりの肉ひとつつみ寒見舞　上村　占魚
藁苞のまたも動くや寒見舞　平松　竃馬
金貸しし人病むと聞き寒見舞　中尾　優里
大利根の向う出島へ寒見舞　伊志井　順
寒見舞雪の信濃のふるさとへ　岡　みゆき

寒泳《かんえい》　寒中水泳

寒中に海や川で泳ぐこと。心身の鍛錬が目的で、集団になって、古式泳法や曲泳などをおこなう。見物客が多数あつまるが、見ている方が寒くなるような行事である。ほかに漁夫や船員が寒中海で泳ぐことがある。〈本意〉寒稽古の一つで、寒中、冷たい海や川で泳いで、心身をきたえるわけである。

寒泳の抜手に水のしたたらず　内藤　吐天
寒泳の炭火を土の上に焚く　田中午次郎
*寒泳の歯の根も合はず哀しまる　加藤かけい
寒泳を観る固き顔かたき貌　佐野まもる
寒泳に藍一色の嶺《やまね》かな　松村　蒼石
寒泳の頭に立つ波のひかりなし　金子　潮
寒泳の粥のさみどりたぎりをり　大沢ひろし
寒泳のすみたる磯の焚火あと　堀田　春子
寒泳のかたまり泳ぐ日の真下　細川　加賀
寒泳の端のひとりのやや逸り　久保田　博
父母より長き髪寒泳の立泳ぎ　藤井　照久
寒泳や口中昏く波の立つ　庄司とほる

寒灸《かんきう》　寒やいと

寒中にすえる灸はとくによく効くといわれて、すえる人が多い。寒灸はじっくりと身体をあたためて、健康によいという。〈本意〉寒中の灸はよく効くというので、進んですえる人が多かった。

寒灸や悪女の頸のにほはしき　飯田　蛇笏
寒灸を妻にもしひつ日を過ぎぬ　森川　暁水
*そくばくの余命を惜しみ寒灸　西島　麦南
寒灸や瘦身に火を点じたり　村山　古郷
脳天にきりきりしみて寒灸　上林白草居
寒灸の肩を互に老いゆくか　舞原　余史
わが肩に上る煙や寒灸　下田　実花
寒灸の後の背さらす医師の前　三島　隆英
ほつれ毛を咬へ耐へをる寒灸　樋口玉蹊子
寒灸の背を曲ぐる母小さしや　川田　一夫

寒釣《かんづり》

寒中の魚釣りである。このころの魚は味がよくなるので、寒風の中を耐えて、川や沼で釣り糸をたれる。魚はこの時期は深いところにあつまり、じっとしているが、日和や潮時によって動き出すのを狙って釣りあげる。寒ぶな・寒ごい・寒たなご・寒はぜ・寒ぼらなど。海釣り、磯釣りもおこなわれる。〈本意〉魚の味のよい寒中に、寒さをこらえて、釣るのである。寒釣りが釣りの醍醐味のあるところという。

もの問へば寒釣きげんわるかりし　阿波野青畝
寒釣の不漁の顔と戻り来ぬ　石塚　友二
*寒釣のもの思ふなき顔に遇ふ　滝　春一
寒釣や世に背きたる背を向けて　吉屋　信子
寒釣の夜明待つ火や沼照らす　渡辺　立男
寒釣の西し東し潮満つ　西矢　籟史
寒釣も夕づく鷺も靄の中　依田由基人
寒釣は残り釣見る人は去る　林　翔
煙突が立つ寒釣のさびしき天　林田紀音夫
寒釣りの肩にかけたる小座布団　中井余花朗

行事

四方拝《しはうはい》　星を唱ふ　星仏

正月元日早朝、天皇が天地四方と山陵を遙拝する儀式。宇多天皇の寛平二年（八九〇）からはじまったという。その年の元日の寅の刻（午前四時）、天皇が清涼殿の東庭に屛風をたてめぐらし、その中の御座で、属星、天地四方、山陵を親拝されたという。応仁の乱で中断するが明治維新まで続き、維新後は一月一日の歳旦祭の前の午前五時半頃に、神嘉殿前の南庭で、同様の祭儀をおこなうようになり、今日にいたっている。〈本意〉『公事根源』に「四方拝といふことは、元正寅の時に、すべらぎ、属星を唱へ、天地四方山陵を拝したまひて、年災をも払ひ、宝祚をも祈り申さるる儀にてはべるにや」云々とある。『年中行事歌合』注に「今、星を唱ふると詠むは、当年の星、本命星をまづ七返づつ唱へたまふことにやとぞおぼゆる」と、『増山の井』に、「今、在家の世俗、星仏とて祭るも、その心ばへなるべし」とある。属星、天地四方、山陵を拝し、災厄を去らせ、年の幸を祈る天皇の祭儀だったものが、世俗にもひろがっているわけである。

御衣霜に映えて美し四方拝　赤木　格堂

鶴のごとし人在しけり四方拝　久保田九品太

またたける灯に明け近し四方拝　岡本　圭岳

四方拝雪のあなたの畏けれ　長谷川かな女

＊四方拝太古のままの宮昏き　鈴木　鶉衣
拍手が山彦となる四方拝　石津　不及
四方拝雪にひびきし祝詞かな　山本　九疉
四方拝校庭嶺々を繞らせる　黒崎　六禄

参賀《さんが》　拝賀

もとは朝賀と呼び、正月元日に、朝廷で天皇が群臣の祝賀を受けられた儀礼であった。天皇は大極殿の高御座《たかみくら》に着座された。烏形《うぎよう》の幢《とう》や日月四神の幡《ばん》が立ち、武官が陣について威儀を正す庭を、玉冠礼服を身につけた群臣が参進し、それぞれの位置に立った。前庭中央の香炉に香がたかれ、群臣の奏賀、奏瑞があった。そのあと詔が宣べられ、群臣は、武官の万歳《ばんぜい》高唱のうちに拝舞した。この間、諸門がひらかれて、京、ひいては全国の庶民に天皇が対面される形になっていた。明治以降は、大礼服に身をかためた文武百官が、元日および二日に皇居に参内し、天皇・皇后に拝賀の礼をおこない、参賀簿に姓名を記帳して退下したが、太平洋戦争以後はこれはみな廃され、元日に皇居の宮殿で行政・司法・立法の長官が祝詞を述べ、外国の外交官と祝意をかわす。二日には一般国民が皇居に進み、参賀簿に記名する国民参賀がおこなわれ、天皇御一家がバルコニーから国民の祝意をうけられるようになった。〈本意〉長く続いた皇室の新年祝賀の儀式だが、時代とともに変って、今は天皇家と国民との間の祝賀となり、かつてのような王朝風の祝賀の性格はすっかり変ってしまっている。

見知る男が大礼服の参賀かな　菅　裸馬
参賀了へたりしもろ人列なさず　野島寿美子
橋二つ渡る参賀に北風まとも　木田　素子
ほほゑみて拝賀の列の中にあり　成瀬正とし
＊参賀記帳すませて風に真向ひぬ　竹下鶴城子
子を連れてわれも参賀の列に入る　瀬戸口民帆

風照るや参賀の群の一人なる　辻　圭
ことによく富士の晴れし日参賀の日　藤田　知子

歌会始《うたくわいはじめ》　御会《ごくわい》始　和歌御会始

正月中旬か下旬に皇居でおこなわれる年の始めの歌会である。古くは正月十九日、あるいは二十四日、現在は一月十日前後の吉日におこなわれる。御会始が年中行事になったのは中世以後で、清涼殿でおこなわれていた。近世に京都御所、小御所の儀となり、のち、東京の皇居の歌会始の儀式となった。一般国民の詠進が明治七年からおこなわれるようになった。昭和二十五年からは詠進者の入選者が歌会に召されるようになった。歌会始の前に天皇の出された御題が発表され、詠進した歌の中から入選したものが披講される。当日は天皇の御製、皇后・皇太子・親王・内親王・その他皇族の御歌が発表される。〈本意〉皇室でおこなわれる歌会で、歌を尊重する日本人の心性を象徴し、援けるものともいえよう。

年々の召歌に誉れあがりけり　名和三幹竹
*初歌会相聞の歌なかりけり　楠部　南崖
束の間に雪積む歌会始かな　盛川　真二
おほせ言に〝朝〟と歌会始かな　松浦　真青
歌会始目つむり給ひ天皇は　大井戸千代
お歌始職場の歌にほまれあり　瀬木　清子

講書始《かうしよはじめ》　初講書

宮中でおこなわれる新年の行事の一つ。一月中旬または下旬の吉日が選ばれ、天皇・皇后・皇太子御夫妻・各皇族・総理大臣・最高裁判所長官が、講書を受ける。文部省の推薦する各分野の学者が講義し、人文科学（文学・哲学・史学）、社会科学（法学・経済学）、自然科学（地学・工

学・農学・医学）の中から三科目がえらばれる。この行事のはじめは、明治二年で、明治天皇がおひとりで講書を受けられた。〈本意〉もともと、学問を振興させる目的ではじめられた宮中の新年の行事である。いまは領域も学問諸分野にひろがり、学問全体の発達に寄与するところがある。

維武維文御講書始ありにけり　松根東洋城
＊皇子の座の明るく講書始かな　成瀬正とし
講書始め御門の松は雪に侍す　鳥野　信夫
講書始大内山の寂として　野沢　純
しはぶきて講書始の席につく　富田　直治
講書始の記事夕刊の上欄に　西山　惟空

松囃子《まつばやし》　松拍子　御謡初

江戸時代には謡初めの式のことを松囃子と言った。一月三日夕刻、江戸城内で、観世・金春・宝生・金剛・喜多の太夫が謡初めをおこなった。この日は御三家・諸侯が登城、夕刻から御三家と将軍の杯事があり、そのとき観世太夫が平伏のまま四海波の小謡をうたい、そのあと能舞台で、老松・東北・高砂・弓箭立合が演じられ、将軍以下肩衣をぬいで、太夫らに与えた。明治以後は上野東照宮でおこなわれ、太平洋戦争前まで続いた。〈本意〉松囃子は本来は、室町時代、武将などが邸内で正月の祝儀として各種の芸能を演じたものを言い、謡初めの式ではなかったようで、この武家の間の流行が、室町幕府、さらには禁中にまで取り入れられたものが、謡初めの式に変っていったわけである。『日次紀事』に三日として、「松拍子・公武両家、松拍子あり。倭俗、正月三日より十五日に至るまで、唱謡あるひは鼓舞をなす。倭俗これを祝ひて松拍子と称す。松は長久の義に取るなり」とある。このような松囃子も一般におこなわれる中で、将軍家の謡初め

の式が定着していったのである。

上京は都さびたり松囃子　松瀬　青々
笏正しく居睡る禰宜や松囃子　佐野青陽人
＊一せいに平伏したり松囃子　高橋すゝむ
肩衣を受けて終りや松囃子　佐野　ゝ石

出初《でぞめ》　消防出初式　水上消防出初式　出初鏡　初出　梯子乗

消防団が毎年新年のはじめにあつまって、演習をすること。東京では一月六日。もと皇居前、その後は晴海に、都の消防署員や江戸消防記念会の鳶職があつまり、模擬訓練や、梯子乗り、纏振り、木遣などをおこなう。一月二十六日には隅田川で水上消防出初式がおこなわれる。船火事の消防訓練や五色の放水などがある。他の地方でも同じ行事をおこなう。〈**本意**〉江戸町火消の出初めは一月二日、いろは四十八組が揃いの半纏、向う鉢巻、それぞれはしごを立てて、勇ましく繰り出したという。現在では消防署員が主体となったが、一年の消防の心構えを立てるわけである。

出初式霜を散らして纏かな　松根東洋城
霜蹴つて鶏逃げ歩く出初かな　渡辺　水巴
湖の氷をよごす出初かな　前田　普羅
＊出初式梯子の空の上天気　富安　風生
本丸の跡の広場の出初かな　加藤　覚範
老足に草鞋きりりと出初かな　真下喜太郎
出初式活力のごと潮満ちくる　加藤知世子
山川に山蔭深き出初かな　柄沢ひさを
出初式放水同士光り合ふ　工藤千代治
出初式果つ天上の水びたし　田中　惇貴
出初式天なる雲に梯子掛け　野尻　遊星
出初式よく見え水のよくかゝる　峰永　一光
出初式使ひし梯子天に畳む　橋本美代子
堰の水たゝへて待てり出初式　清水よしみ

初詣《はつまうで》　初参　初社　初祓　初御籤

元日に氏神に参詣すること。あるいは、その年の恵方に当たる神社や寺院に参詣すること。除夜詣での参詣者が除夜の鐘の鳴りおわるのを待って初詣でをすることが多い。講中で参詣すると、社殿でお祓いをしてくれるが、これが初祓、新年最初に引くおみくじが初御籤。〈本意〉氏神あるいは信仰する社寺に、元日にお参りすることで、身も心も洗いぬぐわれたような思いがするものである。

神慮今鳩をたゝしむ初詣　高浜　虚子
初詣雪とならむ間いそぎけり　小絲源太郎
*ひよどりの山彦の澄む初詣　田村　木国
恵まれし寿をかしこみて初詣　富安　風生
藪いでて又畦をゆく初詣　岸　風三楼
我が生の盛衰流転初詣　上野　泰
境内に入りて風なし初詣　田中　王城
星めがけて賽銭投げぬ初詣　佐野青陽人
吉吉ならず凶凶ならず初みくじ　三宅清三郎
田に父子の影落しゆく初詣　大谷　利彦
ミサの灯の堂の深きに初詣　野田きみ代
初詣古江の廬火なほ燃えて　村田　眉丈
初詣少年祖母によりそわず　宇野三千女
初詣寒くせばまる母の肩　依田由基人
走り根の薄雪被く初詣　加藤　高秋
初詣耀く月を背にしたり　安藤　白翠

歳徳神《としとくじん》　歳徳《としとく》　歳神《としがみ》　若年様　正月様　歳徳棚　年棚　恵方棚

正月に家に迎えて祭る神で、年神・正月様ともいう。各家でこの神を祭る祭主が年男である。家の清浄な一室に歳徳棚（年棚ともいう）を吊り、注連縄・小松・鏡餅・雑煮・神酒などをかざ

る。年棚は、年神が毎年訪れる道がちがうので、来る方向、恵方、明きの方《かた》に向けてつる。このため恵方棚ともよぶ。このほか、姿のよい松を大黒柱の傍や炉辺に立て、歳徳神降臨の場とすることもある。床の間に三宝をおいて祭るのは新しい風習である。年の暮れに子供たちは、「正月さんどこまで」などと唱えて、歳徳神の訪れを待った。歳徳神は陰陽家の説から出たものだが、そのもとには『古事記』などの須佐之男命があるようで、これが牛頭天王となった。この牛頭天王の妻頗梨《はり》賽女《さいじょ》がその年の吉の方向、恵方を司る歳徳神、その子が八将神で、大歳神・大将神・大陰神・歳別神・歳破神・歳殺神・黄幡神・豹尾神である。〈本意〉『増山の井』に「婆利賽女の神を恵方に祝ひて、鏡餅・雑煮などを供へ祭ることなり」とある。年神を祭り、年々の恵方を重んじて、万事を恵方からはじめるわけである。一茶の句に、「あばら家も年徳神の御宿かな」「とし棚や闇《くら》い方より福鼠」「吾が庵や曲つたなりに恵方棚」などがある。

＊歳神に荒神すゝけ在しけり　籾山　庭後

蒼茫や歳徳と朝弾み来る　笹川　正朋

年棚はやゝ筋違にゆがみけり　松瀬　青々

母ありて歳徳様の灯を消さず　影島　智子

箕に祀る歳徳の燈や臼の上　吉田　南鷗

年神に小さき鰯過疎盆地　稲垣　陶石

恵方詣《ゑはうまゐり》　恵方拝《をがみ》　恵方　吉《え》方《はう》　兄《え》方　得方　明きの方《かた》　恵方道

歳徳神《としとくじん》は毎年ちがう方向に宿り、そこから人間世界を訪れる、という信仰がある。その方角が恵方（吉方、兄方、得方）で、明きの方ともいい、その年の干支にもとづいて定められる。家々では歳徳神を年棚に迎えて祭るが、また、その年の吉方にあたる社寺に詣でて一年の福を祈るわけである。恵方道は、その社寺へ行く途中の道のことだが、歳徳神の来臨する道という意味もこ

もる。〈**本意**〉『滑稽雑談』に「年始に神仏を祈るにも、え方に相当たれる神の仏閣へ参詣するを、え方参りなど申すならし」とある。一年の福徳を祈るため、恵方にあたる社寺に詣でる、古来の風習である。

恵方とはこの道をたゞ進むこと　高浜　虚子
細道も恵方ときけば日影かな　長谷川春草
天つ日の行くおのづから恵方かな　大谷碧雲居
ひとすぢの道をあゆめる恵方かな　阿波野青畝
ひろびろと野にほとけ置き恵方なり　森川　暁水
*行く水にわれも従ふ恵方道　中村　汀女
藪中にあつまる径も恵方かな　岸　風三楼
暁の恵方の天の男山　井上白文地
恵方とや樹影正しき靄の中　京極　杜藻
袖を出る乳子のこぶしと恵方行　平畑　静塔
恵方より鴉啼き現はれにけり　加藤かけい
これやこの恵方詣でに比叡晴るる　近藤浩一路
いと小さき祠のあがれる恵方道　岩城　佳洲
白鷺の枯田にあそぶ恵方かな　安藤　林蟲
母の家へ向ふ即ち恵方道　肥田埜勝美
少年に一樹ふりむく恵方道　直江るみ子
かはせみとなりて翔ちたる恵方かな　稲荷　島人
恵方なる道へかんぬきはづしあり　由井　艶子

白朮詣《をけらまゐり》　白朮祭　白朮火《をけらび》　白朮縄　吉兆縄　火縄売

一月一日早朝、京都祇園、八坂神社でおこなわれる削掛の神事のことを白朮祭りという。社の篝火に薬草の白朮根を加えるが、参詣する人々は吉兆縄にこの火をとり、消えぬよう振りまわしながら家に持ち帰り、神棚・仏壇の灯明、大福茶・雑煮を作る火種にした。この火縄は竹屑で作り、吉兆、吉兆と呼んで売るわけである。白朮祭りは大晦日からおこなわれる。午後八時、十二の神饌を供え、祝詞・神楽を奏する。そのあと、おけらとやなぎの削り掛けに火を点し神殿の前

に投ずる。これを大篝の中に入れると、参詣の人が争って吉兆縄に火を移す。元日早暁には社前の灯籠以外の灯火はみな吹き消し、暗闇の中で他人の悪口を言い合ったが、この悪態祭りは今はなくなった。また白朮火の煙の流れる方向によって、流れる方を凶、反対を吉として、年占もしたという。〈本意〉『増山の井』に「元日の寅の一天に、祇園の拝殿にて、松の木の削り掛けに新しき火をきりて、大福、雑煮のために用ふるなり。一説に大晦日といへるは、非なり」とある。削り掛けの木の種類や時間などにやや変化が見られるが、浄火を受けて年のはじめを祝う行事ということになる。

鳥居出てにはかに暗し火縄振る　日野　草城
をけら火をわれも受けうる旅の手に　上林白草居
＊をけら火にとびつく雪となりにけり　風間　八桂
をけら火をいたはり戻る女房かな　安生かなめ
お白朮の火消ゆる火縄をまはさねば　松井　亀羅
かまどなき家に白朮火持ち帰る　金子　篤子
白朮火の輪の中小さき顔うかぶ　山本つや女
おもかげやをけら火まはし母に似て　小田　春水
白朮火の大き小さき二人の輪　小嶋樹美子
をけら火の低きは童振りきたる　山下　喜子

破魔弓《はまゆみ》　浜弓　破魔矢　浜矢

もともとは、子どもが、縄で輪あるいは円座のような形を作り、それを射て遊んだもの。この的を「はま」、この弓矢を「はま弓、はま矢」と呼んだ。この弓矢を綺麗に飾り物として作り、男の子の正月の贈り物とした。「はま」に破魔という字をあてて用い、贈られた家ではそれを飾って、子どもの息災を祈った。鶴ヶ岡八幡宮、石清水八幡宮などでは、正月の参詣人に厄除けとしてわけ与えている。〈本意〉『年浪草』に「ある説に云、弓は不祥を祓ふものなれば、中天邪気

のある時は、必ず弦を鳴らして祓ふことなり。ゆゑに神道には、採り物の中に弓を用ひ、仏家には弓矢を定慧とし、また悪魔降伏を表す。ゆゑにわが邦正月には、王宮・神社に射礼を行ひ、あるひは士人・小児の弄とすること、これ年中の邪気を祓ふためなり。ゆゑに破魔弓といふ」とある。子どもの弓矢の遊びが、息災を祈る、邪気を祓うための厄除けものの一つとなっているわけである。弓矢に邪気を祓う力があるものと信じられてのゆえであろう。

破魔弓や山びこつくる子のたむろ　飯田　蛇笏
大風の夜を真白なる破魔矢かな　渡辺　水巴
*をりからの雪にうけたる破魔矢かな　久保田万太郎
恋の矢はくれなゐ破魔矢白妙に　山口　青邨
破魔矢など天に射れどもむなしさや　同
破魔矢一矢貧しき書架に挿されたり　石田　波郷
ほのと白し破魔矢作りの巫女の手は　同
破魔矢置く寺の畳の青海波　平畑　静塔
運ついてまはる破魔矢をうけにけり　山本　蓬郎
わが寝屋の闇の一角白破魔矢　橋本多佳子
破魔矢享く神に告ぐべき事告げて　雨宮　昌吉
破魔矢買ふ母の白息触れしものを　橋本美代子
切通破魔矢かざせば海が見ゆ　宮下　翠舟
冷込んで来たる破魔矢をいただきぬ　岸田　稚魚
破魔矢抱くやわれを貫く白きもの　塘　柊風
白妙の破魔矢たづさへ男の子なき　草村　素子

一陽来福《いちやうらいふく》　一陽来復

東京の新宿区高田町にある穴八幡神社から一陽来福と書かれた護符を年末に受けてきて、元日の朝に、その年の開運の方向の柱に釘で打ちつけることが、山の手の商人の間でおこなわれている。この護符の中には、金柑と銀杏の実が入れられていて、金銀が打ちつけた柱の方向から入ってくるという俗信である。**〈本意〉**春が来て一陽来復するというのにひっかけて来福とし、金銀を呼びこもうとするまじないである。

*一陽来福のところどころが濃かりけり　田中午次郎

縁談をかさね一陽来復の柱かな　田中　花楠

七福神詣《しちふくじんまゐり》

七福詣　福詣《ふくまゐり》

元日から七日までに、七福神をめぐり拝んで、一年の開運を祈ること。江戸では谷中の七福神詣りや山の手の七福神詣りなどがあったが、いちばん有名だったのは、向島三囲《みめぐり》神社の恵比須・大黒、弘福寺の布袋、多聞寺の毘沙門、白鬚神社の寿老人、百花園内の福禄寿、長命寺の弁天をめぐる隅田川左岸の七福神詣りであった。京都では、松ケ崎の大黒、出町妙音堂の弁天、廬山寺の毘沙門・福禄寿、荒神口護浄院の恵比須、寺町草堂の寿老人、麩屋町二条大福寺の布袋をめぐる。七福神のそれぞれにたいする信仰は古くからあったが、七福神の形にまとめられたのは室町時代中期頃であった。竹林の七賢にならったり、経典にある七難即滅・七福即生にしたがったりして、七神が一幅の画面に描かれるようになるが、はじめ鈿女《うずめ》が入っていたのが弁天にかわり、道教・仏教色で統一されてゆく。〈本意〉『享和雑記』に、「近ごろ正月初出に、七福神参りといふこと始まりて、遊人多く参詣することとなれり」「近ごろ年々にて福神詣でする人多くなれり」などとある。古来信仰された福神を七つまとめて詣で、その年の開運を祈るわけで、初詣でと巡遊の気持がこもる。

一福も申し受けずに詣でかな　高浜　虚子

*一福を残して寒き詣かな　富安　風生

三囲も一福とかや詣づべし　大橋越央子

風つよき磯を伝ひて福詣　長谷川浪々子

一福の裾に住み古り詣らざる　佐野　美智

七福神詣でなかばに桜餅　前田　鶴子

言問にひと息入るる福詣　同
毘沙門で福神詣終りけり　加藤　とく
七福神雪踏みかため詣でけり　佐々木勇三郎
七福の五福を詣で暮れにけり　森　総彦

初伊勢《はついせ》　初参宮

正月元日に伊勢神宮に参詣すること。江戸時代にも、不便な交通の中でおこなわれたが、明治時代からさかんになり、夜行列車に乗って朝伊勢に着いて詣でた。太平洋戦争中は戦勝祈願でさかんだったが、その後おとろえ、またおこなわれるようになっている。〈本意〉伊勢神宮は皇室の祖をまつるので、日本人の祖と考えられ、元日に伊勢神宮に参ることをもっともよいものとした。一生に一度はお参りするものとも考えられた。

初伊勢や二見泊りに子を連るゝ　名和三幹竹
初伊勢にゆく暗がりの泊瀬道　谷口　秋郷
初伊勢や泥長靴の遠国人　奥野曼荼羅
初伊勢や船路船人瀬戸に乗る　宮内　一珍
*初伊勢や福鈴をどる小風呂敷　川村　不二
初伊勢や羊歯茂りして蜑の墓　飯塚　風像

初卯《はつう》　初卯祭　初卯詣　卯の札　二の卯　三の卯　亀戸妙義参

正月になってはじめての卯の日に神社に詣でることで、初卯詣りという。東京では、亀戸の亀戸神社境内御岳神社（妙義社）に、大阪では住吉神社に詣でる。二の卯、三の卯にもにぎわった。亀戸妙義参りは毎月の卯の日だが、初卯にとくににぎわい、繭玉が売られた。神社からは卯の札という厄よけの神符が与えられた。住吉神社は、神功皇后の摂政十一年辛卯年の卯月上卯の日に創立されたので、この日卯之葉神事がおこなわれた。今は五月になっているが、初卯は住吉神の

縁日の新年最初の日となる。京都の賀茂神社では卯杖の神事がおこなわれ、参詣者が紫金牛・石菖などを献じたという。農村では初卯の日に年神又は田の神が立ち去ると信じ、祭りの最終日とした。〈**本意**〉『俳諧歳時記』に「江戸にても、この日、本所妙義へ参詣す。今日受くるところの紙符を竹串に挿み、諸人これを頭髪に貫きて家に帰る」とある。開運を祈る信仰の行事である。

版画めく初卯詣の女かな　巌谷　小波
船障子雪に明けさせ初卯かな　小泉　迂外
卯の札やことにゆゝしき額髪　松根東洋城
切株が初卯の雪をかぶりたり　萩原　麦草
＊前髪に初卯戻りの御札かな　高田　蝶衣
神殿の具足飾りも初卯かな　高畠明皎々
弟子つれて初卯詣の大工かな　村上　鬼城
萩寺を過ぎて酔覚む初卯かな　秋山　夏樹

初寅《はつとら》

初寅参　鞍馬詣　一の寅　上寅日《かみのとらのひ》　福寅　福掻　畚下《ふごおろ》し　お福蜈蚣《むかで》

正月の初寅の日に毘沙門天に参詣すること。毘沙門天（多聞天）の開帳の日は正月・五月・九月のはじめの寅の日で、鞍馬寺の初寅参りは、中世以来有名であった。むかでが多聞天のつかわしめという信仰があり、この日守り札のほかに百足小判が授けられ、お福蜈蚣・福掻き・燧石などが売られた。生きたむかでをお福、お福蜈蚣と称して売った時代もあった。燧石は鞍馬山の名産で、崖の上から畚に入れておろして客に渡したので、畚下ろしといわれた。江戸では、芝の正伝寺・牛込の善国寺・品川の連長寺などの毘沙門詣でが知られ、正伝寺参詣の人は必ず芝神明宮に詣でて、燧石を買った。〈**本意**〉『日次紀事』に「正月初寅の日、獅々頭山鞍馬寺に詣づ。これを〈初寅参〉といふ。この日、鞍馬の土民、福等木をもつてかぎを作り、これを売る。これを〈福掻〉といふ。福徳をかきとるのいひなり。また、生蜈蚣を売る。これを〈御福蜈蚣〉といふ。

多聞天の使令《つかはしめ》とするものなり。すべて鞍馬山中鶏を養はず。いふ心は鶏好んで蜈蚣を食ふゆゑなり」とある。授福の神とされる多聞天に、年の開運を祈るのである。

初寅や施行焚火に長憩ひ　田中　王城
初寅の道の尾白くつづきけり　萩原　麦草
＊初寅の雪のきざはし鞍馬寺　岸　風三楼
初寅の秘仏の扉開きけり　野沢　翠葉
初寅の護符をかざして貴船へも　中田　余瓶
初寅や貴船へ下る小提灯　前田　青雲
初寅や葛飾の道野川沿ひ　皆川　盤水
榾焚いて初寅詣でねぎらひぬ　石沼雨耕子

初薬師《はつやくし》

一月八日は薬師の一年はじめての縁日なので、薬師堂にお詣りする人が多かった。薬師は薬師瑠璃光如来のことで、大医王仏、医王善逝ともいい、十二誓願をおこして衆生の病患を救い、無明の痼疾を治す法薬を授けたまう如来と言われる。とりわけ元日に参詣すると、常の日の三千日分の御利益があるという。〈**本意**〉心身の病いを救う薬師如来をたよる者が多く、常よりも利益のあるという初詣でをおこなう人が多いのである。

初薬師かへりの芹を摘みにけり　岸　風三楼
＊初薬師ねんねこがけで詣でけり　河原　白朝
団扇餅鬻ぐ草家や初薬師　吉田　一彩
初薬師小雪のあとの薄日ざし　徳田　林泉
畑見ゆ町のはづれの初薬師　山村庄太郎
初薬師ぬくき一ト日となりにけり　佐藤　信子
すぐ裏を電車の通る初薬師　山下　竹揺
枯桑の径の往来は初薬師　奥田　可児
鼻がしら凍みつぱなしや初薬師　溝口　青於
駅よりの道二岐の初薬師　寺岡　呵童

初金毘羅《はつこんぴら》

初金刀比羅《はつことひら》　初十日《はつとをか》

金毘羅様の一年最初の縁日は一月十日にあたる。各地の金比羅様へおまいりする。讃岐の金刀比羅宮はいうまでもないが、東京では虎の門の琴平神社が知られている。金刀比羅宮は薬師如来の十二神将の一である金毘羅《くびら》大将を祀るという。航海安全の神である。毎月十日が縁日、縁日には必ず雨が降るといわれている。〈本意〉航海安全の神として、漁民・船乗の信仰のあつい神で、その縁日、とくに初縁日がにぎわいをみせる。

ながし樽初金毘羅にとゞきけり　森　婆羅
下駄ひきて初金毘羅の石だたみ　村沢　夏風
＊初十日雪の鳥居をくぐりけり　香西鹿毛郎
初金毘羅みな舞台より海を見る　斎部　薫風
灯を入るゝ初金比羅の仁王かな　井川木仙子
初金毘羅髪切るほどの願もなく　佐藤　仙花
辻埋めて初金刀比羅の植木市　富岡掬池路
刻を待つ初金毘羅の出仕巫女　麻野　太十

初弁天《はつべんてん》

初弁才天　初巳《はつみ》

己巳《つちのとみ》の日は弁才天の縁日だが、とくに正月のはじめての巳の日は初巳といって、弁天様にお詣りする人が多い。巳《み》成金《なるかね》というお守りと黄色の財布を受けてくる。金銀米を紙に包んでおくと金持ちになるという俗信を、弁天の使の巳（蛇）とひっかけたもの。弁才天は仏教の女神で、音楽・弁才・財福・知恵を司る七福神の一で、それらの力を授ける神である。安芸の宮島・大和の天《てん》の川・近江の竹生島・陸前の金華山・相模の江の島が五弁天という。東京の不忍池の弁天様も

それにおとらず名高い。〈本意〉福徳・知恵・財宝を授ける女神として尊崇され、開運を祈る初詣でをするのである。

不忍や雪の初巳の詣人　籾山　梓月
舟着きも靄の佃の初巳かな　長谷川春草
*めをとまんぢゆう湯気をはげしく初弁天　山口　青邨
銭洗ふ群衆初巳の弁天に　石塚　友二
初弁天駒形泥鰌に歩を変へぬ　緒方　梧葉
初弁天むらさきかすむ竹生島　和田　祥子

初閻魔《はつえんま》　閻魔詣　斎日《さいにち》　十王詣

一月十六日。閻魔の初縁日で、この日と七月十六日は地獄の獄卒も仕事を休むといわれ、地獄の釜の蓋があく日とされる。ちょうど奉公人の藪入りの日なので、閻魔堂・十王堂へ参詣する人が多かった。寺では地獄変相図・十王図などを掲げて見せる。十王というのは、冥府にいる十人の王で、亡者の罪を裁く。閻魔王はこの十王の中の一員だが、十王全体が閻魔のように考えられがちである。〈本意〉『東都歳事記』に十六日として「閻魔参り　世に閻魔の斎日といふ。……今日、諸寺院地獄変相の画幅を掲くる」とある。死者を審判する閻魔に詣でて、後生を願うわけである。

思出の有平糖や初閻魔　河野　静雲
初閻魔犬連れて来て坐らせる　萩原　麦草
*ひゆう〳〵と風鳴る日なり初閻魔　井上　猴々
世捨人ら雪搔いてをり初閻魔　小林　寂無
ひるからの雲仙吹雪初閻魔　小原菁々子
こんにやくを藁縄で提げ初閻魔　杉崎　月香
燭一つ残し睥睨初閻魔　向山　隆峰
その街に遊女の墓も初閻魔　黒田　杏子

初観音《はつくわんおん》

一月十八日。観音の縁日は毎月の十八日にあたる。諸処の観音様に参詣すること。東京の浅草寺はこの日法華三昧会を修し、夜亡者送りをおこなう。京都では革堂《こうどう》・河崎・吉田寺・清水寺・六波羅蜜寺・六角堂・蓮花王院の観音に詣でる七観音詣でがおこなわれた。観音は阿弥陀仏の脇士で、勢至菩薩と並ぶ仏。大慈大悲・十方国土に現れ、音を観じて救いをたれる仏。〈本意〉慈悲救済の仏である観音様に、年の始めに参詣して、福寿を祈るのである。

ふだらくの初観音へ川蒸汽　川端　茅舎
初観音紅梅焼のにほひかな　同
僧の蠟燭のみの無飾や初観音　松波陽光城
母が血をわれに分けし日初観音　赤松　蕙子
初観音母の匂ひの飴買へば　大沢ひろし
＊ふだらくの海鳴りきこゆ初観音　青木　綾子

初大師《はつだいし》　初弘法

一月二十一日。弘法大師の初の縁日。諸方の大師堂にお詣りする人が多い。関東では、川崎大師が名高く、厄年の男女が厄よけにお詣りするので、雑踏をきわめる。京都では、東寺の縁日を初弘法といい、雑踏ぶりは川崎に劣らない。大師とは弘法大師空海の固有名詞のようになっていて、真言宗の開祖、高野山をひらき、承和二年三月二十一日、六十二歳で示寂した。それで縁日は毎月二十一日となっている。京都の東寺は、空海が嵯峨天皇より拝受した寺である。〈本意〉『東都歳事記』に「弘法大師参詣　河崎大師河原平間寺、正・五・九月はことに賑はし。世に厄除大

師と称して、都鄙の男女、厄年に当る時は、必ず当寺に詣して除厄を祈る」とある。高名な弘法大師にあやかって開運を祈念するため、各地の大師堂に参詣するのである。

山門の根深畑や初大師　村上　鬼城
初大師昼近き日のうらゝかに　今村　雨峡
*水をもて火をもて浄め初大師　福田　蓼汀
厄年の祈り一途や初大師　鈴木美代子
香煙に降りこむ雪や初大師　五十嵐播水
初大師一本杉にある日ざし　前野　雅生
川崎に残れる葦や初大師　野口　里井
まぎれなき羅宇屋に遇へり初大師　平野　露子
早咲きの梅さかりなり初大師　川上　梨屋
身を切らむばかりの風や初大師　岡崎　元子
輪塔に風さゆる日や初大師　逸見　紀山
御影堂は風につつまれ初大師　井上　楽丈
たゞ頼めその密教の初大師　高畠明皎々
平凡に妻と連れ立ち初大師　橋本　花風

初天神《はってんじん》　天神花　天神旗　宵天神　残り天神

一月二十五日で、天満宮の初縁日である。天満宮は、菅原道真を祭る。菅公は藤原時平の讒言により太宰府に左遷されて死に、雷になって朝廷を苦しめ、北野天神に祭られたという。天満宮では、九州の太宰府天満宮・大阪の天満天神・京都の北野天満宮・東京の亀戸天満宮などが知られるが、北野天満宮では、宿願ある者がこの日お百度参り、代参をおこなった。大阪天満宮では芸妓が宝《ほ》恵《い》籠《かご》にのってねり込みをおこない、社務所では雷除けのお守りを出す。境内では、天神旗、天神花と称する梅の造花に小判などをつけた縁起物を売る。二十四日を宵天神、二十六日を残り天神と称する。亀戸天神では鷽替えの神事があり、太宰府天満宮も参詣者が多い。天神様は学問の神で、昔、寺子屋では一団となって近くの天神様にお参りもした。前田藩では先祖が菅原

道真であったため、天神社が造営され、天神信仰がさかんであった。〈本意〉学問の神として有名な天神さまの縁日で、初詣でして、開運を祈るのである。

消えがての日陰の雪や初天神　土方　花酔
御鏡に振る鈴うつり初天神　中田　余瓶
杖ついて初天神へ一長者　三木彦兵衛
ふるさとの初天神に詣でけり　橋本　花風
長幼の順に天神さま拝す　同
今生に父母なく子なく初天神　菖蒲　あや
初天神裏に十枚ほど枯田　堀　古蝶
亀戸の湯屋のけむりや初天神　加藤　松薫
＊紅すこし初天神といひて濃く　上村　占魚
わらべうた路地よりきこえ宵天神　宮下　翠舟

初不動《はつふどう》

一月二十八日で、不動尊の初の縁日である。不動尊は不動明王のことで、大日如来が、悪魔を降伏するために暴悪忿怒の姿となって現じたものという。おそろしい形相をして、右手に降魔の剣、左手に索をもち、制吒迦《せいたか》・矜羯羅《こんがら》の二童子を従えている。成田の不動尊が関東ではもっとも有名で、深川・目黒の不動尊も人出が多く、大阪では北野神社そばの不動尊が知られる。〈本意〉『改正月令博物筌』に「今日縁日ゆゑ、諸国不動、参詣多し」とある。不動尊は五大明王の主尊で、大日如来の破邪の姿とされているので、貴賤を問わずあつく信仰されている。

参詣の早くも群聚初不動　高浜　虚子
＊正月の末の寒さや初不動　久保田万太郎
母懐ふ老の感傷初不動　富安　風生
綿菓子の貌のほどにも初不動　山口　青邨
前髪にちらつく雪や初不動　石田　波郷
風止みて冱てやはらぎぬ初不動　田島　群峰
狛犬の光る眼と合ひ初不動　室田東洋女
大護摩のはじまるしじま初不動　井口　蛇渓

劫火浴びられしことあり初不動　瀬木　清子
引く鈴に山籟つのる初不動　北　光丘

初神楽《はつかぐら》

新年になってはじめて、神社で神楽を奏すること。奈良の春日大社では、一月三日の朝、一年の最初の神楽を奏し、これを神楽始めと呼んでいる。〈**本意**〉新年になってはじめて神楽を奏することで、ことに神人相和するような思いのこもるものであろう。

初神楽太《いた》く神慮に叶ひたり　山口　誓子
初神楽ぼろんぼろんと琴奏で　山口波津女
*しんしんと鈴を振り込む初神楽　山口　草堂
初神楽誘ひ音に出づひよつとこ面　栗岡　こと
初神楽扇の紐を地に垂らし　下村　非文
ひきしぼりたる笛の音や初神楽　上田春比古

初勤行《はつごんぎやう》　初読経　初太鼓　初灯明　初開扉《かいひ》　初法座　初御堂

新年になって、寺院ではじめて読経などのおつとめを仏前でおこなうこと。とくに元旦にはくらいうちから僧侶が全員でおごそかにおつとめする。〈**本意**〉年のはじめの仏前での僧侶のおつとめで、おごそかに、緊張しておこなわれる。

*初経のもろ手も凍つる未明かな　原田　浜人
譲られし父祖の肩衣初読経　斎木　青紀
初開扉きりりきりりと軋みつつ　東条　素香
のんのんとひびく木魚や初諷経　美濃部古渓
初燈明商三代を賀しまつる　鈴木　弘子
初燈明はえていただく翁面　長谷川久代

初灯《はつともし》　初灯明

新年になってはじめて、神前、仏前にあげる灯明のことである。〈本意〉新年はじめてあげるお灯明だが、年のはじめの身のひきしまる気持で、おごそかに神仏に祈る。

＊荒神の昏き方にも初燈　高田　蝶衣
透垣の影ほのぼのと初灯し　関根　明良
箕も桝も百姓に神初灯　杉崎句入道
初燈去年を雌伏の年として　倉田　春名
妻の座もうつゝに遠し初灯　和気　桃重
浜宮の汐くみ来り初燈　宮崎　杉可

寒参《かんまゐり》　裸参

寒の三十日の間に、夜中や早朝に神社や寺にお参りすることをいう。裸やはだしでお参りする者が多いので、裸参りともよばれた。白装束で参り、お百度をふみ、水垢離をとり、大護摩を焚いてもらったりする。〈本意〉寒中、寒さや苦労を耐えしのんで、神仏に真心をもって祈る行為である。

背低きは女なるべし寒詣　高浜　虚子
寒詣りたちまち闇にまぎれけり　林田　暁見
寒詣かたまりてゆくあはれなり　久保田万太郎
＊連れ立ちて坂へ落ちゆく寒まゐり　小川　千賀
小走りに妻従へる寒詣　川端　茅舎
森深く吸はれゆく灯や寒詣　榊原　鼓六
みあかしに杉の根高し寒詣　竹内南蛮寺
お山颪裸詣りの幣鳴らす　高橋　青湖

寒垢離《かんごり》　寒行

寒三十日の間に、神社や寺に参り、水を浴びたり、滝に打たれたりして、神仏に祈ることであ

る。一般の人にも広まった時代があったが、今は一部の行者の修行となった。〈本意〉家族の病気快癒など、何らかの願をかけて、水を浴び、滝にうたれて、神仏に祈ることは、昔おこなわれていたが、今は古い時代のこととなった。深川の不動堂、清水寺音羽の滝、伏見稲荷神社の滝などが、寒行のおこなわれるところだった。

寒行の提灯ゆゝし誕生寺　村上　鬼城
寒垢離のたよわき女誰がためぞ　吉野左衛門
寒垢離の逆髪濡れて荒法師　富安　風生
*寒垢離に滝団々とひかり墜つ　山口　草堂
鏘然と寒の水垢離ひびくなり　石田　波郷
しづかな熱気寒行後の僧にほふ　能村登四郎
寒垢離やはづれんとして車井戸　為成菖蒲園
道に出て寒行燭をわかち合ふ　加藤まきを
寒垢離の合掌を解き宙摑み　成田風太郎
寒行に蹤きて小暗き小名木川　外川　飼虎
父逝きて寒行僧の寄らずなりぬ　中村　路子
一塊の白無垢となり寒垢離す　平尾　き村

寒念仏　かんねんぶつ　寒念《かんね》仏《ぶつ》

寒中の三十日間、太鼓・鉦・鈴・団扇太鼓を鳴らし、念仏やお題目を唱え、ご詠歌をうたって、町の中をねりあるくことをいう。日蓮宗の僧侶や信者が多く、喜捨を乞うて歩く。〈本意〉宝永の頃、京都で、僧俗が寒の早暁に山野を念仏を唱えて歩いたのがおこりという。本来は信仰の行為であろうが、にぎやかな風俗的なものになっている。

人住まぬ門並びけり寒念仏　高浜　虚子
耶蘇と言へば辞儀して去りぬ寒念仏　石島雉子郎
寒念仏にぎやかに来て目覚めけり　大森　桐明
喜捨人も寒念仏も合掌す　田中　王城
*鎌倉はすぐ寝しづまり寒念仏　松本たかし
近づけば月さす顔や寒念仏　萩原　麦草

寒念仏ひゞくやひゞきくるもの佳し　橋本多佳子
寒念仏追ひくる如く遁げゆく如く　同
立去りし跫音なくて寒念仏　後藤　夜半
はさまりて寒念仏の子供かな　石橋　令邑
戸を開けず佇ちゐる影の寒念仏　大矢　白毫
にぎやかに提灯つらね寒念仏　河野　静雲
陸橋をひらひら越えて寒念仏　古賀まり子
濡れ色の紅唇ちらと寒念仏　田中みどり

和布刈《めかり》神事《しんじ》　和布刈禰宜　和布刈桶

門司の和布刈神社で、旧暦の正月元日未明におこなわれる。神功皇后の三韓征伐にまつわる場所とされ、安曇磯良《あずみのいそら》が海の干満の珠を献じた故事、また和布を献じ、皇后のご出産をおくらせた故事が起源とされる。神社の境内で焚火をし、神楽を奏する中、三人の禰宜が松明・鎌・桶を持ち、海への石段を下り、渚で祝詞をとなえ、礁から若布を刈りとり、潮のしたたるままの若布を、神前に供える。折柄干潮の時なので、海底があらわれ、たやすく若布を刈りとれるものという。この神社の神は潮の干満を司る航海の守護神という。〈**本意**〉神功皇后の征韓の海路を守ったという神をたたえる神事で、深夜の闇に潮流が鳴動し、炬火に照らされ、きわめて荘厳な勇壮な神事である。

走り寄る浪の白さや和布刈桶　矢上　蛍雪
＊青潮に炬火抛げ和布刈神事果つ　横山　房子
若布刈神事誘はれゐしを寝ねにけり　藤中　和
布刈桶長柄鎌もて引き寄せぬ　樋山　のぶ
潮騒の闇ををろがみ和布刈禰宜　笠松崎帆子
松明や和布の岩むらの神ながら　福本　鯨洋

玉せり《たませり》　玉せせり　玉取祭　玉競祭

正月三日、福岡市箱崎の筥崎宮、およびその境外社玉取恵比須社の間でおこなわれる神事。玉せりとは玉糶、玉を奪い合うことである。箱崎の岡地区・浜地区・馬出地区の若者たちが、晒木綿の褌一つで、海水に身をきよめ、まず恵比須社の馬場にあつまり、雌雄二個の木玉を、他の部落に渡すまいとして、もみあいながら争って、本社の拝殿に向かうのである。本社につくと、「伏敵門下」の板間切りのところで、玉を高く上げ、神官が上部の窓に待ちかまえて、玉を受けとり、神前に供えて祈るのである。争いせる人を糶人という。玉を得た者は幸運にあずかれるというので、せり人は激しくせり合う。勝った部落は豊年が約束され、網入れの権利を得た。〈**本意**〉玉せりは本来恵比須様の神恩をいただくための正月行事だが、玉を争い奪い合う勇壮な祭りとなった。

玉競りの裸をよけぬ松の幹　田中紫紅
松風に玉取終へし神の楽　斎藤滴萃
*玉競の果てたる雪に詣でけり　同
降る雪に裸身まぶしき玉せせり　井田満津子
競り上ぐる玉遥かにも拝がみぬ　岩崎岩堂
競られゆく玉見送りて詣でけり　古賀村川

太占祭《ふとまにまつり》

一月三日、東京都の西部にそびえる御岳山頂御岳神社でおこなわれる神事。神前にむしろを敷き、ひのきのろくろで火を熾し、その火を波々迦《ははか》の木（桜の木の一種）にうつし、その火で雄鹿の肩胛骨をあぶって、そのひびわれの形で、五穀の豊凶を占う。原始的なまじないだが、骨をあぶる前に神官が祝詞を奏し、厳粛な気持がみなぎる。〈**本意**〉古代の占呪の一つがのこるものだが、祝詞を奏したりして、厳粛な気持でおこなって、農事をうらなう。古風な神事である。

*酒ほてり火ほてり太占祭かな　田中午次郎　暮るる中太占祭おごそかに　瀬戸口民帆

松納《まつをさめ》　松取る　門松取る　松送　松引

門松を取り去ること。その日は一定しないが、東京とその周囲の関東地方では六日の夜に取る。関西では、十四日、すなわち、小正月の祝いに入る前に取り去るところが多い。松の内を三日間と考え、四日に取るところもある。「仙台様の四日門松」と言って、江戸の仙台藩の藩邸では四日に取り払い、珍しがられたが、淡路島などでも四日に取り払ったという。もっとも仙台市内では十四日に取りのぞいたともいわれている。七日まで立てておくところも多い。江戸ではもと、十五日まで立てておき、この日松を焼き爆竹を鳴らしたが、町触で十一日になり、のち六日となったという。不用になった門松は、小正月の左義長、とんどの火で焼くのである。〈本意〉『東都歳事記』に六日として「今夕門松を取り納む。承応のころまでは、十五日に納めしとなり」とある。小正月まで飾るのが多かったが、だんだん前に繰り上げられてきたようである。正月、松の内が終る区別となることがらである。大正月、小正月を一続きの正月と考えていたところから、はっきり大小を区別するようになって、大正月の松引きを早くするようになってきたものと考えられる。

鎌倉の雪かかる松納めけり　久保田万太郎
浦の戸の波白き日や松納　広江八重桜
月白うして鳰啼くや松納　渡辺水巴
柴門に結びし松を納めけり　富安風生
草履はいて薄雪ふみぬ松納め　上川井梨葉
橙を机にとつて松納　山口青邨

いつの間に松を取りたる門を出づ　池内たけし
松取りて佗しき心立ちてみる　島田　青峰
旅帰りひと日遅れて松納め　下村ひろし
多摩の夕日のどこへ納める松ならむ　加倉井秋を
＊松とりてまた一年を暮らすかな　龍岡　晋
松納めて桜並木は月夜なり　渡辺　桂子
またもとの仕事の鬼や松納　山本　蓬郎

川べりの小田に重ねぬ納め松　設楽　牧童
まるまどの暮れてしまひぬ松納　小池　文子
松とれて妻の座ぬくし渋茶の香　豊島　登風
松納してまたもとの古き町　中　火臣
松とれて夫と向きあふ灯をともす　長野多禰子
泊らむと出でしが戻る松納　長屋せい子
子の受験へいく日残らむ松納め　塩谷はつ枝

飾《かざり》納《をさめ》　注連飾取る　飾取る

大正月の飾りを取りのぞくのは、大正月の祭りが終ったことをあらわし、正月の行事はすべて終了する。あとは小正月があるわけである。飾りをとる日は、多く六日、ときには十四日で、それを一月十四日か十五日に処分する。氏神様の境内や寺院などで、左義長の火にかけて焼く。田の中で焼いたり、海へ流したりもする。〈本意〉大正月の終りをあらわすため、正月の飾りをとりのぞき、焼いたりして処分するのである。

はづす注連はらりと肩にかかりけり　中村　花桐
＊飾除る何か脱れしものの如く　岡本　圭岳
平信の郵便受の注連はづす　植原　抱芽
蜘蛛の糸はや煤づける注連納　山本　村家
雨ながら飾納めに川辺まで　芦立　織子

注連取るや伊吹颪を真向ひに　小林　麦洋
妓の部屋の繭玉のこし飾取る　佐賀　白梅
音たてて鎖して飾を取りし門　井沢　正江
杉暗く飾納めの人につづく　阿片　瓢郎
生きもののごと松注連縄の焼かれけり　福士富美子

鳥総松《とぶさまつ》　留守居松

門松をとり去ったあとに、松の梢のところを折ってさしておくものをいう。鳥総とは、樵夫が木を切ったとき、その木の枝を株に立てて、山の神を祭ることをいうというのが、『八雲御抄』の説である。同じ意味のものとしてこの名があるのであろう。木の梢を平安時代以後とぶさと言ったともいう。〈**本意**〉『諸国風俗問状答』の阿波に、「四日、門松の梢を三四寸ばかりに伐り、小さくして、左右にこればかり立て置き、十五日の朝取り申し候」とあるが、同じことは各地でおこなわれた。門松をとり去っても、その松の梢を挿して、樹霊、あるいは神をまつる気持なのであろう。

鳥総松霜ふかき日のつづきけり　久保田万太郎
鳥総松枯野の犬が来てねむる　水原秋桜子
この小路月となりけり鳥総松　長谷川かな女
つぶさなる訃報至りぬ鳥総松　中村　汀女
よらで過ぐしるべの門や鳥総松　高橋淡路女
一筋の寒き町なり鳥総松　清原　枴童
鳥総松家近くして酔ひの出づ　原田　種茅
晩年の幸潰えしか鳥総松　今牧　茘枝

*ひとすぢの日の美しや鳥総松　米谷　静二
近江路の元本陣の鳥総松　小竹よし生
鳥総松子らに残すに何あらむ　兼巻旦流子
鳥総松をんなが酒気を帯びてゆく　立岩　辟子
鳥総松をみな果して見返り合ふ　土屋　杯南
鳥総松月夜重ねて失せにけり　風間　啓二
風荒き夜とはなりぬ鳥総松　猿丸　葆光
坂下の医院の午前鳥総松　野沢　節子

注連貰《しめもらひ》

一月十五日（または七日）のどんど焼き（左義長）に正月飾りの注連縄や松を燃料として用いるために、子どもたちが貰い集めにまわり歩くことである。子どもたちはうたったりはやしたりしながら、まわり歩く。〈本意〉『季寄新題集』に「子ども集まりて、飾り藁を貰ひ歩き、とんどに焚くなり」とある。正月飾りは神事に使ったものなので、粗末にできないので、どんど焼きに使うことは好都合の処分法だった。子どもがそれを司った。

注連貰ひの中に我子を見出せし　高浜　虚子
色里や朝寝の門の注連貰ひ　岡本　松浜
注連盗りの来てはざわめきさりにけり　山本ちかし
注連貰ひ宵の飛雪をかぶり行く　木村　陽城
曳く橇の氷湖に沿へり注連貰　村上　光子
＊注連貰比良の飛雪を漕ぎもどる　羽田　岳水
三浦なる古道辿る注連貰　田部井土来子
法輪寺みち雪舞ふ中に注連貰　杉山　郁夫

七種《ななくさ》　七草　七種粥　七日粥　薺粥　若菜の日　芹薺　二薺　七種貰

一月七日、七種類の若菜を羹にして食べると万病を除くとされて、平安朝のはじめから禁中にこれを奉り、貴族たちもこれを食べ、近世には庶民の間にも、ひろまった。七種類の若菜は、せり・なずな・ごぎょう・はこべら・ほとけのざ・すずな・すずしろ、と鎌倉時代末の『河海抄』は挙げる。室町時代には、せり・なずな・ごぎょう・ほとけのざ・たびらこ・あしな・みみなしが挙げられていて、一致しないし、雪深い地方では、それらの草はないので、せりとたら、あるいはたらのみ、あるいは、にんじん・ごぼう・だいこん・くり・くしがき・たらの芽などを用いている。七種を切る時に大きな音をたて、叩いて刻むのが特色になる。そのとき「七種なずな、唐土の鳥が日本の土地に、渡らぬさきに」などとはやす。また、その粥をよその家からもらい集

めて食べる風習もある。こうすると、病気にかからないという。〈本意〉『日次紀事』に「七草今日を人日といひ、良賤互に相賀す。昨日より今朝に至りて、家々、湯燖《ゆでたる》蕪菁・薺等を砧几に載せて、杖をもつてこれを敲き、七種の菜に代へてこれを用ふ。今日これを敲く、七草を拍《はや》すといふ。今朝、これをもつて菜粥に代へ、各々これを食す」「中華にもまた今日、七種の菜をもつて羹を作りてこれを食へば、すなはち万病なしといふ」とある。七種の種類は多少異るが、万病を除くものと考えられて、食したわけである。江戸時代からよく句に詠まれた。支考「七草や寺の男の藪にらみ」、野坡「七草や粧ひしかけて切刻み」、千代女「七種やあまれどたらぬものも有り」、蕪村「七くさや袴の紐の片むすび」など。

薺粥箸にかからぬ緑かな　高田蝶衣
天暗く七種粥の煮ゆるなり　前田普羅
七草の名札新らし雪の中　鈴木花蓑
七種や似つかぬ草も打まじり　松藤夏山
薺粥椀のうつり香よかりけり　鈴鹿野風呂
*七草のはじめの芹ぞめでたけれ　高野素十
七草のはこべら莟もちてかなし　山口青邨
七草籠土をこぼしてかなしけれ　石田波郷
薺粥さらりと出来てめでたけれ　大橋杣男
薺粥母とむかひし齢かな　小林康治
七草洗ふ指ひら〳〵と茜さす　金田あさ子
すずしろのもつともあをし七日粥　長倉閑山
薺打つ無双の母となりにけり　斎藤玄
薺打つ細め細めし粥の火に　赤松蕙子
七草粥冷えそめたるはあはれかな　きくちつねこ
七草をきざむ俎新しく　谷田好子
七種の三つがそろひて粥炊くも　谷迪子
和す者もあらぬ薺を打ちゐたる　沢田しげ子
七草のつねの夕焼空なりし　石田いづみ
薺粥とて世の母と在るごとし　田中鬼骨
七草を買ふならはしのふとかなし　朝倉和子
七草のほか干からびてゐる厨　山本多河史

薺打つ

薺《なづな》打《うつ》　七草打　七草たたく　七草はやす　若菜はやす

古くから七草の菜を調理するのに、音を立て、唱えごとをする習俗があった。七草をまな板の上におき、庖丁の背や擂粉木で、大きな音をたてながら、叩くのである。唱えごとは、「七草なずな、唐土の鳥が日本の土地へ、渡らぬさきに」とか「千太郎たたきの太郎たたき、宵の鳥も夜中の鳥も渡らぬさきに」とかというもので、鳥追いの唱えごとがまざりあったものであることが多い。これをおこなうのは六日の夜か七日の早朝で、七日の朝の粥の中に入れて食べた。薺はぺんぺん草ともよばれ、三味線の撥のような実をつけるが、七草の中で一番手に入れやすいので、これを七草の代表と考えて用いられている。**〈本意〉**『滑稽雑談』に、薺として、「七草の由、第一このものを採りて盤上に置き、小さき枝木をもつて盤面を打ち囃す。その詞に云、〈唐土の鳥と、日本の鳥と、渡らぬ先に、七草薺〉と、云々。また、〈名の草薺〉ともいふよしはべる。これをこの六日の未明より、華夷の人民家々に賞し、〝七種をはやす〟といひ、また〝薺をはやす〟といへり。その由来を知らず」とある。鬼車鳥という凶鳥が来ぬように祓うのだという説がある。ともあれ、良いことがあるように、とのおまじないに打つのであろう。

*八方の岳しづまりて薺打　飯田　蛇笏
薺打つ音をも聴かず住み古りぬ　杉山　岳陽
裏町をすぐ打ちやみし薺かな　長谷川春草
七種調《はや》す吾れも唐土の鳥知らず　坂内　霞城
俎板の染むまで薺打はやす　長谷川かな女
薺打つしらじらしさをたのしめり　絵馬　寿
はづかしき朝寝の薺はやしけり　高橋淡路女
なづな打つて俎に色のこりけり　伊藤　純
薺打つ音やめば隣り子も寝てか　平栗　猪山
打つ音に暁色動く薺かな　石原　草人

薺打つとぎれとぎれのむかし唄　小川匠太郎
一と抓み薺を打ちて足りにけり　山谷　傘夜
薺打つ俎板を先づ濡らしけり　山田みづえ
薺打つ唄の終りは忘れしが　奥田とみ子
薺打つ音澄むくりや雪降れり　足羽　雪野
病間へもとどけとなづな囃す音　塩崎　緑

七種粥《ななくさがゆ》　七日粥　薺粥

正月には七日に七種粥、十五日に小豆粥を食べることがおこなわれている。七種粥は、その名の通り七種類の若菜を入れるのがよいとされ、万病を除くものとされている。平安時代にはすでに禁中でおこなわれており、それから庶民にもひろがって、今日まで続いている。七種ぜんぶの揃う地方はよいが、雪国では全ては揃えきれない。和歌山では薺だけを入れるものとしており、また七日までは青菜を食べてはならないとする山陰地方の場合もある。栄養の観点からも、大切な風習といえる。〈本意〉万病を除くとして、七種の植物を粥に入れて食べるのである。栄養的にも大切なことであろう。

葉のさきや雪に焦げたる薺粥　室生　犀星
＊七草の粥のあをみやいさぎよき　松瀬　青々
とけそめし七草粥の薺かな　星野　立子
越の餅入れて焚きけりなづな粥　木原　樵蔭
老の知る老のさびしさ薺粥　遠藤　梧逸
糸底の掌にこそばゆし七日粥　石田あき子
田ほとりにありあふものの七日粥　黒坂紫陽子
雪となる窓の明るさ薺粥　佐藤明日香
耶蘇名持つ下宿子のをり薺粥　石川　幸子
あはあはと夫婦があますなづな粥　西村　弥生
七草の粥ふつくらと父は亡し　津田　仙子
薺粥はやくも不義理二つかな　江口　千樹
つゝましく箸置く七草粥の朝　及川　貞
七種粥欠けたる草の何何ぞ　鷹羽　狩行
昨日大事明日大切に薺粥　大沢ひろし
粥食のつづきの中のなづな粥　能村登四郎

七草の粥煮ゆる間の炉の火色　井上　雪
母より先に起きしことなし薺粥　鈴木　栄子
この後のいのち愛しめなづな粥　梶浦　功子
畑のもの薺に足せり七日粥　滝村　正道

七種爪《ななくさづめ》　菜爪　薺爪　六日爪

七種の日に、その年はじめて爪を切ることをいう。その年にわるい風邪にかかることもなく、また日の忌みも必要としないといわれた。兵庫県では七日、風呂に入ってから爪を切るものとしていた。東北地方では六日にしており、岩手県では爪切り風呂と称した。静岡県では、七種またはその一種をひたした水に爪をつけ、それから切ったので、菜爪、薺爪といい、新潟県では、七種粥のおもゆに爪をひたしてから切った。鬼車鳥という鳥が爪を拾って吉凶を知るので、この鳥に爪を拾わせないようにするためだという。〈本意〉『日次紀事』に、七日として、「俗間、七草を燖でたるの湯をもつて爪を漬け、これを剪る」とある。この日爪を切れば、凶事が起こらないとして、信じられていたのである。

薺爪あとより紅をさしにけり　青木　月斗
湯上りの七草爪をとりて昼　下田　実花
しきたりの七草爪もとりしこと　同
＊摘むほどもなき薺爪つみにけり　室積波那女
飛ばしけり七草爪の大なるを　綾部　仁喜
七種や爪にも齢兆しをり　山崎ひさを

小松引《こまつひき》　初子《はつね》の日　子の日　初子　子日山　子の日衣　子の日の宴

中国で、正月の上《かみ》の子の日に一、二種の新菜を食べ、健康を祈ることがおこなわれたが、これが伝わったものであろう。平安時代にはこの日、朝廷で、野に出て小松を引き、千代を祝い、若

菜を摘んで歌宴をおこなった。引いて採る松を、子の日の松、子の日草といい、この日着る貴族の狩衣を、子の日衣と呼んだ。〈本意〉『古今六帖』に「千年てふ小松引きつつ春の野の遠きも知らずわれは来にけり」（貫之）の歌があるが、千年の寿を小松にあやかって祝うのである。『和歌無底抄』にも「子の日といふは、新しき年明けて初めに来る子の日、小松を引きて千代を祈る野辺の名に侍るべし」とある。

子の日する昔の人のあらまほし　高浜　虚子
螢の子の小松に遊ぶ子の日かな　野村　喜舟
*をかしさはすこし雪降る子の日かな　松根東洋城
わが齢わが寿ぎて小松引　富安　風生
水引の結びもあまる小松引　同
小松曳筑波の晴れを眺めけり　平川　へき
山の辺の道の子の日の遊びかな　秋山まさあき
小松引棚田をとべるこども見ゆ　飴山　実

鳥羽火祭《とばひまつり》

愛知県幡豆《はず》郡幡豆町鳥羽の神明宮で、旧暦一月七日におこなわれる祭。部落を川東と川西に分け、前者を寒地、後者を福地と名づけ、両方からユスリ棒という代表を一人ずつ選び、二人は十二月三十日から神社にこもって松明の材料の真木・藤蔓・竹などを切り出し、他にかやを用いて、六日に松明を両地に一本ずつ作る。七日夕刻、ユスリ棒の二人は神官の切り出した斎火を松明に移し、もえあがる火の動きなどで、二百十日・二百二十日の天気などを占う。〈本意〉新年はじめにおこなわれる豊凶占いの祭である。火を用いる勇壮で印象的な夜の祭である。

火祭の火の粉おほかた海に落つ　田中午次郎
*火祭の火の粉とびつく胸毛かな　出牛　青朗
火祭に海の荒星なだれたり　猿山　木魂
火祭の終りし闇の潮騒よ　成瀬正とし

鷽替《うそかへ》

太宰府天満宮で一月七日の夜におこなわれる神事。参詣人がみな小さい鷽を持って、境内の大樟のまわりで、おのおの鷽を相手かまわずに交換するが、そのうち神官が参詣人の中に入りこんで、金の鷽十二個を渡す。みな金の鷽を当てようとするが、当った者は社務所に連れてゆかれて、お神酒をうけた。このあと鬼すべの神事がおこなわれる。同様の神事は、大阪河内道明寺の天満宮、東京亀戸の天満宮、博多住吉神社などでもおこなわれる。亀戸の天満宮では、一月二十五日で、社務所の出す鷽を持ち帰る。鷽は神棚にあげて、防火のまじないになるという。〈本意〉『守貞漫稿』に、「四方の里人、木の枝そのほかのものをもて鷽鳥の形を作り持ち来たり、神前において互に取り替へて、その年の吉兆を招くことになん。これや、今までの悪しきも鷽《うそ》になり、吉に鳥替《とりか》へんとのこころにて、鷽替へといふ。もとよりこの御神の託《つげ》によりて始まれり」とある。昨年のけがれや罪を木の鷽に託して送り捨て、金の鷽を得て、今年の幸運をいただこうとするものである。語呂あわせ的なおまじないだが、幸運を得たい願いを形にしたものである。

売り切れて鷽の木彫ぞおもしろき　石田　波郷
鷽替に楠の夜空は雪こぼす　野見山朱鳥
*うそ替の木鷽の金の光る闇　木庭　俊子
鷽替へて昔の色の寒夕焼　塚原　巨矢
妻よりも小さき鷽を替へて来し　山田　狭山
雪の中鷽替への渦移りゆく　岡部六弥太
鷽替のいとちさき鷽もらひけり　石田あき子
鷽替へて日向の方へ歩きけり　宮下　翠舟
鷽替へてそくばくの運あるごとし　大沢ひろし
替え替えて大きな鷽となりにけり　長野　蘇南
別々に鷽替へて居る夫婦あり　武藤　樹青
茶屋に待つはゝそはに鷽替へて来し　竹末春夜人

十日《とをか》戎《えびす》　初戎　宵戎　戎祭　残り戎　聾戎　福笹　戎笹　福飴　小判売

一月十日の戎祭りのこと。九日は宵戎、十一日は残り戎（残り福）という。大阪の今宮戎、西宮の戎がとくに知られ、今宮戎には、何十万という人が参詣する。戎は福の神、商売の神とされ、商人の尊崇を得ている。七福神の一つだが、聾の神といわれ、社前と社殿のうしろで二度拝む風習がある。社殿のうしろでは羽目板を叩いて、「ただいま参りました」と念を押す。聾戎と呼ぶ。戎笹、福笹が沿道で売られ、「吉兆、吉兆」という売り声で売る。にぎやかな祭りである。〈本意〉『年浪草』に、「諺にいふ、この神は聾にましますとて、参詣の諸人、社の後の板羽目を敲く。その音、昼夜にかまびすし。これ、今日参詣して諸願を訴ふる謂ひなり。街衢に売るところのもの、米花《はぜ》袋・蜈蚣《むかで》小判等のめでたき作り者を売るなり。下向の輩、買ひ求めて笹の枝に結び下げて、また売るところの烏帽子・冠を買ひて頭に戴き、往来の人を笑はせ興ずる業あり。道路、竹の林をなして夥しといへり」とある。商人の神、商売の神の祭りなので、とりわけ大阪でにぎやかな祭りである。

＊福笹をかつげば肩に小判かな　山口　青邨
福笹をかつぎ淋しき顔なりし　高浜　年尾
地下道を華やぎ通る福笹持ち　橋詰　沙尋
初戎ねがひのうなじうつくしく　牧野多太士
十日戎所詮われらは食ひ倒れ　岡本　圭岳
大阪を好きも嫌ひも宵戎　吉田すばる
小火騒ぎありて今宮宵戎　後藤　鬼橋
福笹にきり〳〵舞の小判かな　倉西　抱夢
きらきらと賽銭舞へり初戎　金田　初子
福笹の大判小判重からず　嶋　杏林子
凶くれて残り福とは面白し　細見しゆこう
おん僧の吉兆かざし通りけり　川村　黙堂

雑踏を夫にかばはれ初戎　上野美代子
残り福疲れし声をあげて売る　大戸　貞子

宝恵駕《ほいかご》　ほゐかご　戎籠　福助籠

一月十日、大阪の今宮戎神社の祭りに、南地の芸妓、舞妓が籠に乗って参拝する。籠の四本の柱は紅白の布をまき、提灯をたくさんつけ、そろいの衣装を着た幇間が大勢で、「ほいかご、ほいかご」と声をかけて練ってゆく。籠の中には目もさめるような友禅の座蒲団を厚くしきかさねて、黒紋付裾模様の駕衣装を新調した妓が、沈むように乗っている。北の新地の芸妓は、一月二十五日の初天神に宝恵駕に乗る。〈**本意**〉この日、南方の娼妓が戎に詣ずるのを晴れとしたわけで、「年中第一の紋日」と言ったという。その参詣の豪華な駕である。

髷に手を宝恵籠の妓起たむとす　阿波野青畝
宝恵駕の妓のひざにゐる幼かな　森川　暁水
宝恵駕の髷がつくりと下り立ちぬ　後藤　夜半
＊宝恵籠をはみ出て厚き緋座蒲団　森　薫花壇
宝恵籠を追うて小走り戎橋　曾我部ゆかり
宝恵駕や片袖垂れてあでやかに　竹下　竹人
妓ら降りて宝恵駕のみな小さくなる　後藤比奈夫
宝恵駕に乗つてうれしき日もありし　高田たつ女
宝恵駕の女あるとき真顔なす　山下　陽弘
宝恵籠の豊かな膝は駕に触れ　上田　富丈

餅花《もちばな》　花餅　餅穂　繭玉　繭団子　団子花　繭玉祝ふ

小正月の飾り木で、一月十四日にこしらえて柱などにさして飾る。みずき・やなぎ・えのき・たけなどの枝に、餅を小さく切ってつける。花が咲いたように見えるので、餅花・団子花と言い、稲のような形なので、餅穂、稲穂の餅などとも呼ぶ。繭玉とも呼んで、米の粉で繭の形を作って

つけるが、金紙・銀紙の大判小判、宝船などをつけることもある。東京亀戸天神では柳の枝に繭ほどの餅と小判、宝のおもちゃをつけたもので、買って神棚にそなえるものである。似たものを売る神社寺院が多い。〈本意〉稲がよく実り、養蚕がゆたかであることを祈る気持の具体化である。

餅花の高々とある炬燵かな　高浜　虚子
繭玉に燈明の炎を感じけり　飯田　蛇笏
餅花や小店ながらに美しき　名和三幹竹
餅花に大きな煤のかゝりけり　松浦　為王
餅花の奥の音なる時計かな　高田　瓜鯖
繭玉のかげ濃く淡く壁にあり　高浜　年尾
餅花にはなやぐ老の一ト間かな　池内たけし
＊餅花や不幸に慣るゝこと勿れ　中村草田男
繭玉やそよろと影もさだまらず　長谷川春草
餅花の部屋に通すは母の客　今井つる女
まゆ玉や手拭の染よくあがり　龍岡　晋
餅花のなだれんとして宙にあり　栗生　純夫
繭玉の端雪嶺に触れてゐし　平原　玉子
餅花や母が教へのかぞへうた　勝又　一透
餅花のさきの折鶴ふと廻る　篠原　梵
餅花の下より外に寝ぬ子かな　石川　笑月
干割れ落つ餅花一つ雪嶺覚め　喜多　牧夫
餅花や煤けし時計緩く鳴る　田中　西崖
鉄瓶の鳴る夜繭玉ゆれてをり　原　俊子
まゆ玉や敬語に満ちて加賀言葉　細川　加賀
まゆ玉に風出て少し曇りけり　村沢　夏風
まゆ玉のいのち愛《を》しめとしだれけり　轡田　進
餅花は女ごころのごと揺れて　保坂　伸秋
氷るもの氷り餅花にぎやかに　宇佐美魚目
餅花やかたまりうごく山の雲　岸田　稚魚
まゆ玉にをんな捨て身の恋としれ　稲垣きくの

左義長《さぎちやう》

さぎつ長　三毬杖《さんぎちやう》　三毬杖《さぎちやう》　三鞠打《さぎちやう》　三木帳《さぎちやう》　どんど　とんど

正月十四日の夜、または十五日の朝におこなわれることの多い、小正月の火祭りの行事である。

新年の飾りなどをとりのぞいて、それを焚いて祭る。主として子供たちが主体になって、家々から、松飾りや注連飾りをもらい、それらを村の広場や川原、畑などにあつめ、火をつける。時には、ほかの燃えるものもあつめ、火の大きさ高さ激しさを喜ぶこともあり、前夜から仮設の小屋に泊りこんで準備し、当日はその小屋も一緒に焼いてしまうこともある。はげしい火音がして燃え上るが、その音から、どんど、とんどという名前がつき、子供たちも、「どんど、どんど」とはやし立てる。左義長の火は神聖な火とされるので、それで餅や団子を焼き、身体をあたため、灰を身体にぬったり、燃え残りを馬小屋、牛小屋に置いたりして、災難よけ、若返り、健康などのおまじないとする。また書初めの紙をこの火にくべて、紙の吹き上る火中の高さを、上達のしるしとして喜んだりする。関東から信越にかけて、左義長の火のことをさいと焼き、さいとばらいと呼ぶが、さいととは道祖神の祀られた場所のことで、道祖神の祭りとも関係がふかい。室町時代には宮中清涼殿東庭で左義長がおこなわれた。一月十五日に天皇の書初めを焼いたので、吉書の三毬杖といった。青竹を束ねて立て、御吉書・扇子・短冊などを結びつけ、火をつけた。燃え上ると、牛飼いや仕丁らが「とうどや、とうど」（尊や、尊）とはやし立て、天皇も御覧になったという。〈**本意**〉門松・注連飾りなどを小正月を中心に焚いて祭ることで、神聖なこの火によって無病息災、豊作、あるいは書道の上達を祈ったのである。

日の暈やどんどの煙の大流れ　久保田九品太
酔うて踏むどんどの灰の寂しかり　新井　声風
左義長へ行く子行き交ふ藁の音　中村草田男
どんど火に手が花びらの子どもたち　能村登四郎
火の粉舞ふどんどのそばを身延線　百合山羽公
左義長や四方闇に神ある如し　杉山　白雲
おほわだに寂光のあるどんどかな　松沢　鍬江
とんどして雪汚ししが清かりき　細見　綾子

注連を焼く火のはなびらに雪降れり　野見山朱鳥
*左義長や婆が跨ぎて火の終《しまひ》　石川　桂郎
左義長や鏡のごとき今朝の阿蘇　河原　白朝
左義長やうしろは寒き河原風　田子　六華
いただきの達磨火を噴くどんど焚　土方　秋湖
富士昏れて母が跨ぎしどんどの火　鈴木　只夫
とんどの火達磨の尻をまず舐めぬ　清水　基吉
左義長に牛の垂涎かがやけり　北野　民夫
羽のなきもの左義長の空をとぶ　辻田　克巳
大どんど身ぬちの五欲あぶり出す　西畑　幸子

土竜《もぐら》打《うち》　もぐら追　もぐらおどし

小正月におこなわれる行事で、土竜が畑をあらすのを防ぐまじないの一つ。鳥追い・犬追い・狼追い・獅子追いなどと一連のもので、村の暮らしに害になるものを追いはらうためのもの。九州から東北までおこなわれているが、杵で地面をついてまわったり、肥桶をこすってきいきい言わせたり、唱えごとをしたり、ブリキ罐・金盥の音を立てたり、槌をひいて回ったり、いろいろ威嚇・攻撃がおこなわれる。土竜がおそれるものとして、なまこが全国で使われる。縄でたわしのようなものを作り、ひきずったり、実際のなまこを苞に入れてひきまわしたり、とうらご（なまこ）のお通りだという唱えごとをしたり、いろいろのことをする。子供が中心になっておこなわれる。**〈本意〉** 害をなすものの一つ、土竜を追い出すおまじないの一つである。鳥や犬・獅子などを追うまじないと一連のものである。

みちのくは根雪の上の土竜打　長谷川浪々子
*国分寺よりぞろ〳〵と土竜打　井上烏三公
先づ叩く己の影や土竜打　新井　盛治
青竹と子の大揃ひ土竜打　川井　玉枝
土竜打ち薄暮の土をめつた打つ　土井まさゑ
土竜打幼き声を揃へけり　野田　歌生

成木責《なりきぜめ》　木責　木を囃す　果樹責　切嚇し

小正月の行事で、果樹、とくに柿の木に、その年豊かに実ると約束させるまじない。木にその年の年男がのぼり、下から、鉈や鎌や斧などの刃物をもった男が威嚇のことばを発すると、木の上の男が、木の霊にかわり、成ることを約束する。木には少し傷をつけて、小豆粥をぬる方がよいという。「猿蟹合戦」の昔話でも、「早く芽を出せ柿の種、出さねば鋏ではさみ切る」と威嚇の言葉が使われている。旧暦十五日の行事で、「望切り」「千成れ」「なりそ切りそ」などとも呼ばれる。方法は多少ちがいがあるが、全国的におこなわれていた呪法である。〈本意〉『諸国風俗問状答』には陸奥国信夫郡・伊達郡の一月十五日の行事として、「果実の実ならずを折檻するとて、一人、鉈・まさかりやうのものを持ちて、〈なるか、ならぬか、ならぬは切る〉と言ひて、その木の根を打ち、また一人、木の根に居て、〈なります、なります〉と言へば、ゆるす」とある。似た方法で、木の霊に、豊熟を約束させる、おどしの呪法である。

*わが柿や惨たらしくは責めざらむ　相生垣瓜人
責め苦にも遭はざりし木の静かなり　同
凍鶏は生めよ成木は成れと責む　百合山羽公
成木責昼湯に浸り見てをりぬ　古川芋蔓
夜をこめて成木責めきし深眠り　菊地一雄
成木責父につきゆき囃したる　滝沢伊代次
柿の木の深傷は成木責せしか　小島禾汀
鉈帯びて由々し柿の木囃さむと　村上しゆら

綱引《つなひき》　綱曳　縄引

年占行事の一つ。集落対抗でおこなわれ、勝利をおさめた集落が豊作になるとする。東日本では正月十五日を中心に、西日本では盆綱引といい、七月、あるいは八月の十五日を中心におこなう。どちらも満月の夜の行事だった。秋田県大曲市諏訪神社・同県仙北郡刈和野浄島神社、神奈川県大磯町、福井県敦賀市幸町、大阪市八坂神社、神戸市灘区応仁神社などでおこなわれる。豊作、豊漁などを占うためのものである。〈**本意**〉『増山の井』に「大綱を引き合ひて、勝負につきて吉凶を知るなり」とある。遊びの一つにおこなわれたこともあるようだが、吉凶を占うものであった。

二人して綱曳なんど試みよ（祝新婚）　高浜　虚子
＊綱太く引きも撓まぬ人数かな　小沢　碧童
綱引や双峰の神みそなはす　石井　露月
綱引の綱栄え飾る社頭かな　安藤橡面坊
この綱や猿田彦神引きし綱　広江八重桜
綱引きの年男とて恵比須面　沢崎ゆきえ

十五日粥《じふごにちがゆ》　小豆粥《あづきがゆ》　望の粥　紅調粥《うんでうじゆく》

正月十五日に、粥を作って神に供え、人もそれを食べる風習がある。十五日は望《もち》の日だから、望粥ともいう。中国からはじまり、寛平頃から、日本でもおこなわれるようになった。中国ではこの日、豆粥を作り、楊の枝を門口にさし、枝のさす方角で酒宴をもよおし、豆粥を箸にはさんで祭ったといい、また膏粥を煮て養蚕の神を祭り、鼠を追ったともいう。ともかく中国では粥や羹を祭日に食べて、悪鬼をさけ、疫を逐ったのである。十五日粥もその一つなのであろう。日本でも、望粥に浸した粥の木で女の尻を打ったり、成木責めをしたりするのも、年木と望粥に邪気

をはらう呪力を認めていたからである。また粥を煮るときに粥占もおこなわれる。粥杖、粥かき棒で粥をかきまわし、棒につく粥で占ったり、竹筒を粥の中に入れておき、中に入る粒によって天気や作物の出来を占ったりする。十五日粥は単に小豆粥と呼ばれることもあり、小豆を入れて作ることが多い。餅を入れるところがあるのは、望の粥を誤解したものである。〈本意〉『増山の井』に「小豆粥にて今日天狗を祭れば、年中の邪気を除くといへり」とあり、『日次紀事』に、十五日、左義長として、「この（爆竹の）火をもつて、今朝赤小豆粥を煮る。また、この粥をもつて糊をつくり、牛王ならびに札を貼れば、みな疫を避くるの法なり。今日、良賤互に相賀す。中華もまた今日、赤小豆粥を煮てこれを食ふ。しかるときはすなはち疫気なしと、云々」とある。邪気・疫気を除く呪力を信ずる風習なのである。支考に「縁に寝る情や梅に小豆粥」、故流に「浅漬の寒き匂ひや小豆粥」の句がある。

明日死ぬる命めでたし小豆粥　高浜　虚子
貧乏も師匠ゆづりや小豆粥　久保田万太郎
*小豆粥果樹にも供へ農を継ぐ　楠部　南崖
義歯もまたかなしきかなや小豆粥　古川　芋蔓
小豆粥すこし寝坊をしたりけり　草間　時彦
ねこ舌のおくるる箸や小豆粥　及川　貞
小豆粥くらしの中に紅こぼす　新藤　潤水
少年の眼鏡曇らす小豆粥　辻田　克巳
小豆粥すすり愚直を許し合ふ　瀬沼はと江
小豆粥ふつふつ年は共に寄る　村松ひろし
猫舌の滅法熱し小豆粥　浅羽　緑子
小豆粥箱膳に子等かしこまる　大熊　輝一

粥の木《かゆのき》　粥杖　福杖　粥木　祝棒《いはひぼう》

正月十五日、粥を煮るとき、年木の一部を削ったもので粥をかきまわしたり、あるいは釜にく

べて燃えさしとなったりした木で女の尻を打つと男の子がうまれる、あるいは子沢山になると一般に信じられた。この尻を打つ木を粥の木とか粥杖という。女の尻を打つのは、この木が春の木で、ものを産みだす力をもっているものと考えられたからである。この木で成木を打って果樹責めをおこなうのも同じ信仰から来たものである。粥の木はもとは粥占に用いられた木だったのだろうが、その木そのものに呪力があり、それで打ち、生命力を高めようとしたのである。〈本意〉『増山の井』に「小さきしもとにて、女の腰を打つ戯れなり。これにて打たれたる者は、男子を産むといへり。枕草子には、粥の木とあり。狭衣には、粥杖といへり。あづまのかたに、削り掛けといふ物にて人を打つこと、これなり」とある。十五日粥と、それをかきまわす粥の木に生産の力があると信じられて生じた風俗である。

粥杖や伊賀の局にたぢろぎし　伊藤　松宇　＊かしこくも粥杖うちぬ狐つき　松瀬　青々
粥杖に冠落ちたる不覚かな　内藤　鳴雪　前にあるかとすれば後へにお祝棒　佐々木北涯

雪祭《ゆきまつり》　田楽祭

長野県下伊那郡阿南町新野《にいの》の伊豆神社でおこなわれる祭りで、雪祭の名で知られる。雪を神前にそなえ、「大雪でございます」と田楽衆が連呼する。大雪は豊年の吉兆であり、祭りをして豊年を予祝するのである。正月十四日に諏訪神社から伊豆神社へ渡御、同日夕方から十五日朝にかけて本祭りがおこなわれる。古風な芸能が多く演ぜられる点で注目される祭りである。〈本意〉農耕の豊饒を予祝する祭りで、雪を豊年のしるしとして、雪のとなえ言がなされるところが注目される。

峯おろしくる風ばかり雪祭　志摩芳次郎
おささらの白衣の下は着ぶくれて　岸野千鶴子
おささらの列へ寒九の浄め水　小枝秀穂女
彩餅吊る藁しべの艶雪祭　文挟夫佐恵
*雪の田のしんと一夜の神あそび　野沢　節子
火の神に雪供へたり雪祭　沢木　欣一
雪祭かこむひかりに鴉群れ　鵜飼　みね
山羊の乳大炉に煮たり雪祭　中島　花楠

三河花祭《みかははなまつり》

愛知県北設楽郡一帯でおこなわれる神事で、神楽と田遊祭《たあそびまつり》を一緒にしたような舞踊の祭りである。時期は十二月から一月にかけてで、一月の方が多い。もともとは新年を迎える直前に行われた花祭だが、新暦になったので、年末から新年にまたがるようになったという。まず「はま水迎」といって禰宜が滝へ行き、みそぎをして湯立の水を汲んでくる。その水を当屋の土間に築かれた竈で沸かし湯立をする。屋敷の出入口に注連《しめ》をはり、五日目に刀立て、役揃いといって、祭具を準備し、神おろしをする。七日目は本楽、又はみやならしで、午後一時から翌日の十時ごろまで、式三番・順の舞・地固めの舞・市の舞・花の舞などを演じ、山見鬼といって、鬼が釜を割る所作がある。そのあと、湯ばやし・朝思・閉じ・ひいなおろし・たなおろし・げどうがり・鎮祭がある。中心に花育ての式があるので花祭という。花は稲の花で、その成熟を祈る、農耕予祝の祭事である。〈本意〉花育て、すなわち稲の花の成熟を祈る祭りである。舞いが中心となる異色な祭りである。

*旧正や三河も果の花祭　志摩芳次郎
花祭とていそがしき三河びと　瀬戸口民帆

三河花祭の鬼のほほゑまし　成瀬正とし
三河花祭の薪を今朝は割る　田中午次郎

ちやつきらこ　初勢《はついせ》踊　日やり踊　左義長踊

神奈川県三浦市三崎町で、一月十五日におこなわれる歌舞。名前のちゃっきらことというのは、踊り子が手に持っている綾竹のこと。十四日に海岸で男の子のどんど焼き（おんべ焼き）がおこなわれ、十五日には三崎の少女たちが白地の水干に袴をつけ、金色の烏帽子をかぶって海南神社本宮に参り、一踊りし、花暮・仲崎の両部落にわかれて、町内をおどり歩く。扇と綾竹をもって、六種の踊りをおどる。歌は中年の女性がうたい、踊り子がはやしことばをうたう。どんど焼きのあとおこなわれるので、左義長踊りの名がある。**〈本意〉**男の子がどんど焼きをして、女の子が、そのあと、踊りあるくわけで、新しい健康な年のはじまりを祝うのであろう。少女だけの踊りもなかなか美しい。

今海の見ゆる家にてちやつきらこ　京極　高忠
ちやつきらこ扇ひらけば鳩が翔つ　斎藤　春楓
*ちやつきらこ舞ふ娘に海が騒ぐなり　志摩芳次郎
ちやつきらこ今日へ戻りし船首見ゆ　二見　柳糸
ちやつきらこありしあとにて縄跳びを　田中　灯京
雨の日のちやつきらことて足袋はかず　田中午次郎
ちやつきらこ青き汀も遠唱ひ　野沢　節子
波音を聞きちやつきらこ歌まねる　寺田　木公

かまくら　鎌倉祭

月おくれの正月十二日から十五日におこなわれる秋田県中部の行事で、とりわけ横手市のものが有名。子供が水神様を祭る。道路のわきに雪を積み、それを掘って雪洞を作り、正面に祭壇を

作り、厨子を据え、灯明をともし、供物を供え、中にむしろや毛布を敷いて入り、餅を焼いたり甘酒をあたためて飲む。十五日の朝に雪室の前で火をたき、鳥追いの歌をうたう。その夜は大人たちが参拝し、餅や賽銭をあげる。横手ではオスズサマ、清水の神を祭るのが特色だが、もともとは、左義長の行事で、国がえの佐竹侯に従って横手城主戸村氏が常陸からこの地に移ったときもたらした行事で、鳥追い行事で仮小屋を設けて寝泊りしたものが雪室にかわったものとされる。かまくらの名も鳥追い歌の「鎌倉の鳥追いは頭切って塩つけて、塩俵へ打ちこんで、佐渡が島へ追ってやれ、佐渡が近くば、鬼が島へ追ってやれ」という文句から出たという。左義長の火祭りと鳥追い行事だったものが変って雪洞が中心になり、清水の神を祭るように変った。〈本意〉左義長の行事が、雪国のために雪洞を中心とするように変ったもので、そこから清水の神を祭ることが出てきたわけである。

かまくらの童女こけしの眉をもつ　中島　花楠
かまくらのこぼれ灯道に踏みかがむ　上村　占魚
ゆびきりの子のかまくらのいづこぞや　西本　一都
かまくらに給《た》ぶあつあつの甘酒《あまゆつこ》　石川　桂郎
かまくらあそび燭の火ふつくらと招く　村上一葉子
かまくらに積りし雪のやわらかく　高橋　秋郊
かまくらのうしろの闇へ炭火捨つ　牧石　剛明
*ここに又かまくらの子の繭ごもり　松村　幸一
かまくらとかまくらの間雪満てり　三好　潤子
かまくらの高さは神の背の丈よ　佐藤　恵子
かまくらの子の赤き頬二つづつ　木谷　島夫
箱橇で来てかまくらの小さき客　菊地　映楼

なまはげ　生身《なまみ》剝《は》ぎ　あまみはぎ　火斑《ひがた》たくり

秋田県男鹿半島で正月十五日におこなわれる行事。村の青年が鬼の姿に仮装して、二、三人で

一組となってそれぞれの家を訪れる。笊で作った鬼の面をつけ、藁のけだしを腰につけ、藁沓をはいて、木の刃物をもち、箱に音の出るものを入れて、家々で、子どもを戒め、祝言をのべる。「エダーカー、泣く子エダネカー」とか「ナモミコはげたか、はげたかよ。庖丁コ磨げたか、とげたかよ。小豆コ煮えたか、煮えたかよ」とかと唱える。なもみというのは火斑《ひがた》のことで、火のそばにいて怠けている者の膚にできるしみのこと。怠け者のなもみは庖丁ではぎとり、煮小豆につけて食べてしまうという意味のおどしである。怠け者や子供にとってのおそろしい来訪者であった。他県では岩手・青森、また石川県の能登半島にもこの行事がのこっている。〈本意〉古代、小正月・節分・大晦日の夜には、神が来訪すると信じられていたが、それが鬼の形にかわり、祝言に来る形になったが、それが今は怠け者の威嚇に来るという形の風俗に転じたのである。

*なまはげにしやっくり止みし童かな　古川　芋蔓
なまはげの酔ひて本名呼ばれけり　児玉　小秋
なまはげの蓑より祈願の藁をぬく　川井　玉枝
なまはげの胸ぬらしけり雪と酒　竹田　晶洞
なまはげの喚びに榾火くづるるよ　遠藤みや子
なまはげの素足につけし藁脚絆　安川　摑雲
なまはげのひらたき蹠が踏み鳴らす　今田　拓
眉緊めて尿に立つ子よ生身剝　宮野斗巳造

えんぶり　ながえんぶり　どうさいえんぶり

青森県八戸市辺で二月十七日から二十日頃までおこなわれている舞踊で、もとは小正月を中心におこなわれた。豊年を予祝するもの。えんぶりは十五人から四十人ほどで一組を作り、中心の踊り手を烏帽子太夫、または摺り手といい、三人から五人いる。囃子方は十人ほどで笛・太鼓・てびら鉦などを奏する。こうした組が、毎年二月十七日朝、長者山の新羅神社にあつまり、五穀

豊穣を祈り、行列を組んで市中をねり歩き、二十日まで家々の門口で歌舞を演ずる。とくに烏帽子太夫は、田の代ならし、田植え、刈り上げまでを踊りによって表現し、豊作を予祝してみせる。えんぶりというのは農具の一つえぶりから出たというが、ほかに田の霊をゆりうごかす意味としてのえぶり、いぶりから出たともいわれている。〈本意〉農耕の豊作を祈願、予祝するための踊りで、象徴的に豊作を表現している。

えんぶりの逸《はく》れ大黒舞ひて寒し　村上しゆら
*えんぶりの笛いきいきと雪降らす　同
えぶり舞ふるさとの血が濃くなるよ　木附沢麦青
日の厚みえんぶり組の出揃へば　阿部思水
えんぶりの雪照り道を影の列　加藤憲曠
屈伸のえんぶり摺りへ声合はす　同
えんぶりの笛恍惚と農夫が吹く　草間時彦
老杉の空えんぶりのこだまかな　原よしろ
えんぶり笛山より春を引き連るる　苫米地優子
えんぶりや雪にぬくもりあるごとし　北嶋淑晃

ぼんでん　梵天

旧暦正月十七日、秋田県の三吉神社（秋田市赤沼）、旭岡神社（平鹿郡山内村）、八坂神社（仙北郡中仙町）でおこなわれる神事。梵天は、幣束を意匠化したもので、丸太に色さまざまの布をつけ、太い鉢巻きをして、紙しごをたらしたもの。これを各町内でこしらえ、若者が神社に半裸、全裸で奉納する。旭岡では各町内の梵天が広場に勢揃いし、山道をのぼって、社殿に達すると、競って梵天を拝殿につき入れるので、激しい押し合いになる。一番に梵天を押し入れるとその年の福がさずかるという。風神・悪魔・虫追いの行事である。〈本意〉神のより代である幣束をかたどった梵天を競って神社の拝殿に入れて、その年の福をさずかる神事だが、かなり性の

象徴的なところのある行事である。

ぼんでんの列雪中を突きすすむ　西山　惟空
炉火の焔をすかし梵天眺めをり　石原　八束
神の森梵天揚げる力足　川村　久子
一雀の弾み梵天祭の町　菅原多つを
＊雪嶺に押され梵天近づき来　利部酔咲子
雪降り来梵天唄の聞ゆれば　文挟夫佐恵

成人の日《せいじんのひ》

一月十五日。戦後に制定された国民の祝日。藪入りの前の日であり、昔の元服のことなどが考えあわされて制定された。過去一年間に満二十歳になった男女を祝う。各都市、農村で、さまざまな行事が催される。〈本意〉満二十歳の成人になった男女を祝賀する日である。選挙権が生まれ、各方面で一人前の自覚が必要となるわけである。

道にはずむ成人の日の紙コップ　秋元不死男
溝の中に日輪棲めり成年祭　横山　白虹
成人の日の躬を緊むる組いくつ　岸　風三楼
爪研いて成人の日の乙女はも　石塚　友二
＊よそほひて成人の日の眉にほふ　猿山　木魂
雲なす木目成人の日の机拭き　能村登四郎
足袋きよく成人の日の父たらむ　同
成人の日や口紅の色変へて　吉田　洋一
成人の日の海碧く沖より醒む　大須賀浅芳
成人式終りおおまたの青年たち　菊地　一風
成年式街中の雪汚るとも　川門　清明
成人式へ女の歩幅となる晴着　抜山　易子
日が包む成人の日の真白鳩　中条　明
色あふれ成人の日の昇降機　斉藤　道子

藪入《やぶいり》　養父《やぶ》入《いり》　里下《さが》り　里下《お》り　宿下《さが》り　親見参《げんぞ》

正月十六日に使用人に休みを与え、親もとへ帰したり、自由に外出させたりする。盆の七月十六日にも帰らせるが、こちらは後《のち》の藪入りである。奉公人の休日はこの二回しかなかったので、楽しい日であった。もともとは、正月・七月ともに、家のもっとも大切な祭りのおこなわれているときなので、家を離れている者も、帰って、家の祭りに加わり、親に会うための機会だったのだろうが、そうした宗教的な意味は失われてしまった。鹿児島県で藪入りを「おやげんぞ」というのは親に見参することと、正式に対面することで、本来の意味につながることばである。結婚した者も親のもとに帰る日であった。奈良県では前年結婚した女は里帰りに餅を必ず土産にしたので、藪入りを六の餅と呼んでいた。〈**本意**〉『年中行事大成』に、十六日として、「藪入り　今日より農工商の奴婢、主家の暇を得て、およそ日数一両日あるいは四五日の間、親里に帰り休息し、あるひは神社仏閣に詣し、随意に逍遥す。これを、やぶ入りと号す」とある。そして「奴婢の古郷、草多くむさとしたる土地に入るとの意にて、卑下の詞なるべし。もしくは宿入りの転語なるか」などと書く。ともあれ、雇われている者が主家から暇を与えられ、親もとに戻り、休養し、また祖先をまつることである。嫁いだ者も、親もとにかえる日とされた。太祇の「やぶ入の寝るやひとりの親の側」、蕪村の「やぶ入りの夢や小豆の煮ゆるうち」「やぶいりのまたいで過ぎぬ凧の糸」、一茶の「藪入や犬も見送るかすむ迄」が知られる。

藪入の田舎の月の明るさよ　高浜　虚子

＊母と寝て母を夢むる藪入かな　松瀬　青々

枕外す癖もなほりぬ宿さがり　高田　蝶衣

藪入にまじりて市を歩きけり　村上　鬼城

藪入に餅花ちりて懸りけり　前田普羅
藪入の帰れば母の灯しけり　篠原温亭
藪入の母の焚く炉の煙たさよ　高野素十
藪入や鳶の喧嘩もなつかしく　阿波野青畝
藪入に来て居る噂聞えけり　中村汀女
藪入のをとめさびたる簪かな　西島麦南
藪入の碧空の凧澄めるかな　原田種茅
裏戸よりつとかけ込みて藪入す　山上荷亭

初場所《はつばしよ》　一月場所　正月場所　初相撲

いま相撲は六場所制で、一月が東京、三月が大阪、五月が東京、七月が名古屋、九月が東京、十一月が福岡となっている。ふつう一月を初場所、三月を春場所と呼ぶが、これは通称で、公式には月の数字の方で呼ぶ。もともと、相撲は神社仏閣に浄財をあつめるために勧進されたもので、室町時代以後おこなわれてきた。文政十年から、本所回向院で、年二回、晴天十日間興行された。明治時代も二場所で一月が春場所、五月が夏場所であったが、しだいに相撲の人気も高まり、六場所制が定まるようになった。〈本意〉一年最初の一月の大相撲で、東京両国でおこなわれる。一月十日前後の日曜から十五日間で、正月の気持も残り、めでたく勇ましく、その年の場所の成りゆきを占うような場所である。

川風に一月場所の太鼓かな　島田五空
初場所やかの伊之助の白き髯　久保田万太郎
初場所の土俵はやくも荒るるかな　同
初場所や髪まだ伸びぬ勝角力　水原秋桜子
初場所やまだ序の口の日矢さして　同
療養のゆうべ初場所はじまりぬ　石田波郷
招かれて初場所の砂かぶりけり　内山亜川
初場所や小兵ながらも勝ちすゝむ　大星たかし
大川や一月場所の風強く　牧野寥々
＊初場所の太鼓の触れを壁越しに　斎藤驥多男

初彌撒《はつミサ》　聖名祭　彌撒始

一月一日、カトリック教会で、その年はじめておこなうミサである。信者たちは家族そろって所属の教会へ参り、敬虔な祈りをささげる。〈本意〉初詣でと同様に教会へ参ることもあるが、一月一日はキリスト誕生の八日目の日で、割礼を受け、汚れなき血を人類に捧げられた祝日でもあって、とくに敬虔にミサを受けるのである。

燦々とステンドガラス彌撒始　阿波野青畝
初ミサやヨゼフに白き梅を供し　景山　筍吉
*老われの侍者を勤むるミサ始　同
初ミサを聴くぬるき炬燵に顔のせて　西垣　脩
初ミサの子や暁紅に声放ち　本宮銑太郎
初ミサのヴェール真白くいただきぬ　辰馬くに子
初ミサの鐘響き合ふ海の上　下村ひろし
初ミサへ黒き裳あげて舟に乗る　同
初彌撒に旅の荷置きて跪く　黒田桜の園
初ミサのパイプオルガン美しき　堀口　婦美

夕霧忌《ゆふぎりき》

陰暦一月六日。夕霧太夫の忌日。太夫は大阪新町吉田屋の遊女で、京の島原、扇屋に出たが、扇屋が大阪に移るときついて移り、吉田屋の揚結になって全盛であった。美しい上に芸がすぐれ、評判であったが、延宝六年（一六七八）二十六歳で世を去った。その年の二月三日初日で「夕霧名残の正月」が歌舞伎で演じられ、のち近松の「夕霧阿波の鳴渡」にしくまれるなど、芝居・所作に登場すること多く、夕霧伊左衛門の名はひろく知られる。馬琴の『著作堂一夕話』にくわし

く述べられているが、今日でも新暦一月七日新町吉田屋でさかんな法要がおこなわれている。〈本意〉芝居などに登場して評判の高まった夕霧の忌日である。才媛の早逝を惜しむ気持があつかった。

＊桜炭ほのぼのとあり夕霧忌　後藤　夜半
万太郎章太郎亡し夕霧忌　富重　暘谷
炭の香のはげしかりけり夕霧忌　日野　草城
炭の香の雪をさそふや夕霧忌　小林　羅衣
角行燈夕霧忌とぞともりたる　鈴木　小浜
雪積るしのび返しや夕霧忌　三宅　応人
裾長に着て影映す夕霧忌　千賀　静子
夕霧忌ひとり鏡の前ながし　小坂　順子

義仲忌《よしなかき》

陰暦一月二十日。源義仲、いわゆる木曾義仲の忌日で、大津市の義仲寺で義仲忌を修する。源義賢《よしかた》の子で、父が殺されたのち、中原兼遠にかくまわれて木曾で成長する。治承四年（一一八〇）以仁王の令旨をうけて平氏討伐の旗をあげ、信濃・上野・越後と兵をすすめ、倶利迦羅峠で敵の大軍を破り、西国に落ちのびさせた。京都に入るが、後白河法皇と意見を異にし、法皇御所を焼き打ちし、征夷大将軍となり、朝日将軍と称するが、範頼・義経軍と平家との両方からおびやかされ、範頼・義経軍に勢多の守りを破られて、近江の粟津で戦死した。三十一歳。義仲寺はこの墓を弔うための里人の建立である。芭蕉が義仲を愛し、自らの墓を義仲の墓のかたわらにせよとした遺志が実現している。〈本意〉朝日将軍と称するにふさわしい、勇猛だが粗野な人物であったが、その才と非運とを芭蕉は愛し惜しんだ。俳人の敬愛深き武将である。

＊懐に項羽本紀や義仲忌　松瀬　青々
倶利迦羅の旧道に住み義仲忌　今村をやま

紅梅を近江に見たり義仲忌　森　澄雄　大風のなかの松籟義仲忌　皆川　盤水
人に逢へぬ帰途の追風義仲忌　原子　公平　土砂降りの石くれの顔義仲忌　山上樹実雄

乙字忌《おつじき》　寒雷忌　二十日忌

一月二十日、大須賀乙字の忌日。乙字の本名は績《いさお》。福島県相馬市の出身。二高から東京帝国大学国文科を卒業。東京音楽学校教授となる。碧梧桐に入門するが、新傾向俳句運動が進むにつれて批判的になり、碧梧桐一派と交を絶った。俳論にとくにひいで、「俳句界の新傾向」は新傾向俳句運動の出発点となったほか、季感象徴論、二句一章論、俳句写意説などを唱えて時代のリーダーの一人だった。『碧梧桐句集』『鬼城句集』などを編み、『乙字句集』『乙字俳論集』『俳句作法』などをまとめた。大正九年（一九二〇）四十歳で没。〈本意〉碧梧桐に協力し、のち離反した俳人。評論にすぐれ、季感象徴論や二句一章論などが知られる。

寒雷の鳴つて晴れたる忌日かな　吉田　冬葉　乙字忌や凡の四十路も半ば過ぐ　橋本　義憲
*二十日忌は雪の降るさへなつかしき　大森　桐明　乙字忌や海の荒ぶをみて旅す　皆川　盤水
室咲きの菜の花活けて乙字の忌　鈴鹿野風呂　乙字忌や谷地の古老に出羽の山　村山　古郷
玻璃窓の夜空うつくし乙字の日　金尾梅の門　乙字忌の一書に執し己れ勤む　平川　雅也

実朝忌《さねともき》　金槐忌

陰暦正月二十七日、源実朝の忌日。実朝は頼朝の第二の子として建久三年（一一九二）八月九日にうまれ、建仁三年（一二〇三）九月に将軍になった。建永元年（一二〇六）から和歌を詠じ、

のち藤原定家の合点を受けた。定家は実朝の家集『金槐和歌集』の奥書きを書いている。建保六年右大臣となり、翌承久元年（一二一九）一月二十七日、その拝賀の式のため鶴岡八幡宮に詣でたが、階段の大銀杏のところで、甥の公暁の手にかかって暗殺された。二十八歳。この日の遺詠は「出でていなば主なき宿となりぬとも軒端の梅よ春を忘るな」であった。『金槐和歌集』には「箱根路をわれ越えくれば伊豆の海や沖の小島に波のよる見ゆ」などの秀歌が多い。〈本意〉将軍歌人として知られる実朝の忌日で、夭逝をいたむ気持から、例句も多い。

＊鎌倉に実朝忌あり美しき　高浜虚子
鎌倉右大臣実朝の忌なりけり　尾崎迷堂
山は裂けとうたひし人の忌なりけり　山口青邨
口衝いていづる和歌あり実朝忌　後藤夜半
暁天の繊き月あり実朝忌　大橋桜坡子
我が椿いたむる雪や実朝忌　松本たかし
引く波に貝殻鳴りて実朝忌　秋元不死男
死なざりしかば相逢ふも実朝忌　石田波郷
実朝忌孤雲日を載せみんなみに　福田蓼汀
庭に色あるは山茱萸実朝忌　及川貞
実朝忌由比のおぼろのはじまれり　石原舟月
病む窓に伊豆の海あり実朝忌　木村蕪城
竹伐つてほめくてのひら実朝忌　星野麦丘人
松の上に狂ひ風あり実朝忌　清水基吉
実朝忌波の上なる女下駄　川崎展宏
波どどと春ととのはず実朝忌　山岸治子

草城忌《さうじやうき》　凍鶴忌《いてづる》　銀忌《しろがね》　鶴唳忌《かくるい》

一月二十九日。俳人日野草城の忌日。草城は本名克修《よしのぶ》。明治三十四年（一九〇一）七月十八日、東京下谷生まれ。大正八年八月に「ホトトギス」雑詠初入選。三高・京大法学部に進むが、年少の作者として「ホトトギス」雑詠欄で活躍。大阪海上保険会社に入社後、昭和二年二十六歳で『草城句集』を上梓。昭和四年「ホトトギス」同人に推された。この頃が草城の活躍時代の絶頂

だったが、こののち、昭和九年「青嶺」を創刊、昭和十年他誌と合併して「旗艦」を創刊して新興俳句の拠点となったが、昭和十一年「ホトトギス」同人を除籍される。無季俳句・連作俳句を率先実行し、「ミヤコ・ホテル」の連作は論議の焦点となった。戦後肺を病み、長い療養をするが、昭和二十四年「青玄」を創刊主宰した。昭和三十年、「ホトトギス」同人にふたたび推され、昭和三十一年一月二十九日、池田市郊外日光草舎で逝去。五十四歳であった。〈本意〉若くして時代を劃した英才の忌日で、はじめロマン主義的な艶麗清新の作風、無季新興時代後の沈潜した人生派的作風とが対照をなす。三つの面を持つ才士の忌日である。

雨の音に覚めてしづかな草城忌　横山　白虹
風が棲む電車草城忌へ揺れる　菅野　慎次
*佗助の群がる日なり草城忌　石田　波郷
草城忌の時雨が睫毛濡らすほど　花谷　和子
風邪臥しの背骨の疼く草城忌　伊丹三樹彦
目の奥の沖すさまじき草城忌　山口　隆
三樹彦禿げわれに白髪や鶴唳忌　八幡城太郎
手のとどく青空のあり草城忌　土岐錬太郎
力みいしものは去りゆき草城忌　小西　康之
降りゐたる曙の雨草城忌　山中　達三

動物

嫁が君《よめがきみ》

鼠のことだが、忌み言葉で、正月三が日の間はこのように呼ぶ。よめご、よめごぜ、よめじょなどと呼ぶところもある。鼠は大黒さまの使いとされ、正月にこれをもてなすところもある。長野県では正月三日に鼠の年取りとして飯や米粒を供え、岡山県では正月餅を供え、秋田県では大晦日の晩に鼠の形の餅をつくり、祭る。〈本意〉『物類称呼』には、「年の始めには、万のこと祝詞を述べはべるものにしあれば、寝起きといへる詞を忌み憚かりて、いねつむ、いねあぐるなど唱ふるたぐひ、数多あり。鼠も寝《ね》の響きはべれば、嫁が君と呼ぶにてやあらん」という説が記されている。忌みことばで、関西でこうとなえるのであろう。芭蕉に「餅花やかざしにさせる嫁が君」、其角に「明くる夜もほのかに嬉しよめが君」も、新年を祝して鼠を大黒様の使いなどと持ちあげているわけである。

三宝に登りて追はれ嫁が君　高浜　虚子

小《こ》蔀《じとみ》を下せば夜や嫁が君　岩谷山梔子

どこからか日のさす閨や嫁が君　村上　鬼城

琴柱にふるる音かな嫁が君　垣上　鶯池

仏壇の裏通ひ路や嫁が君　名和三幹竹

年に一度はものに臆すな嫁が君　中村草田男

ぬば玉の闇かいまみぬ嫁が君　芝　不器男
*嫁が君全き姿見られけり　野口　里井
遁げざまのいといとけなき嫁ヶ君　鷹羽　狩行
嫁が君出番深夜の時計鳴る　神保奈美子
一人起きて居るとも知らず嫁が君　皆川　白陀
嫁が君しきりに騒ぐポオを読む　神谷　九品
嫁が君引きゆくものに闇緊る　松本　寒江
桶に浮く豆腐に通ひ嫁が君　谷口　小糸

初鶏　はつどり　初鳥

元日の明け方に鳴く鶏のことで、一番鶏のことである。新年をひらく声のようで、新鮮であり、またmedetai

初鶏や動きそめたる山かづら　高浜　虚子
初鶏のあとは松吹く嵐かな　筏井竹の門
初鶏の百羽の鶏の主かな　池内たけし
初鶏に先立つ隣家の母の声　中村草田男
*初鶏にこたふる鶏も遠からぬ　阿部みどり女
初鶏や怒りほとほと酔に似る　加藤　楸邨
初鶏や稚児がいふこと皆新らし　加藤知世子
初鶏の闇の彼方を透し見る　市川　百杭
初鶏はいつも遠くの方で鳴く　加倉井秋を
浄闇のまだ初鶏を聞かずゐる　下村ひろし
初鶏の面目かけて胸反らし　貫井　爽水
谷深く雪の初鶏きく十戸　京極　高忠
アパートの初鶏声をはりにけり　川上　梨屋
初鶏や背戸の海鳴りしづまりぬ　村山たか女

初声《はつこゑ》

元日の朝聞く鳥の声で、初鶏・初鶯・初鳩・初雀・初烏などをひっくるめていう。鳥にかぎられ、犬猫などについては言わない。ただし、鳥にとっては、いちばん鳴きのわるい季節である。〈本意〉気分一新した元日の朝なので、耳に入る鳥の声も、どこか改まって、新鮮に気持よく感じられる。そうした心理的な鳴き声である。

＊鵯の声初声にして透りけり　富安風生
初声を聴きわけてまだ床を出ず　鷹羽狩行
初声やきのふは人を弔ひし　勝又一透
我が家の百羽の鶏の初声裡　成瀬正とし
初声の山雀小雀温泉の窓辺　上林白草居
くくくくと鳩初声をこぼしけり　徳永山冬子

初鶯《はつうぐひす》

うぐいすの初音は春の季題で、うぐいすは元旦にはまだ鳴かない。二、三月ごろに庭の梅の木に来て鳴くのが普通で、四、五月には繁殖のために山ごもりしてしまう。元日に鳴くうぐいすは、飼いうぐいすの人為的な鳴き声で、いろいろ特別の訓練をおこなう。夜飼いといって、秋冬の夜、灯火の光を鳥にあてて春の日長の状態を作り、動物質の多い餌を与え、春の繁殖期の状態にしておくと、鳥自身も繁殖期のような生理状態になって、特有の鳴き方をするようになる。〈本意〉自然の状態の中のうぐいすでなく、飼っているうぐいすに春の繁殖期の状態を作り出して鳴かせる人為的な鳴き声である。

初鶯旅は豊かに大切に　加藤知世子
*朝風に初鶯の声稚し　渡辺七三郎
鶯の初声潮騒とききにけり　遠藤　千鶴
初鶯秒針ひたに進めをり　多田　裕計
城の方に初鶯の鳴きにけり　徳永山冬子

初雀《はつすずめ》

元日の雀で、いつも身近にいて、うるさく思える雀も、元日の朝には、どこかほがらかに明るく鳴き声を聞き、姿を見ることができる。〈本意〉雀は日の出前三十分頃から活動しはじめて、元日といって変りがあるわけではないが、いつもとちがい美しく楽しく輝いて見える。

*廂より垂れたる松の初雀　富安　風生
初雀ひとつあそべる青木かな　長谷川春草
青籬の霜ほろほろと初雀　松本たかし
藪へ来し日に初雀微光せり　福島　小蕾
妻の髪なほ睡りをり初雀　石田　波郷
初雀円ひろがりて五羽こぼれ　中村　汀女
初雀飛び翔つことをすこしする　加倉井秋を
一の鳥居の高さが好きで初雀　長谷川秋子
初雀三ッ指ついて霜を来る　河合　未光
初すゞめ夫の眼わが眼怖るゝな　川辺きぬ子
畑隅を跳ねて大路へ初雀　高梨　忠一
除々に明けて一気にあけて初雀　那須　乙郎
神杉に礫のごとし初雀　安川　幸里
初雀日輪いまだつばさなし　千代田葛彦
初雀厨のもの音より鋭き　原田　種茅
紅跡の吸がら仄か初雀　小坂　順子

初鳩《はつばと》

初詣でに出かけた神社仏閣などで見かけた鳩をいう。野生の鳩の場合には、きじばと、やまばとが山野で目につきやすく、デデッポーポーと鳴く。〈本意〉元日のさわやかな気分で見かける

鳩のかわいさ、美しさをいう。

初鳩に日高くなりし野の社　坂田ゆきを
＊初鳩や真蒼に晴れし大欅　篠原　一男
初鳩を聴きたる障子あけにけり　野沢　純
初鳩や創口かばふ懐手　吉田　鴻司
口笛に初鳩もどり声きざむ　寺田　木公
初鳩のくぐもり鳴くや塔の下　浅野　草人

初鴉《はつがらす》

元日に見聞きする鴉とその鳴き声である。いつもとはちがった新鮮な声である。〈本意〉鴉には二面でとらえられるところがあり、太陽の中の三足鴉や八咫《やた》鴉の故事、幾つかの神社で神の使いとされていることなど、神鴉の一面であり、また逆に、鴉鳴きがわるいなどといって、わるいしゃがれ声を忌むのはわるい面である。季題としての「初鴉」は、よい面でとらえたもので、むしろ瑞兆である。

初鴉白玉《しらたま》椿活ける手の凍え　渡辺　水巴
初鴉よべより明き月へ飛び　池内友次郎
雪山の大白妙に初烏　田村　木国
ばらばらに飛んで向うへ初鴉　高野　素十
天の原和田の原より初鴉　阿波野青畝
ふるさとの夜具の重さよ初鴉　佐野青陽人
夜をはなれゆく麦の芽と初鴉　飯田　龍太
初鴉波高ければ高く飛び　鈴木真砂女
初鴉はや相搏てる卍かな　肥田埜勝美
雲のうら金泥ならむ初鴉　小枝秀穂女
松江とは城より明くる初鴉　藤原　杏池
顔洗ふ水しまりゆく初鴉　水谷　文子
＊潟翔けて風切青し初鴉　橋本　義憲
初鴉太嘴に啼く声のよし　新津香芽代
吹雪きゐる四万の天より初烏　宮崎　三木
づかづかと来ぬ開墾田の初鴉　金子のぼる

川が瀬まで青うなりきぬ初鴉　薄多　久雄
初鴉雪原低くとびつづけ　小野　池水

伊勢海老《いせえび》　鎌倉海老

伊勢海老は日本海ではとれず、太平洋岸にだけいる。伊勢で多くとれるので伊勢海老という。鎌倉で多くとれるものは鎌倉海老である。夏に産卵し、孵化後一月か一月半で成育し、海岸近くの岩礁にいて、夜、捕食に出てくる。夜、目の粗い刺網を岩礁の間に沈め、早朝引き上げてとらえる。正月の蓬萊飾りや祝いの料理の材料に使う。形も味も色彩もすぐれているのでいろいろの用途がある。本海老ともいわれている。〈**本意**〉伊勢海老は色も形も味も豪華で祝いものに適するので、正月用にいろいろ使われるわけである。

*伊勢海老の全き髭もめでたけれ　高木　蒼梧
浜木綿の島伊勢海老の網を干す　中島　花楠
伊勢海老の月にふる髭煮らるると　加藤　楸邨
生きて着く伊勢海老に灯をともすべし　清水　径子
伊勢海老や佃の渡しいまもあり　志摩芳次郎
伊勢海老や写真の祖父の父を抱く　藤村　克明

楪《ゆづりは》　譲り葉　弓《ゆ》弦葉《づるは》　親子草　こがね草

とうだいぐさ科の常緑高木。暖地に自生し、庭木にもする。高さは四メートルから十メートル。葉は長い楕円形で、深緑色、裏は白っぽく、葉柄が赤い。新しい葉ができると古い葉が譲るように落ちるのでゆずりはという。これをめでて、新年の飾りに用いる。五月ごろ緑黄色の小さな花が穂の形に咲く。雌雄異株で、雄花には十個ほどの雄しべがあり、雌花には一個の雌しべがある。黒碧色の果実ができる。〈本意〉『滑稽雑談』に、「この木は、諸木にかはりて、新葉生ひ出でて旧葉退謝する木なれば、父子相続を祝ひて飾れるならし。父子相続にひとしきゆゑ、ゆづり葉とも、また親子草ともいへり」とある。葉の新旧の交替が珍しく、尊重されたわけである。

楪の赤き筋こそにじみたれ　高浜　虚子
ゆづり葉に粥三椀や山の春　飯田　蛇笏
楪に句を書くこともあらぬかな　安藤橡面坊
楪や厭ふべきものはひた厭へ　石田　波郷
*楪のほこりもとめぬ青さかな　藤田　旭山
楪の日本の家明るき日　高島　茂
楪のこぼれて青き畳かな　渡辺　大年
楪のこぼれて朝の言葉透く　佐野　鬼人
楪の何に別るる月日かな　山田みづえ
楪の葉の輝きのおそろしき　中条　明

楪の葉総《よさ》かさぬる樹相かな　轡田　進
楪の在る谷を知る父に蹤き　藤井　大渓

橙　代代《だいだい》

橙は柑橘の一種で、夏、白い花をつけ、冬実が熟して黄色になるが、もがないでいるとまた青くなり、黄・青と数回くりかえすので回青橙という名前もある。代代と書いて、縁起を祝い、正月、蓬萊台・供えもち・注連飾りなどに飾る。原産地はインド・ヒマラヤ。〈本意〉『改正月令博物筌』に「実を結べば、七八年落ちず、代々続くゆゑ、祝ひの物とす」とある。霜雪を経て凋まないので祝いの物とするわけである。

橙も返照の海も黄なりけり　水原秋桜子
*橙や火入れを待てる窯の前　同
橙の木の間に伊豆の海濃ゆし　松本たかし
橙に爪たてて何か言ひ足らぬ　加藤　楸邨
橙や母が手織の絣欲し　石田　波郷
橙をうけとめてをる虚空かな　上野　泰
橙を磨く西風海へ飛ぶ　猿山　木魂
橙のひそめる闇に帰りけり　八木林之助
だい〳〵のいよいよ熟れて落つる日ぞ　早川草一路
橙やつや〳〵青き葉一枚　滝　峻石

歯朶《しだ》　裏白　鳳尾草　穂長　諸向《もろむき》　山草

隠花植物で、正しくはうらじろという。しだ・もろむき・ほなが・へで・やまくさなどの名はうらじろの古名や方言にあたる。暖地の山野に自生する大型の多年草で、大きいものは一・五メートルにもなる。葉は表面が緑色、裏面が白なので、裏白という名がある。羽状に分裂している。裏の白いところに胞子嚢ができる。正月の飾りに欠かせぬものとされるが、裏白は夫婦共しらが

を、二葉の相対するところは諸向といって夫婦和合のしるしを、常緑に段々をなして繁るのに繁栄のしるしを見ている。〈本意〉『改正月令博物筌』に、「歯は〈よはひ〉と訓み、朶は〈えだ〉と訓む。よはひ長く、えだをのぶる、といふ意にて、これを用ゆるなり。その上、歯朶は雪霜にもしほれず青きものなれば、春の祝ひに用ゆるなり」とある。歯朶の形状、性質、名前などから、縁起を祝うために用いられる正月の植物である。芭蕉の句に「誰が聟ぞ歯朶に餅負ふ丑の年」がある。

裏山に手づから剪りて歯朶長し　富安風生
裏白に映えて神代の灯かな　野村泊月
裏白のともればすこし枯れてけり　太田鴻村
裏白や齢重ねし父と母　百合山羽公
羊歯刈ると子は谷深くくだりけり　和田博雄
*裏白や天竜の瀬は風の底　木村蕪城
山草の行き来に触るる一葉あり　石川桂郎
歯朶青く童女笑顔を夜更けまで　飯田龍太
裏白に夕日しばらくありにけり　草間時彦
餅が敷く裏白楪病に死ぬな　野沢節子

野老《ところ》　草薢《ところ》

やまのいも科の多年生蔓草で、山野に自生。やまのいもに似て、つるを出し、ものにまきつき長くのびる。葉は先のとがったハート形で、根は指の太さだが、老人のひげのような細根が出るので、これを掘って蓬萊台の飾りにし、長寿を祝う。苦みがつよく食べるのにはふさわしくない。〈本意〉『和漢三才図会』に「節ありて長き鬚多し。俗にもつて野老となし、鰕《えび》をもつて海老となし、ともに嘉祝の食品に充《あ》つ」とある。鬚根が多く老人を思わすところから長寿の縁起物とされ

るのである。

*鰻にもならぬ野老の味を知れ　高木　蒼梧　　天秤の籠陽に弾むところ売り　福田　柿郎
草の戸の茜さめたる野老かな　兼田　海雲　　郷愁や野老の味のほろ苦き　潮原みつ子

穂俵《ほだはら》　ほんだはら　たはら藻　莫鳴菜《なのりそ》

沿海の深いところに育つ褐色藻類で、やわらかく、茎は三角、葉はうすい披針形。ほすと鮮緑色になる。実が米俵に似ているので、穂俵といい、めでたいとして新年の飾りにする。『万葉集』以来なのりそと呼ぶ。〈**本意**〉『滑稽雑談』に「ほんだはら」として、「俗には穂俵と称す。歳初の祝ひにこの藻を採りて、米穀の俵の形となす。ゆゑに祝して称し用ふるならし。総じて海藻・海苔の類、春に及びて発せり。このものも、これらの義によりて春なるべし」とある。実が米俵に似ているところを縁起物として、新年の飾りにする。

*ほんだはら黒髪のごと飾り終る　山口　青邨　　海幸のほんだはらなど奉る　下村　梅子
穂俵をふるへば散りぬ貝の粉　出口　叱牛　　苫舟の穂俵長き重ね餅　桑原　志朗
ほんだはら荒磯の匂ひなつかしき　高橋淡路女　　揚船を干しかくしゐる穂俵　品川　柳之
歯の鳴るや食うてほつほつほんだわら　細木芒角星　　穂俵も七日事なき深みどり　竹原　泉園

福寿草《ふくじゆさう》　元日草

きんぽうげ科の多年草で、元は野生だが、今は栽培され、鉢植えとして観賞され、とくに新年

を祝う盆栽として、梅や南天とともに寄せ植えにされて床の間に飾られる。根茎は大きく、冬の終り頃、短い茎をのばし、人参のような葉を出して、黄色の単弁花をひらく。〈本意〉『和漢三才図会』に「歳旦に初めて黄花を開く。半開の菊花に似たり。人もつて珍となし、盆に植ゑて元日草と称す」とある。花の乏しい時に咲くことで珍重され、またその名がめでたいものとされる正月の花。

福寿草遺産といふは蔵書のみ　高浜　虚子
福寿草咲くを待ちつつ忘れたる　佐藤　紅緑
日のあたる窓の障子や福寿草　永井　荷風
日の障子太鼓の如し福寿草　松本たかし
青丹よし寧楽の墨する福寿草　水原秋桜子
兎親子福寿草亦親子めく　中村草田男
福寿草紙風船とあることも　中村　汀女
筆の穂の長いのが好き福寿草　後藤　夜半
妻の座の日向ありけり福寿草　石田　波郷
*福寿草家族のごとくかたまれり　福田　蓼汀
日記まだ何も誌さず福寿草　遠藤　梧逸
福寿草黄の走り見せあたたかき　野村　完升
福寿草妻まる顔に女児生むか　柴崎左田男
地に低く幸せありと福寿草　保坂　伸秋
仏具屋に日向がありて福寿草　清崎　敏郎
水そそぐ石に縞現れ福寿草　大竹きみ江
夜や坐る刻がわがもの福寿草　川島　千枝
福寿草朝の影濃く相寄れる　柳　清子
老いてなほ母に意地あり福寿草　加藤　静子
福寿草母の嫁の座永かりし　小野　克雄

若菜《わかな》　初若菜　朝若菜　磯若菜　京若菜　祝菜　粥草　七草　七草菜

正月に食用にした菜のことを言ったが、のち、春の七草を総称するようになった。七日の七草粥に入れるわけである。七種は延喜年間から選定されたようで、せり・なずな・ごぎょう・ほとけのざ・すずしろ・たびらこ・すずなをさすが、ごぎょうはおぎょうで、母子草、ほとけのざは

たびらこのことという。そこで、牧野富太郎説では、せり・なずな・おぎょう・はこべら・ほとけのざ（こおにたびらこ）・すずな・すずしろの七つとされる。すずなはかぶのこと、すずしろは大根のことで、ともに美称。現在では、すずな一種でも、せり・なずな二種でも若菜と呼び、春の野に出て見つかるものを呼んでいる。〈本意〉初春の野の食用の草を言っていたが、次第に七草が選定され、春の七草と呼び、七草粥に入れられるようになった。若々しい春の息吹きに生命のよみがえりが感ぜられる。白雄の「大雪の旦若菜をもらひけり」、素丸の「塩魚の片荷に清きわかなかな」、一茶の「江戸へ出て雛の寄りたる若菜かな」などは、いかにも若菜らしい句である。

有るものを摘め来よ乙女若菜の日　高浜　虚子
爪紅の雪を染めたる若菜かな　泉　鏡花
*籠の目に土のにほひや京若菜　大須賀乙字
初若菜うらうら海にさそはれて　長谷川かな女
若菜籠抱いて訪れくれし人　今井つる女
こぼれたる若菜なりけむ久米の径　斎藤　羊圃
忌にこもるこころ野に出で若菜摘む　細見　綾子
人恋し春の七種数ふれば　加倉井秋を
乏しきを言はず若菜の色愛でよ　文挾夫佐恵
二人して摘みし若菜や根来椀　伊庭　心猿
七草のつみ揃はねば歩きけり　菊山　九園
万葉の野の若菜とて贈られし　行広　清美

根白草《ねじろぐさ》

七草粥に用いる芹のこと。芹は春の若菜摘みの代表的な草だが、新年に食べる芹は栽培されたものである。根白草、つみまし草は、芹の古名にあたる。〈本意〉『滑稽雑談』に、「冬月より出で、和俗臘寒の間ことに賞翫す。しかれども、芹は春の部なり。和名に〈せり〉といふ、その生

ずること一所に繁くせまり合ふなり。〈せまり〉中略して〈せり〉と称す」とある。根の白さの若々しさを言った名前で、新年の清新な生まれかわる感じがよく出ている。

庭水辺摘む七草の芹紅に　山口青邨
根白草雉子酒の微醺残りけり　山県瓜青
＊根白草摘み来し妻の手が匂ふ　安住敦
根白草摘みに靄立つ泉まで　古川芋蔓

薺《なづな》

春の七草の一つ。三味線草とかぺんぺん草とかという。あぶらな科の二年草。その若苗を摘み七草粥に入れる。まだ花が咲く前で、羽状になった葉が四方にひろがった状態のものを掘りとる。

〈本意〉『滑稽雑談』に「和俗、春苗をとりて、七日の羹に和す。七草の内、第一このものを採りて盤上に置き、小いさき枝木をもつて盤面を打ち囃す。その詞に云、〈唐土の鳥と、日本の鳥と、渡らぬ先に、七草薺〉と、云々。また、〈名の草薺〉ともいふよしはべる」とある。七草の代表的なもので、七草粥の主要な材料である。

我顔に薺とばしるうれしさよ　松瀬青々
別れ来て浅き薺の径かな　佐藤惣之助
明け方に降りたる雪の薺摘む　田村木国
道ばたになづな生ふなり膳所の町　鈴鹿野風呂
＊ひとり摘む薺の土のやはらかに　中村汀女
東京の薺摘みくふなつかしく　加藤楸邨
はづかしき朝寝の薺はやしけり　高橋淡路女
ふるさとの不二かゞやける薺かな　勝又一透
薺つむ遠くの景としての海　森薫花壇
俎をこぼるゝ薺すゞ白も　藤岡うた代
なづな摘む小凪の丘のうすみどり　糟谷英城
薺洗ふ掌の中みどりたのしめる　中城浪香

御行《おぎやう》　御形　五形

春の七草の中に出る草。母子草のことで、俗に「ごぎょう」とも言うが、「おぎょう」というのが正しい。正月の七種粥に入れるほか、雛の節句の草餅にはかならず入れてついた。〈本意〉鼠麴《はうこ》草《くさ》と書くのが正しく、母子草のこと。七種粥や草餅に入れるもの。

古都に住む身には平野の御形かな　名和三幹竹
ふみ外す畦なつかしき御行かな　勝又一透
*一籠の薺にまじる御形かな　吉田冬葉
高麗の里御行の畦に風移る　広瀬一朗

仏の座《ほとけのざ》　たびらこ

春の七草の一つ。今はたびらこ、あるいは、こおにたびらこという。きく科の二年草で、たんぼなど湿ったところに多く自生する。正月には葉が円座をなして地にへばりついているが、その上に小たんぽぽのような黄色の花が四月ごろ咲く。この形から名前がついた。たびらこは、田に平らにはえた子苗のこと、こおにたびらこは、おにたびらこを小さくしたものということ。〈本意〉『滑稽雑談』に、「師説に云、仏の座は〈田平子〉といふものなり。和に曰、黄花菜、すなはちたびらこなり」とある。春の七草の一つで七草粥に用いられるが、葉の平たくひろがった上に花が咲く特別の形をしている。

*たびらこや洗ひあげおく雪の上　吉田冬葉
しなやかに土に貼りつく仏の座　古谷実喜夫
打ち晴れて富士孤高なる仏の座　勝又一透
日の先にあそぶ雀や仏の座　本土みよ治
ななくさのこころにかかるほとけの座　本宮鼎三
霜の葉をしかとたたみて仏の座　町田勝彦

子日草《ねのひぐさ》　子の日の松　姫小松　茶筅松

正月の子の日に丘に登って四方を眺めると陰陽の静気を得て憂いを除く、という中国の古い俗信にもとづいて、野に出て、小松を引き抜き、宴をもよおした。藤原時代にさかんであった遊びで、その小松を子日草という。小松の芽は食べ、小松は箒をつくったという。〈本意〉『菅家文章』に「余嘗て故老に聞く、曰く上陽子の日の遊びは老を厭ふ。また松根に倚つて以て腰を摩し、風霜の犯し難きに習ふ」とある。子小松を引くことで、いつまでも若く、憂いなきことを祈ったのである。祝い語である。

子の日草日高き山を下りにけり　山県　瓜青
絵巻物ひろげし如し姫小松　成瀬正とし
子の日草引き捨ててある岩の上　古川　芋蔓
＊子の日草とて折り持ちて野をありく　中谷　朔風

付録

季語論

季題とは何か

1　季題のはたらき

奥州、平泉に旅するものは、中尊寺の手前右手にある高館の丘にまず登って、義経の悲劇の舞台を、その足で踏みしめてみることだろう。何年ぶりであったか、三月の末、句会の人々と一緒に再度訪れた高館は、びっくりするほど観光化されてしまっていた。笹の間を這いあがっていた山道はすっかり舗装されて車道となっていた。階段を上がると、丘の北上川寄りの崖には、高い金網が張られ、その金網越しに、対岸の束稲山が聳えていた。丘の一番高みにある、義経堂とよばれる小さなお堂には錠がかかり、以前拝んだ記憶のある、稚拙な木彫の武者像は見ることができなくなっていた。けれどもさすがに訪れる人影はまばらで、雄渾な北上川は雪解けの水を満々とたたえ、人の姿の見えぬ田のひろがりに沿って彎曲していた。この丘で芭蕉は、かの、

夏草や兵どもが夢の跡

の句を作ったのであった。私たちは、その創造を追体験したいと思い、用意してきた『奥の細道』のその個所をひらいて、読み味わってみたのであった。

三代の栄耀《えいえう》一睡《いっすゐ》の中《うち》にして、大門《だいもん》の跡は一里こなたに有《あり》。秀衡《ひでひら》が跡は田野に成《なり》て、金鶏山のみ形を残す。先《まづ》高館《たかだち》にのぼれば、北上川南部より流るゝ大河《たいが》也。衣川は和泉が城《じやう》をめぐりて、高館の下にて大河に落入《おちいる》。康衡《やすひら》等が旧跡は、衣が関を隔《へだて》て南部口をさし堅め、夷《えぞ》をふせぐとみえたり。偖《さて》も義臣すぐつて此城《このしろ》にこもり、功名一時の叢《くさむら》となる。「国破れて山河あり、城《じやう》春にして草青みたり」と笠打敷《うちしき》て時のうつるまで泪を落し侍りぬ。

夏《なつ》草《くさ》や兵《つはもの》どもが夢の跡

卯《う》の花《はな》に兼《かね》房《ふさ》みゆる白《しら》毛《が》かな　曾良

という、『奥の細道』のなかでも白眉中の白眉といえる部分である（岩波クラシックスより）。

この一文はまず平泉の地形を描く。伽羅の御所、金鶏山と旧跡を偲びつつ高館に筆をすすめて感慨をふかめ、杜甫の詩、「春望」の冒頭を思いあわせながら、句作に思いを凝らしたことを語っている。ところがこの名文には一個所、妙に気にかかる誤記まがいのところがある。「春望」は「国破山河在、城春草木深」と始まるので、「城春にして草木深し」と引用しなければならないのだが、芭蕉は何故か、「草青みたり」と記しているのである。そしてこの青が奇妙に効果的なのだ。

芭蕉がこの地を訪れたのは、旧暦五月十三日で、現行暦でいえば六月二十九日のことである。

したがって季節ははっきりと夏で、杜甫の詩の季節とは違うわけである。けれどもそれは表面の些事にすぎず、両者の感慨に変わりのあるはずはない。梅雨時の生い茂る青草のなかで、腰をおろして懐古の情にふける芭蕉は、杜甫の詩句に自分の想いを重ねあわせる。かれは、城の荒廃を「草木深し」と強調する杜甫よりも、もっと情緒的に、ある意味では日本的に、まず山河美しと感じ、美しい新緑の山河のなかゆえに、いっそう哀切に、悲劇を感じとめたのではないか。

そこでかれは「草青みたり」と書かざるをえない。「青」は日本人好みの色だ。ブルーにもグリーンにも使われ、精神の色ともいえる、俳句でもっとも多くあらわれる色である。たとえば、青嵐、青梅、青柿、青潮、青紫蘇、青芒、青田、青嶺《あおね》、青野、青海苔、青葉、青葉潮、青葉木菟《あおばずく》、青鬼灯《あおほおずき》、青蜜柑、青水無月《あおみなづき》、青麦、青柚《あおゆ》、青林檎など、季題のなかにも数多く使われ、多くは夏の季で、清新な、味のふかいことばの色をもつものばかりである。芭蕉は青い山河の鮮烈な色にかきたてられてひときわ薄倖な英雄の末路を痛んだのであろう。

そしてこの「草青みたり」の青は、次におかれる「夏草や」の句に微妙に反照してゆくのではなかろうか。つまり、句の夏草は、私たちが夏に見る、むんむんと蒸れたような草の茂りではなくて、もっと、目に沁みるような、こころよい青草であるという印象を予備してゆくのである。そしてこの夏草の存在がこの句になかったら、「兵どもが夢の跡」は何と貧しい感慨に化してしまうだろう。夏草はその感慨を詩的に転化する触媒の働きをしているのである。「夏草や」という季物と、「兵どもが夢の跡」という感慨とが、ひとつの磁場となって、壮大な詩的空間を生き生きと幻出させるのだ。こう考えてみると、「夏草」という季題は、この句の存立の絶対的な条件として、欠くことのできないものであったことがわかる。

私たちも平泉の旅でそれとよく似た経験をしたことをつけ加えておこう。私たちはやがて毛越寺に巡遊していったが、池だけを昔のままに残すこの寺は、堂塔の礎石だけを、芽吹きはじめた芝生の土壇に沈めていた。芝が春光をゆたかに吸って美しければ美しいだけ、ますます私たちの想像を刺戟し、宙に無形の大寺を思いえがかせるのだった。季物は単に景物ではなく、詩情の源泉ともなって、一句を求める内面の核心となっていたのである。

2　一句の拠点

中村草田男の代表作に、

　降る雪や明治は遠くなりにけり

という一句がある。これは明治以後の近代俳句のなかでもっとも著名な作品だといえようが、ポピュラーであって、しかも質の高い、珍しい一例である。昭和六年に作られ、第一句集『長子』におさめられているものである。

　この句には、作者の自解があって、事こまかに制作の事情が説明されている。三十一歳の老大学生であったかれは、歳末に麻布の親戚を訪ねた帰途、かつて小学校の四、五年生時代を送った青山南町の青南小学校のあたりを二十年ぶりに歩く。町の様子が昔と少しも変わらず、激しい寒気もあって、まるで時間が凍結してしまったような感じであった。ついに大きく搾ったような雪がちらつき始める。すると突然、小学校の裏門から走り出てきたものがある。それは何と、金釦

のついた黒外套の四、五人の小学生だった。黒絣の着物に着ぶくれ、黄色い草履袋をさげた、明治時代の内気な子供が現われるものとばかり思っていたかれは、その姿に二十年の歳月が経過したことをはっきりと意識するのだ。そのときふと念頭に浮かんだものが、「雪は降り明治は遠くなりにけり」であったという。だが上五に満足できず、あたためていて、のち、句会の席上で苦心のすえ、ついに決定稿の形を得たのだという。

たしかにこの句は、「雪は降り」の形では、「明治は遠くなりにけり」との単純な並列に過ぎず、事実と感慨の羅列にとどまるだけである。ここは、決定稿のように、「や」「けり」の重複という切字二つの使用をも意に介さず、「降る雪や」ときっぱり言い放し、その余韻の下から湧き出るように、感慨を述べるべきところだろう。切字二つという禁止事項が、この句の場合には見事に適合しているのである。

それにしても、「降る雪や」の「雪」という季題は、まことによくこの句の主題に照応するものではないか。それは、たとえこの句の成立状況を知らないでいても、「雪」ということばのゆたかな情感から感じとれることではないか。

おもしろい話があった。この句の発表される少し前、「獺祭忌《だっさいき》明治は遠くなりにけり」という句が芥子《かいし》という人によって作られていたことがわかり、この句が盗作ではないかという指摘があったのである。

子規の忌日、獺祭忌と「明治は遠くなりにけり」との配合では、つきすぎていて、「降る雪や」のかもしだすはるかなひろがりには及びもつかぬ狭い世界しかあらわせないだろう。上五に降る雪があってはじめて、この句の作品空間がゆたかなものとなるのである。「雪」は、現実の世界

と作品の世界をつなぐ接点であり、この句を成立させるひとつの拠点となっているのである。

草田男の自解のなかに、次のような重要な一節がある。

> 純白の雪はすべての事物の具体性のけじめを稀薄にし、遂には抹殺してしまう空白化の性能を持つ。二十数年以前と寸分違わない無人の街や無人の小学校の建物を前にして佇んでいるうちに、いつしか「現代」と「現代の事物」という時処の具体性と固有性との実感が次第に稀薄になってきた。現代がそのままに二十数年前であるかのごとき気持が強くなってきた。しかも小止みなく降りつづけることによって雪は正反対に、「進行」と「持続」とのはっきり醒めきった実感をも、いやというほどに喚び起す。降る雪によって一旦、極度に固定され抹殺された時間は、ここに倍加された力強さを以て、「二十数年が経過してしまった」という厳然たる事実を、宿命的といっていいくらい瞭然と再認識せしめた。

これはいかにも思想家肌の草田男らしい、理論的な自解だが、この一節で私が注目するのは、雪が時空を抹殺するように、また逆に時空の隔りを認識させるように、働きかけたと、草田男自身思いかえしているところである。つまり、草田男は、この句の成立をはっきりと雪に見て、明治は遠くなったという感慨が、雪という季物に眺めいっているところから浮かび出てきたと考えているのだ。初案、「雪は降り明治は遠くなりにけり」の形は、ここからただちにあらわれ出たといってよいだろう。

だが、その未熟の発想が、より効果的に、「降る雪や明治は遠くなりにけり」と言語化された

とき、そこに、現実の世界から切れ、それを超えた、現実よりも普遍的な、作品の世界が、だれの目にも真実に、まるで実在するもののように、幻出する。重なり合っていた円が動きつつはなれ、相接したところでぴたっととまるように、現実と作品の二つの世界は接しつつ切れる。その二つの接点に雪があるわけだ。雪は、現実の雪から、ことばの、作品の「雪」に変化し、ひとりひとりの読者の内面にやどる雪のイメージに働きかける呪語となるのだ。

初案、「雪は降り」が、決定稿、「降る雪や」に到って、何故それ以上にもう動かすことの出来ぬ決定的な形となったのか。さきに私は、その理由として、上五の切字「や」の効果について述べたが、もうひとつ、句の音韻の顕著な変化が、その別の理由となるのではあるまいか。

私は絵画性の強い俳句にも、その重要な詩的特性として音楽性があり、それがこれまで見過ごされがちだった俳句の一面であると考えている。句の音楽を形造るものは二つあり、句の拍によるリズムと、音色によるメロディーだと思われるが、五・七・五音の定型をもつ俳句では、拍よりも音色のほうが、より大きな音楽性の要素として働いているものと見られる。そして音色を作り出すものは、句の音の一々の持つ母音と子音であり、とりわけ、母音が五つだけと限られている日本語では、その重複や組合せのあり方、すなわち母音律が、句の音楽の中心となるのではないかと思われるのである。作者はそれを意識して利用しているわけでもないであろうが、一句を作るときには、つねにそれを舌頭に千転しているのであり、おのずから、感覚的に、母音の調和を選びとっているに相違ないのである。

この考え方に立って、この句の二つの形をしらべてみたい。句の母音を「あいうえお」で表記してみるという方法である。まず「雪は降り明治は遠くなりにけり」をみると、

ういあうい／えいいあおおう／あいいえい

となり、「降る雪や」では、

ううういあ／えいいあおおう／あいいえい

となる。上五だけが置き換えられているこの二つの母音列ではっきり指摘できる相違点は、決定稿の上五で、「う」の音が三つも重なるようになったところである。同母音の重なりによって、しかも、「う」という重く暗い母音の重なりによって、句に、ひたひたと、しんしんと降りしきる雪の様相が生まれたのである。雪は、決定稿の作品空間のなかに、現に降りしきっているのである。

初案の「雪は降り」について、さきに私はそれが並列的であって、感動できないということを語ったが、いま書きあげてみた母音列を調べれば、上五と下五に「い」の脚韻があってわずらわしく、並列感が音韻の上にもあらわれていることがわかる。初案の上五は、どう見てもまずいのである。季題はそのことばの形や音韻にまで細心の注意を払って、十分に選びぬかれねばならない。そしてこのことは、さきに挙げた「獺祭忌明治は遠くなりにけり」についても、はっきりといえることである。

俳句を作る人の中には、極めて安易に季語を使う人がある。五・七・五の五・七まではできたが、下の五文字ができないからといって、歳時記をぱらぱらとめくり、おもしろそうな季語を、ひょいとはめこむような人がもしあるとすれば、いささか無造作に過ぎるのではないか。万葉集の昔から、綿々と続く長い文学の歴史の中で、ゆっくりと熟成されたのが季語である。

> 季語が事物と季節とを単純に結び合わせただけのものでないことは、今日大分理解されて来た。日本の文学伝統の中には、本意ということがあって、例えば、恋は人を恋い焦がれて悶々切々の情を詠むのが恋の本意である。人から恋い慕われる困惑や恋人を得た喜びを詠むのは、恋の本意にそむくから文学的でないと考えた。秋の夜は長いと詠むのが文学的だと考えて、長き夜を秋の季節のものとした。自然や人事をどう摑めば文学的かと考えて来た歴史が、季語の成立の背後にある。……季語を余りに無造作に使ったため、季語は手垢にまみれてしまった。そんな季語を嫌い、季語からの脱却を求める気持ちも解るが、季語に代わる新しい語の創造は容易なことではあるまい。それよりも季語の手垢を洗い落とすことのほうが近道ではあるまいか。

これは「朝日新聞」（昭和53・3・26）に、自身も句集を刊行している芭蕉学者、井本農一が執筆した「古典から現代へ」（四）の一節である。文中もっぱら「季語」という語が使われて、「季題」とは言われていないが、これについては次節で考えることにして、季題使用についてのまことに適切な提言というべきである。ここに言われているとおり、私たち作者は、気がゆるむと、季題をはめこみ式に利用してしまいがちなのだ。時間のない句会の席ではとりわけ、心ならずも、そうしてしまう羽目におちいることがある。歴史的に淘汰されている季題はさすがに効果的な詩語であることが多く、それをはめこむと、かならず俳句らしいさまをなすので余計に始末が悪いのである。たとえば、私の経験では、下五に「雪降れり」をつけると、たいていの十二音はさまになるように見える。

句の批評に、句中の語の「うごく」「うごかぬ」ということがあるが、やはり私たちは草田男

の厳しさを学んで、ゆるぎなき絶対の季題を選びぬかねばならないだろう。草田男は、初案への物足りなさをあたためつづけ、後日句会の席でさらに徹底的に二時間ほども考えぬき、ついに「降る雪や」の上五に到達したのであった。このような手間暇をかけて選びぬかれた季題は、一句をひきしぼる扇の要となり、一句の詩的拠点となって、十分にその機能を発揮するのである。

3　季題と季語

最近、フランスでは構造主義という思考法が流行し、文化の諸現象を言語学的に分析して、すべて言語表現（シニフィアン、意味するもの）と言語内容（シニフィエ、意味されたもの）として考え、それをよりどころにして文化の諸規則を研究しようとした。いかにも情報化時代にふさわしい考え方であり、わが国にも影響をあたえた。たしかに、モードも政治も料理もチェスも、ことばとみなして観察しようとする発想は、現代的なおもしろいものであった。絵や音楽をことばとして眺めてみることも興味あることだろう。さらに、日本語ブームという、これとは次元の違う、大衆的な現象もみられた。二十世紀の後半はかつてなくことばに関心の集中している時代と思われる。

文学の世界でもそうで、文学はことばの作りだす言語空間であり、現実の世界とは切れた自律的な独立体であるという考え方が、十九世紀末のマラルメの考察を受けつぐブランショによって提起され、その著『文学空間』が昭和三十七年に翻訳紹介されて以後は、詩人たちの文学観が一変してしまったのであった。このような思潮の動向を反映して、近年俳句の領域でも、俳句はこ

とばを出発点としてことばで作る、ことばの構造体であるという考え方がひろがり始めた。

先の文章で、井本農一が「季題」といわずに「季語」と使い、また私たちも、句会の席上、「季語」としか言わないでいるのも、以上のようなことばにたいする世界的な新傾向と、何処かで無意識に対応しているのかもしれないと感ずる。今日では、嘱目吟（目にふれたものからの感動を句にうたうこと）、写生吟が一般に重んじられ、季題の題という意識がうすくなり、季をあらわす語だから季語という、単刀直入、明快無比の割り切り方で、多くの人は季語の方を使って迷うことがないのである。だから、岡田日郎らが、季語という言い方は正しくない、歴史的に見て季題といわなければ誤りだと、その用法を批判しても、大方の人は意に介することなく、季語の方を使って変わらないのである。私なども、言語空間の意識から、季語をもっぱら使用する側の一人なのだが、それでいて、われながら矛盾しているなと思うのは、句会用語に、平気で兼題とか席題とかの名称を使っているのである。前もって作句の題を出して、いわば宿題にして句を持ち寄るのが兼題、句会の席上題を出してその場で作句するのが席題であり、題は「季語」のなかから選ばれるのが普通である。この場合には、たしかに、季語というより、季題という方がふさわしいのかもしれない。

ともかく、まず指摘しておきたいのは、井本農一の文に見られるように、今日では、季題・季語の両者を併せ兼ねたような形で、一般に季語という語が使われているということである。

季題、季語という用語は、志田義秀の「季題概論」（改造社版『俳句講座』第十巻）によれば、明治末年の造語であったという。すなわち、季題は、明治四十年十二月十日、河東碧梧桐が初めて使い、季語は、明治四十一年十二月、大須賀乙字が初めて使ったものであるとのことである。そ

れまでは、四季の詞が連歌・俳諧の時代に、四季の題目、四季の題、季題目、季の題などが正岡子規によって使われていたことばで、季題、季語の用例はなかったという。意外な感じさえするが、季題、季語は近代の用語なのである。子規の用語などは、季題にあと一歩という感じで、この頃から、季題、季語に熟すきざしが、もやもやと高まりはじめていたようだ。

季題より近代的な感じをもつ季語という語は、はじめ季題と同じ意味で使用されていたようだが、この語を作った乙字は、季感を重視し、それを作者の感情象徴と考え、季題に付着した伝統的美意識のかたまりを取り去った、新鮮な季感をもつものを季語として尊重してゆこうとしたのであった（川崎展宏「季題について」大野林火編『私の俳句入門』所収）。

こうして、あらたに造語された季題、季語の二つの語は、それぞれの道を歩みはじめ、それぞれのニュアンスの差をひろげてゆくのだ。季題には、どうしても伝統と、良くも悪くも、かかわるものとしてのニュアンスが加わり、季語には手垢のこびりついていない、もっと新鮮なことばとしてのニュアンスが加わるようになる。

この季題、季語の区別についてもっとも傾聴すべき一節があったことを思い出す。それは、山本健吉がその編著『最新俳句歳時記』の新年の部に付けた「歳時記について」と題する五つの文章のなかにある（「その三、芭蕉の季題観」）。

もっとも、俳諧の季題も、直接には和歌の四季の題、連歌の季題の伝統を受けているのだから、そのような、伝統的情趣を継承して、豊かな雰囲気を言葉の周囲にまつわらせているのに違いない。そのような、和歌以来の伝統的季題を、美学者大西克礼が言ったように、制限し、

選択する意味の、ゾルレン（Sollen 当為）としての季題と、広汎で無制限な素材の世界を整理する意味の、言わばザイン（Sein 存在）の概観を与えるための季題（または季語）とに分けることが出来る。大西は、それを和歌の題と俳諧の題との特色として区別しているが、俳諧でも初期にあっては、和歌の題が和歌の美に適合するような、選ばれた題目を継承したのである。新たに加わった題目も、新たに拡がった自由な俳諧的世界の、卑俗な美に適合するような、やはり選ばれた題目だった。俗語・漢語をもいとわない俳諧の季題が、だんだん増加してきて、今度は日本の風土の季節現象ならすべて取り込もうという傾向に転化し、『滑稽雑談』あたり以後の歳時記になると、大西の言うザインの概観を与えるという性格が濃厚になってくる。ザインの概観として取り込まれた言葉は、もはや季題と言うより、季語と言った方が適当である。

つまり山本健吉は、歴史的展望に立って、時代の美意識が選びとった美の題目を季題とし、季物のすべてを取りこもうとして採集されたそれ以外のすべてのことばを季語と呼んでいるのである。季題はしたがって、公認された美の題目であり、選びぬかれ、尊重され、規範ともなるものなのである。それは和歌や連歌から俳諧に移って卑俗なことばを加えてきたが、美意識の核心をなすことばなのであった。それを山本健吉は、大西克礼によってゾルレンとしての季題と呼んでいるのだ。季語はそれにたいして、美の題目として公認されていない、存在《ザイン》のすべてを含むさまざまの季節のことばである。比喩的に、季題は伝統美を形造ってきた主役のことば、季語はもっと生活にかかわる、無数の端役、エキストラのことばだといってもよいだろうか。

山本健吉は季題と季語をこのように区別しており、明快に納得できるが、おもしろいのは、そ

う区別した山本氏自身が、時にこの二つをひっくるめて季語とよんでいることである。だから季語ということばには、現代的な、季のことばという広義の意味と、ザインの概観としての季語という狭義の意味が含まれているわけで、今はそのどちらをも使ってよい時代なのであろう。

さて、山本氏は、歴史的展望に立って、季語のひろがりをピラミッドの形に思いえがいている。頂点をなすのが、五箇の景物（花・時鳥・月・雪・紅葉）であり、それを和歌の題、連歌の季題、俳諧の季題、俳句の季題、季語が順にとりまくのである。「頂点とその周辺とは、美意識による撰ばれた言葉の世界であり、「言葉自身が一つの美的形成物であり、一つの擬制《フィクション》である」と山本氏は言い、季題・季語の世界が一つの荘厳な秩序の世界をなしていると説く。たしかにその通りで、季題・季語の世界は、美の秩序をもつ言語空間にほかならない。現実の世界と接しつつ、次元を異にする世界なのだ。

山本氏はおもしろいことを試みている。この歳時記のすべての語を、五箇の景物から季語に到る六種類の層に分類しているのだ。たとえば、晩春の山野の一部は次のようになっている。

✽花
◎桜
△遅　桜
◎残　花
　桜の蘖降る
◎桃の花
◎柳

◎蘖《ひこばえ》
◎若緑（松の緑、緑立つ）
◎松の花
　落葉松の芽
○竹の秋
○李の花

花の印は五箇の景物、三重丸は和歌の題、二重丸は連歌の季題、一重丸は俳諧の季題、三角は俳句の季題、無印は季語である。たいへんな労作であり、感嘆のほかはないが、これにより、季のことばの一々の歴史や位置づけ、美意識の年輪などが一目でわかり、なにとはなしに感銘にひたされる思いがする。とりわけ、俳諧や俳句があらたに季題として選びとった語が、和歌や連歌の季題に比べて、卑俗ではあるが、雅趣に富んでいるものであることに、風雅の世界のあらたな開拓のさまがありありと眺められ、かつて新芸術としてひとつのあたらしい美の秩序をうちたてんとした俳諧や俳句の息吹きがききとれるようにさえ思えるのだ。それにたいして、「季語」なる無印のことばには、どこか青くさいたよりなさが感じられるようである。

4　季題の本意

高浜虚子に、

帚木に影といふものありにけり

という一句がある。虚子自身はこの句を、その自選句集『五百句』のなかに選んでいないので、その価値が認めきれなかったのかもしれないが、私にとっては、俳句とはこのようなものかと思えるほどの句、近代俳句から一句だけ選んだら、これになるだろうと思えるほどの、すごい句なのである。ではこのどこがよいのか。帚草に影があるというだけの、単純この上もないこの句のどこが。

賞讃している私自身、はっきりと答えられないのだが、わずかに言えるのは次のようなことである。私はこの句にはじめて出会ったとき、帚草の投げている、おそらくは淡い影がほーっと見えるような気がして、何故かそれに異様に感動したのであった。語ればずれてしまいそうだが、こんなほそぼそとした帚草にも影があったのか、その影が、帚草のこの世での存在を支えているのかという思いが迫り、その感銘が、すべて存在というものの哀しみというところにまでひろがっていったのである。事実を放下しただけのこの句は、それ以上ことばでは何も言っていないから、はじめて見てから相当の年月が経った今でも、はじめと同じようにわけのわからない衝撃があたえられる。

じつは、虚子には「帚草」という文章があって、この草の影にとりつかれ、食事も忘れ、夜になることも忘れ、颱風が来ることも忘れていたと、その時の胸中のさまざまな想いが事こまかに書きとめられている。虚子もまた、庭の真中にひとつだけ生えて、烈日に照らされている帚草が、地上に落としている影法師に異常といってよいほどの関心を持っていたのだ。虚子は、悪魔が影を盗むという西洋の伝説を思ったり、影法師が帚草を性質づける重要な一つの存在であることを考えたりしている。そして虚子はこの句を作るが、自選句集に選びとる自信がもてなかった。この句の作者である虚子には、「影といふものありにけり」の異様な力は感じとれていたにちがいないが、その不思議な呪力のいわれがときあかしきれなかったのだろう。影の不思議な働きへの虚子の驚愕が、この句にこもってしまったのかもしれない。

俳句はその作者にもっともよくすべてわかっているものとは限らない。作者よりもっとよい読者がいて、作者よりうまく読みとくことが出来ることもあるのである。そんな解がこの句には一

つだけ存在している。

山本健吉の『現代俳句』は私の座右を離れることのない愛読書だが、山本氏はこの中で虚子の保留、ないし否定したこの句をとりあげ、次のように鑑賞している。

「帚木」は帚草であるが、この古名は古伝説を連想せしめる。『古今六帖』の「薗原の伏屋に生ふる帚木のありとて行けど逢はぬ君かな」（『新古今集』『是則集』には、第四句「ありとは見えて」）の古歌が喧伝され、帚木にまつはる伝説は歌人たちの間に伝承されて行つた。薗原・伏屋、ともに信濃の地名であり、そこの森に見えた帚のやうな梢を立寄つて見れば見失つたという言ひ伝へから、「帚木の」と言へば、「ありとて行けど」「ありとは見えて」「あるにもあらず」などの句を自然に導き出すのである。『源氏物語』帚木の巻の、光君と空蟬との応酬を、ここに思ひ出すのもよい。「ははき木の心をしらでそのはらの道にあやなくまどひぬるかな、きこえんかたこそなけれとのたまへば、女もさすがにまどろまれざれけり、かずならぬふせやに生ふる名のうさにあるにもあらず消ゆるははき木、ときこえたり。」

帚木がそのやうな伝説を持つてゐるといふだけなら、わざわざここに挙げる必要はないのである。だが私は、この伝説は不思議にものの実体といふものをよく捉へてゐると思ふのである。帚草の姿に、何か仄かなもの、何か朦朧としたもの、回りに靄が立ちこめてゐるやうな感じを受取るのは私だけであらうか。「ありとは見えて」とか「あるにもあらず」とかいふ形容が、いかにも相応しい姿なのだ。だから、「影といふものありにけり」のこの句は、直接これらの古歌から導き出されたものではないにしても、ものの実体を、あるひはものの「本意」を、よ

く見据えた写生句であることが、結果としてそれらの古歌・古伝説に通ふものをおのづから生み出してゐるのだ。尋ねよれば消え失せてしまふといふ朦朧たる存在が影を持つ、その物自体よりも影の方がいつそう実在的であるといふ不思議さ、その驚きがこの句の生命である。「影といふもの」といふゆつたりとたゆたふやうな措辞が、たいへん利いてゐる。

何ともすぐれた鑑賞で、つけ加えることばとてないが、私はこの一文を読んで、知らないわけではなかった季題の本意ということをはじめて十分に理解したのであった。「春雨はをやみなく、いつまでもふりつゞくやうにする、三月をいふ。二月末よりも用る也」（『くろさうし』）とあるように、季題のもっとも本質的な特性が本意だが、季題には伝統的な美の眼目がさだまっているわけで、その美を感受する感覚がとぎすまされていなくてはならないのである。私には、山本氏が、ものの実体をよく見据えれば、結果として本意に通うと語っているところがとくに注目された。古典時代の本意がものの本質を摑んでいることを確認しながら、それに今日の寄与を加えてゆくことが、伝統を受け継ぐわれわれの心得であろう。季題とは結局ことばであるから、その語の伝統や味わいを鋭敏に感じとる言語感覚のゆたかさが必須のものとされるとともに、また、ものの実体を見抜く目が要求されているのである。

5　すぐれた詩語

ある時私は旅の句会で、

黒飴を噛んできりりと断わりぬ

という句を出したことがある。カ行音を多用した、きっぱりと明快な句のためか、ほとんど満票の得点を得た。それも最優秀として特選の点を入れた人の多い、あまり経験のない得点内容だったので、嬉しいよりも、おどろきあきれたほどだった。ところがその直後、この句は無季ではないかという疑義が出て、歳時記が調べられ、無季とわかると、大部分の人が選を取り消してしまったのである。これには開いた口がふさがらぬ気持であった。

私はついうっかり無季と気づかずに作って出してしまったのである。句会全員が気づかずに選句し、無季と知ってあわてたのであった。普通、一句に季題が入らないと、句が平板で薄くなり、観念的になったり、抽象的になったりするものである。季題には、すぐれたイメージ性や色彩感や具体性があって、一句に豊かさや立体感、味の深さをあたえるのである。では何故「黒飴を」の句が大量得点をあげえたのか。

それはおそらく、「黒飴」という魅力ある語が季題のかわりをして、季題の持ついろいろな長所を補うことができたからであろう。ただはっきりした季感だけをもっていなかったのであった。

そういえば、芭蕉も、無季の句有りたきものと言っているし、自分でも九句ほど、無季の句を残している。その一句、「歩行《かち》ならば杖つき坂を落馬哉」などは、私の句と同じで、季を入れるのをうっかりと忘れた句であった。しかしこの句には地名が入っていて、地名が季題のかわりになっているとも言えるのだ。じっさい芭蕉は、神祇・釈教・賀・哀傷・無常・述懐・離別・恋・

旅・名所等には無季の句有りたきものと言っている（『去来抄』『旅寝論』）。とくに『赤冊子』では、「名所のみ、雑の句（無季の句のこと）にもありたし」と、無季を名所のみにしぼって言っているのである。

名所は多く歌枕を指すのだろうから、歌枕のような連想ゆたかな名所が一句のなかにあれば、それで十分で、さらに季題を加えて、二つの焦点を句中に作ることはあるまいと考えたのであろう。こう考えれば、無季の句にも、季題に匹敵するゆたかな語がなければならないわけである。してみれば、私の句の例の「黒飴」は、季題や歌枕にかわりうるほどの、焦点的効果を上げていたのだといえよう。そしてこのことは、逆に、一句のなかの季題のすぐれた詩語としての働きを証明しているのである。

作品とは何らかの形で、作者自身を反映しているものである。それが感動的な秀句であればあるほどそうだ。たとえば、加藤楸邨の代表作、

雉子の眸のかうかうとして売られけり

の季題、「雉子」（春）はどうだろう。撃たれて死んでいる雉子であろうが、その眸（瞳でも眼でもなく）をこうこうと輝かせて、誇り高く、しかも怒りと哀しみをもって売られてゆくのである。作者がこの頃、いわれなき戦争責任追及の矢面にさらされていたことを思うとき、この雉子は雉子でありながら、同時に作者自身なのでもあると考えざるを得ないのである。それにしても「雉子の眸」とはなんという色と光と暗さに満ちたイメージであろう。季題が一句の世界の主導力になるとともに、作者自身の象徴となっているのだ。

楸邨の友人、石田波郷の、

螢籠われに安《あん》心《じん》あらしめよ

はどうか。私はこの句が、昭和の芭蕉とさえ言われた大才波郷のもっともすぐれた句ではないかと思うが、死に近き頃の波郷の禱りをこれほど見事にあらわす句を私は知らないのである。「螢籠」は夏の季題だが、暗闇にほのかにともる螢籠の光を、波郷は仏の顔のように眺めているのである。「われに安心あらしめよ」というつぶやきが、螢籠を仏顔と眺めたところから、ほとばしるように流れ出る。「あんしん」をあらしめよではなく、「あんじん」をあらしめよというのだから、仏教用語によっているのであり、信仰が確立することによって心を安定させたまえという禱りなのである。手術しても手術しても再発をくりかえし、入院、退院をくりかえした波郷の晩年の、これは痛ましい禱りなのである。そして「螢籠」という季題がこの句にとってすべてであることは一目瞭然である。「螢籠……」でこの句は尽きる。だが、沈黙が深ければ伝達がありえないので、中・下の十二音が解説として附けられているのだ。季題のもっとも霊妙な働きがここに存在する。

石川桂郎の、

裏がへる亀思ふべし鳴けるなり

ではどうだろうか。この句の季題は「亀鳴く」で春、やや特殊な、俳諧時代からの季題である。この季題を変形して使っているわけで、いま亀が鳴いているが、あれは裏がえしになってもがき

ながら鳴いているのだという表の意味の裏側に、それはおれだという声をひびかせているのである。桂郎は食道癌になって、含羞庵という七畳小屋の半分を占めるベッドに仰臥していた。手をのばせば、寝たままですべて用が足せるようになっていた。その自分の姿は、裏がえしでもがく亀にそっくりではないか。しかも食道癌のかすれた声、「鳴けるなり」はおのれの鳴く声なのではないか。それが心耳にきこえてくるのである。「亀鳴く」といういかにも俳諧的な季題によって、桂郎はおのれの戯画をえがくのだ。

作品とは一つの有機的な構造である。俳句のような短かい作品のなかで、かならず入る季題の占める位置はおどろくほど大きいのである。俳句は大別して、一句言い切りの形か二句一章の形かになるが、前者では季題は主役となって、自己の象徴となるだろうし、後者では、季題は二句一章の一句を占めて、多く作品の場をつくり、自己の精神の雰囲気をただよわせる。そのどちらであっても、選びぬかれた季題によって、緊張した、無駄のない構造が形づくられねばならないのである。

安東次男は、『鑑賞歳時記』のあとがきで次のように述べている。「むしろ私は、限られた数の季語だけでも、詩にはこと足りるといいたい。詩は雪月花だけで足りるというところへもう一度戻れたら、そしてそこに現代のありとあらゆる変化がもし詠じこめられるものなら、むしろすばらしいことだと思う」と。アイロニカルな発言だが、俳句を伝統的文芸と考える立場からのきびしい現代俳句批判のようだ。俳句の伝統や形式に反省を強い、雪月花という季題の根源のひとつでもたしかに消化しているかと問いかけているかのようだ。そしてその批判は、先に引用した井本農一の、季語（季題）からの脱却よりも、季語（季題）の手垢を洗い落とせという一文とも

相通ずる一面をもっている。

たしかに私たちは、あらたな季語を開拓するより、古びた季題の一々にあらたな季感を見出して、生まれかわらせ、季題のもつことばの歴史に、あたらしい領域をひらいてやることを心掛けねばならないだろう。

かつて詩人たちが季題について文章を書いたことがあった。古くさい、否定すべきものと書くものと期待していた前衛俳人がみな事の意外におどろいたのであった。詩人たちは季題を美しい詩語だと、うらやましげに書いていたのであった。局外者と当事者の違いはあるが、当事者の俳人たちも、季題が一句の精髄であり、美しい、ゆたかな詩語であることを、はっきりと確認し直すべきであろう。もっとも、そのためには、みずからの言語感覚の蜘蛛の巣をきれいに取り払わなければならないのである。

季語と時間

季語を論ずるとき、その時間性だけについて語るものが多い。けれども、季はたしかに時間、純粋な時間、推移であるとしても、季語はかならずしも時間性だけによって語られるべきものとは思えない。私たちは、季語のない形で出来あがってしまった句が、多く単調で観念風に見え、季語を入れると、にわかにイメージ性を増し、生彩を増してくる、動きのようなものを経験している。季語の多くは、具象性の強い、イメージ性のたしかなものである。季の題材を求めて作句しても、句のなかにあらわれるものは、この具象性の強い、イメージ性のたしかな、ことばとしての季語であることによって、空間性が生じてくるのではあるまいか。

それだけではない。句の潜在的な主語は、私であり、かりに二人称、三人称が表面に出ていても、その裏には、つねに私のかかわりがひそむ。句の中で、秋と言えば、秋と私とのかかわりの空間がひらける。私があり、秋があり、両者がある空間、場がひらける。それは、時間の場でありながら、同時に空間的な場となる。その立体的な言語の場が、文学空間、俳句空間であるのだといえる。

季語には、時間性としての季と、詩語がもつイメージ性という空間性が内在し、それが、また、

日本的美意識の発達の歴史という伝統の時間をこめているが、季語のない句にも、時間性とイメージ性という二つの軸が必要で、私の「黒飴を嚙んできりりと断わりぬ」という句が、句会で有季の句と錯覚されて高点を得た（「季題とは何か」参照）のは、「黒飴」という語のイメージ性と、嚙んで断わったという時間性、**k**音の断続によって強化されたリズムの時間性の交差が、作品としての場をたしかにしていたからであろう。季語にかわるものがあったのだ。

芭蕉は、無季の句を容認することばを幾度か吐いた。それらをあげてみよう。

「名所のみ雑の句も有りたし。季をとり合はせ、歌枕を用ゆ、十七文字にはいさゝかこゝろざし述べがたし」（『赤冊子』）

「発句も四季のみならず、恋・旅・名所・離別等無季の句ありたきもの也。されど、如何なる故ありて四季のみとは定め置かれけん、其事をしらざれば暫く黙止侍る」（『去来抄』故実）

「先師もたま〳〵無季の句有、しかれ共いまだおし出して是を作し給はず。有時の給ふは、神祇・釈教・賀・哀傷・無常・述懐・離別・恋・旅・名所等の句は無季の格有度物なり。是を興行せんと思ひ侍れ共しばらく思ふ所有と云〻」（「旅寝論」）

これらにいう無季句の主題は、連句の初ウラ、名残オモテのあたりに用いられるものが多く、序破急の破、起承転結の承転にあたるものだ。言ってみれば、イメージ性が濃いものだということになる。それらのうち、芭蕉がとりわけ強調する名所の句は、歌枕のある土地の句とも言いかえられようから、その歌を思い出すことによって、季感をもつことも出来、季感がない場合も、歌と句との、即《つ》きや離れによって、立体的な世界が感得される。ここにもイメージ性のひろがりが認められる。

これは述懐にあたるものだろうが、「世にふるもさらに宗祇のやどり哉」の句などは、そうした挨拶句の典型だろう。「宗祇のやどり」を「時雨のやどり」のこととして、冬の季語と考える立場も見られるが、雑とする立場もある。何れにしても季はわかるが、はっきり季語の定まった句ではない。この句の中心は何といっても「宗祇」にあり、それが、宗祇の「世にふるもさらに時雨のやどり哉」をただちに想起させる。「宗祇」には、それだけのことが含まれ、それによって、宗祇の句と芭蕉の句の間《ま》が生まれる。その間《ま》に、いろいろの思いが流れはじめる。この句は、この「宗祇」という一語によって成立したものと言うことができる。その時間とイメージの微妙な交錯が絶佳である。『泊船集』に出ている「世にふるもさらに宗祇のしぐれ哉」の句形は、季語にとらわれて、この関係に気付かぬ誤りであったといえよう。

句のなかにはいろいろの時間が流れる。文芸の伝統という時間がある。季語が内蔵する時間がある。万物流転の宇宙と私とが切りむすぶ時間がある。そして、一句の詩因となった、詩の成立する時間があり、その詩の感情ともいうべきリズムの時間がある。たとえば、高浜虚子の「去年今年貫く棒の如きもの」でいえば、「去年今年」という語の伝統を、この句はつき抜けることで、伝統を先へすすめ、それによって伝統につながっている。また、去年今年の棒の如きものが貫くと見ることで、万物流転を貫く虚子の意志感情のようなものが感ぜられてくる。それはまた、時間の筋という見えないもののイメージかもしれず、あるいは、神とか宇宙の意志のようなもののイメージかもしれないが、「貫く」という語の太さ、強さでそれをとらえていることは、たしかに虚子の意志感情にほかならない。それとともに、句において、「去年今年」が冒頭におかれることで、句の時間場が設定され、それを基準として、その場の性格が太く強い筒のような形で、

パウル・クレーの矢印のように押し出される。それは円筒形の空間と見える。さらに、その太さ強さをそのままに、一句が寸づまりに見えるほどの太い強いリズムの、流れ、というより噴出がごつごつとある。

「帚木に影といふものありにけり」では、帚木そのものが対象であり、時間の場を形成するが、その時間に、作者の思いの時間が載って、真実相と感情が一つに重なり流れる一つの現在時をもたらす。同じく虚子の句「春の山屍をうめて空しかり」では、春の山の時間的場と、中、下の把握とが、切字を間《ま》として、一つの立体性をもたらす。外面と内面にひろがるその立体は、一つの空間的現在をひろげている。これらを通じて言えることは、季語ないし季語に匹敵するイメージ語を軸とし、あるいは、季語ないしイメージ語と句の他の部分、句の構造とのさまざまな関係によって、句には、一つの流れる時間にともなって、現在に集約される時間の場が出来、そこに空間的なひろがりがうまれるということである。

句は、他のすべての言語芸術と同様に、時間の芸術である。だが、その時間の軸には、空間的なふくらみがひらけ、その場に、思想や感情が喚起されてくる。

萩原朔太郎は、その「俳句は抒情詩か?」というエッセイで、日本の俳句が、西洋の詩の概念で律しきれないことを言いながら、詩精神の本質により、俳句と抒情詩を比較して次のように述べる。

「抒情詩《リリック》といふ言葉は、西洋近代の意味――すくなくとも十八世紀末葉以来の意味――では二つの重要な特色を要素としてゐる。一つは、他の叙事詩や物語詩と異なり、主観の情緒、意志、イメージ、気分等のものを、主観それ自身の表象として直接に表現することであり、他の一つ

は——これが可成重要のことであるが——特に他の詩にまさつて、言葉の音楽性や旋律感やを、痛切に要求するところの詩精神を、内容に必然してゐるといふことである。そこでこのイデーから見ると、俳句が大体に於て抒情詩の一種であることは疑ひない。すくなくとも俳句は、西洋の叙事詩や物語詩ではなく、また警句詩や諷刺詩の類ともちがふ。」

朔太郎は、俳句を、「侘びや寂びやの詩的情感を、自然の風物に寄せて吟詠する」レアリスティックな抒情詩の一種だとするが、大凡の俳論とは趣きの異なるかれの俳句論は、検討に価するものだろう。それはそれとして、さきの抒情詩の二つの特色、それゆえに俳句が抒情詩の一種であるとした根拠は、おもしろい。一つは内容、他は形式の生理であり、朔太郎の別のことばでいえば、感情と音楽ということになろう。

那珂太郎も述べていることだが、朔太郎にとって、感情と音楽は、非常に根源的なものであった。感情とは生の意識（西脇順三郎は宗教意識とまでいう）であり、音楽とは、その意識がことばとなってあらわれるときの、いわばたましいのリズムであった。この二つは離れたものではなく、一つのものの根柢のあらわれであった。

那珂太郎は、朔太郎のこの考え方に大きな影響を受け、『音楽』という詩集を書いた。その巻頭に、「秋の……」「作品A」「作品B」「作品C」という四篇の作品がおさめられている。例を「作品A」にとってみれば、

燃えるみどりのみだれるうねりの
みなみの雲の藻の髪のかなしみの
梨の実のなみだの嵐の秋のあさの

にほふ肌のはるかなハアブの痛み
の耳かざりのきらめきの水の波紋
の花びらのかさなりの遠い王朝の
夢のゆらぎの憂愁の青ざめる螢火
のうつす観念の唐草模様の錦蛇の
とぐろのとどろきのおどろきの黒
のくちびるの蒼みの罪の冷たさの
さびしさのさざなみのなぎさの蛹

であり、まさに「の」の連禱だ。語はさまざまな連想によって、必然的に喚起される。頭韻、意味の連想、イメージのつながり、さまざまである。「の」をつなぎの糸にして、語は音とイメージと意味と語形の複雑な音楽をかなでながら、何らかの美的印象を与えつつ、次々に消え去ってゆく。まさに音楽である。そして私が特に興味ぶかく思うのは、この作品が、時間の糸を一行十五字で織りつづけながら、十五字、十一行の長方形を形づくっていることだ。それは時間の束、時間場のように見える。それは、ことばの音や形や意味やイメージがさまざまに織りなす綴れ錦だ。時間を本体とした虚空空間の仕掛け花火だ。那珂太郎は、朔太郎の感情、音楽観を、このような形で消化吸収した。

俳句は、こう考えてくると、まさに時間の筋である。時間の棒のごときである。作品であるから、一つの始まりと終りが要求され、十七音内外の首尾を持つが、それは、時の流れの中から切りとられた作品時間であり、ことばであることによって、作品空間を形づくっているものだ。一

行棒書きの俳句形式は、それを視覚的にも示している。短かい時間であるが、しかし、永遠とは長い時間とは限らない。一瞬が永遠であり、永遠が一瞬であることは、感動の経験を思い出してみればわかることだ。

俳句は、その一本の短かい棒の時間を、いろいろ工夫して、その容量をひろげようとする。それは大別すれば、二つの形になるだろう。つまり一句言い切りの形と、二句一章の形である。二句一章の句が、棒時間に隙間をあけて、切字の効果で共鳴の間《ま》を作るのにたいして、一句一章の句は、最後に力強い切字を用い、十七音の剛速球を投げおろし、圧倒的な印象をいつまでもとどめようとする。そのとき、イメージ性のたしかな季語は、象徴となって、思いを載せ、主題自体となって直下する。この場合、季語はひろがりや空間性よりも、一句の強さ、深さを形づくることに役立つ。二句一章の句は、五音と十二音との二部分にわかれることが多いが、その何れかの部分に季語はあって、二つの焦点の一つとなることが多い。二焦点の働きは磁力のようであり、そこにひとつの磁場が出来る。どうしても俳句には場の見方が必要で、その場こそが、作品空間なのだ。季語と他のイメージや観念との間にはたらく磁力は、私が以前、宇宙のリズムと個のリズムとの接点と呼んだことを思いださせる。それを宇宙の時間（万物流転の時間）と個の時間との接点と呼んでもよいだろう。その接点の場が作品空間なのだ。

このように考えてきて、ふと思い出すのは道元の次のようなことばである。「いはゆる有時は時すでにこれ有なり。有はみな時なり」、あるいは「この尽界の頭々物々を時々なりと覰見《ちょけん》すべし」、あるいは「諸時また青黄赤白等の色あるなり。春は花をひく、華は春をひくものなり」などである。道元は、時間は有、すなわち存在、ものであり、逆に存在、ものは時間なのだという

のだ。時間を存在と切り離した、無内容な形式と考えず、その両者が一体であると考える。増永霊鳳は、これを説明して、「尽界の頭々物々すなわち一々の存在そのまま個々の時間でなければならない。ここに、〈時に別体なく、法によって立つ〉という仏教の基本的な規定がよく生かされ、しかも空間化して、却って真の時間を成り立たせていることが明かである」という。こう考えてくると、句の時間性とは、句の存在性であり、句の存在性が句の時間性をなしていることがわかり、句によって、宇宙の時間と個の時間がふれあい、切りむすぶのは、宇宙という存在が個という存在とふれあい、切りむすぶことになるのである。もちろん、それらは、ことばの空間のなかの出来事だ。虚の出来事だ。しかし、ピカソの言うように、芸術はみな、ひとつのうそ、虚であって、それが現実よりも真実の印象をあたえるものなのだ。道元のことばに、「生也全機現、死也全機現」というものがあるが、句也全機現こそが、作品でなければならない。全機現というとき、時間と空間は同時現成し、ひとつの充実した真実の場を形づくるだろう。その場の核をなすもののひとつが、期語、機語、季語ということになるだろう。

　全機現ということを、西洋の形而上詩の用語でいえば、現存（プレザンス）ということになるだろう。詩は現存在の宿る場所を形づくることである。場所というものを、今、空間的にのみ考えるのはやめよう。時間と空間の二つで構築されていることばの場と考えよう。それが、現ということばによって規定されていることは重要なことだ。つまり、作品はつねに現在の全機現だということである。あるいは、現在進行形の全機現だといってもよいだろう。たとえば、イーヴ・ボンヌフォワは、「もっとも純粋な死の現存は飛び散った血だ」と書くが、俳句もまた、現存を、イメージで暗示する。この例でいえば、血というイメージは、一点に凝集されたことばだが、そ

の現在は、過去と未来をはらみ、ここから周囲にひろがってゆく。時と空間の集約点であるこのイメージは、時間という縦軸が空間という横の平面をつきさす一点であり、その一点は、時間の軸と空間の面を結集する機現である。季語とは、そのような働きをもつものではないか。それが季語でなくとも、期語、機語といえるようなものが一句の中にはかならず存在するのである。

私の句集『猫町』から一句をひき、永田耕衣氏は、「琴座」に「二句勘弁」を書いてくださった。「大川をあをあをと猫ながれけり」という句だが、この「あをあを」は、有季のひとなら季語に数えるかもしれない。「青」だけで、夏季というのは、やや無理かもしれないが、青嵐、青葉、その他、夏の季語に青のつくものが多いために、夏の季感をあらわす季語と考えられている結社がある。だが、私は耕衣氏のいうように、いわば季を超えたところで、宇宙の流転を見るという機において、この語を使ったのだ。耕衣氏はいう。

「〈あをあを〉の〈あを〉の色合だが、私はある深淵色ともいえるその〈あを〉に調和する瀕死の色相といった〈あを〉を精神的に受けとめている。あいまいだが、ある妖気な無限感を暗示する如き、不可思議千万な、ただもう何ともいえぬ印象深い色相だ。仏教的な色界の全象徴色といいたいような、そんな不可得な色相なのである。虚子の名句〈流れ行く大根の葉の早さかな〉にはそんな不可得な色は感じられぬ。それゆえ一句の暢達なリズムも、無常迅速というよりも、もっと具体的に、巨大な一花弁如きが流れゆくその〈あをあを〉さに直面した虚空的肝銘を以て、私は充分満足する」

句が耕衣氏の鮮烈な読みによって変貌をとげるごとき驚きを私は味わいながら、この鑑賞を読むのだが、「あをあを」はこうして、全機現成の機語、期語に成長し、象徴の色を浮かべること

になった。歳時記風の季語を脱して、宇宙と個の接点に、虚空的にあらわれる、本体の色相となった。作品空間の時間の色、真実の姿の色、機によって現成する場の色となった。それは、すでに「形而上の季語」、「期語」である。メタ言語と呼ばれるものがあるが、ひとがいつも操作している言語に一歩距離を置いて対するとき、つまり、その言語を対象とし、考察するとき、このメタ言語が用いられる。高次言語と訳されるが、季語ないし季語に代わるイメージ語が、日常の季から役割をふかめ、より精神の季をしめす語として用いられるとき、私はメタフィジク（形而上学）からのアナロジーによって、それをメタ季語と呼んでみたい誘惑にかられる。季語が季語をこえて、精神の象徴に、象徴の詩語に変貌したときである。

永田耕衣氏は、また、私の「川過ぎてとうすみの顔したりけり」の句の「とうすみ」に、とうすみとんぼとともに灯心草を感ぜられた。「とうすみ」は灯心のことで、灯心は灯心草から採る。季語にあたる「とうすみ」が、実に三つの顔をもつことになった。一つの季語が、新古今の歌のように、三つの顔をもつというのもおもしろいではないか。これは、季語のポリフォニー現象である。変貌して、おぼろげに三つのイメージを移りうごく季語。季語は、語であることによって、つねに日常を脱し、精神の次元へ変貌しつつうかびあがらんとする。

季語は伝統を背負い、短かい俳句に生彩ある時間の場を与える、象徴力の強い核の語なのである。

季語と象徴

私たちが季語を用いて作句する場合、大別して三つの場合があるのではなかろうか。

一、季語が現実の季物、季事の手ざわりのままに、いわば客観的に使われている場合。

二、季語が季物、季事と作者との融即一体をあらわしている主体的な場合。

三、季語がことばとしての次元で、その嘱目的実体からかなり自由に活用され、いわば詩語として純化されている場合。

以上の三つである。こう言うとかたくるしくきこえるかもしれないが、具体的に言えばそれほど面倒なことではない。かつて私は、

雪の玉ひとりころびぬ朝の崖

という句を作ったことがあったが、これは数年前の冬、余呉の湖の国民宿舎に泊り、翌朝雪の道を湖沿いに駅まで歩いたときのまったくの嘱目吟であった。道の左手は湖、右手は雑木林の崖であり、朝の光のまばらにさしこむその雑木林から、崖を小さな雪玉がころころころがってきたのだった。あのときほど、朝を実感したことはなかったといってよい。湖岸には小動物や鳥の足跡

がそれぞれの線をひいていて、空想をそそったものだったが、この句などは、実際の季物を、何ひとつ身構えることなく、さらりと季語に用いた典型的な一例だといえよう。

　鬱勃たる夾竹桃の夜明けかな

などは、第二の例といえる。ある夏の夜明け方、珍しく、早く目覚めて、二階の窓から庭を眺めおろしたことがあった。白の夾竹桃が枝をひろげ、のびあがるように花を捧げていた。その迫力がしばらく心に沸騰する幻としてとどまり、やがてこの句となった。「鬱勃たる」という修飾語が、夾竹桃と私との接点になっている。しばらくあたためているうちに、あの夾竹桃が私自身となったのである。

　リヤ王の蟇のどんでん返しかな

などが第三の例となろう。こんな句はでたらめで、わけがわからないと言われてしまうかもしれない。けれども、三橋敏雄氏や川崎展宏氏の賛意を受け、作者の私としてはかなり得意の句であって、句集にも最初の頁にかかげたのであった。私たちの句の素材は、眼前嘱目する事物にあるだけではないと私は思う。長い文芸の歴史伝統が作りあげた精神の内部の大きな世界があって、ことばは、そして季語はつねにその内面の文芸世界と交流しているのである。私が内面に抱いていた季語「蟇」が「リヤ王」とふとある時結びついたときこの一句がひとりでにうまれたのであった。「どんでん返しかな」という自然発生的なことばは、疑いなしに、「リヤ王」から連鎖してあらわれたのであろうが、そのことばがあらわれて一句の形をなしたとき、私はそれをおもし

ろいと思ったのであった。ではそれをどう読み解いてゆくのか。それは作者である私自身にもさだかではない。それがあるひろがりをもった謎を含んでいることを私は感じとり、それを読者の自由な解読の前にさし出す。この句はそんな言語自立体なのだと思うのだ。

私はこのような三つの書き方を時と場合に応じて自由に流動している。三つの場合と区別したが、それらはそれほどはっきりと区分できるわけではない。いわばその境界がとけ合っていて、私にとっては、季物（季事）が強まるか、主体が強まるか、ことばが強まるかの差にすぎない。けれども、その三つの場合を通じて、十七音から、何らかの真実性の存在感を求めていることだけはたしかなのである。だが、この言い方はどこか嘘くさくきこえる。そうではない。書かれたものから、これだと一瞬感じたいのだ。書きおえたものが、急に色どりを生き生きさせてくる感じ、張りきって動きをもち、平面的でなくなる感じ、圧倒的な力でことばの聖変化が成就する十七音の成立を待望するのだ。

右に述べた三つの場合の第二番目が、私のもっとも普通の作り方である。第三番目は、私が予期せぬときに不意に出現する、いわば恵まれた瞬間の作り方である。第二番目の作り方の脂がのらぬとき、私はデッサンをくりかえして調子をあげる画家のように、第一の作り方をくりかえす。それはことばの勘をとりもどし、ことばの恵まれた結合を手招きするための密儀でもあるかのようだ。その努力のうちに充実が戻り、第二番目の場合が可能になり、時として飛躍のように、第三番目の場合が成就するのだ。

顕著な事実がある。それは、私たちが感動して銘記している句には、第二の場合、つまり、季

語が作者と一体になり、作者の象徴となっていることが多いということだ。石川桂郎の、

裏がへる亀思ふべし鳴けるなり

がそうではないか。あるいはまた、相馬遷子の、

冬麗の微塵となりて去らんとす

がそうである。さらに、全身不随の身でありながら創作の志をすてぬ上林暁の、

啞蟬や小便もらすだけのこと

という句がそうである。

「裏がへる亀」の句ははじめ、「裏返る亀思ほゆに鳴けるかな」であったらしい。中七をきっぱりと切ることによって不朽の名句となった。山本健吉の文章によれば、角川源義はこの句を、桂郎の蛇笏賞受賞記念の講演で次のように語っている。

「含羞庵の七畳小屋の部屋の半分を占領したベッドの上に仰臥してすべて寝たまま用を足せるようになっているさまを描き出しながら、源義君はこの句のユーモア、あるいはペーソスを説いた。何とか起き直ろうと手脚を宙にもがいている亀の姿が、滑稽な自分なのだと、彼は言った。それが自分の寝ざまなんだと、思いこんでいると、近くで亀が鳴くらしい低い声がする、決して自嘲の句ではないと言った」

桂郎の癌を心配し、特効薬、猿の腰掛けをさがし集めた親友の源義だから、亀が鳴くこともあ

りうる周囲の状景を思って、実際に亀が鳴いたという鑑賞をしたのだろうが、健吉はこの文に続けて別の鑑賞を提示している。

「〈鳴けるなり〉は、やはり自分ではなかったか。〈亀鳴く〉という、ユーモラスな季題に言うように、この裏がえった亀も、かすかな、哀れな声を出している。食道癌にやられた男の、かすれた声ながら、亀の鳴声のようなあわれがある。自嘲とは言わずとも、これは自分の声であり、さらに作者が耳を傾けているのは、心の中の声、心耳にきこえる声なのである。そう受取る方が、少なくとも私には面白い」

疑う余地のない解であろう。亀が鳴くのを、現実の亀の鳴声ととるよりも、おのれだか亀だかわからない、いわば心耳の声が鳴くととるほうが、句をすさまじいものにするようである。このことは、中七を「亀思ほゆに」から「亀思ふべし」に、下五「鳴けるかな」を「鳴けるなり」に変えたことから生じてきたものではなかろうか。下五が、亀でもあり自分でもある主客未分の「鳴けるなり」に転化したのである。そしてこの句を音読するとき、この「なけるなり」が、単に「鳴けるなり」にとどまらず、「泣けるなり」、ひいては「哭けるなり」というふうにもきこえてくると思われるのだ。もちろん桂郎は、鳴くといったのであって、泣くとも哭くともいったわけではない。淡々と日常の些事にことばをとどめているだけである。けれどもその些事が、ひとつの季語が、どこからともしれず、桂郎のいのちをのぞかせてくるところに、この淡々とした句の感動があるのだった。

相馬遷子の「冬麗の」の句も、胃癌の病床にあっての作であった。この句の季語も作者そのもののように思える。「冬麗の微塵となりて去らんとす」というのだ。「冬麗」（とうれい）という語

が冒頭におかれていることが、癌と死の苦痛のなかでの、澄んだ青天のような明澄さを、句全体におよぼしていて、ある切々たる救いを感じさせてくれるのだ。また、「とうれい」という語音の清澄さが、霊魂的な何かを想像させていることも否めないことだ。透明、壮麗といった語も連想される。o音とr音、i音のひびきが、句の性格をかたちづくるような気がする。その世界のなかを、微塵となって去るというのもよい。私にも「雪満天逝きたる父は微塵にて」がある。元素智恵子、微塵智恵子の遍在を信じたのは、高村光太郎だった。死者は草葉のかげにいるのではなく、われわれをとりまく微塵なのかもしれない。こう考えてみると、「冬麗」の「冬」は、きびしく、清浄に、微塵を支えているひとつの精神的基盤であることがわかる。「去らんとす」のs音が思いの集中を示し、一句は作者の精神を直立させる。こうして私は、改めて、「とうれいのみじん」という音の明澄さ、きびしさ、悲痛さに胸をうたれるのである。これもまた、作者が季語と融即一致した、不思議な言語化合体だといえるだろう。遷子は医師であった。病因を察していたのだろうが、担当医に書き改められたカルテを示され、癌であることを教えられることなく死んだということである。

　上林暁の「唖蟬や小便もらすだけのこと」の句も負けず劣らずすさまじい。この作家は十四、五年前に脳溢血で倒れ、以後病床に寝たきりのまま、わずかに動く左手で、みみずのたくりよりもっと無惨な文字で、創作活動を続けてきたのである。口も利けないのだ。他人には読めぬ文字は、妹さんが翻訳するほかはない。そんな悲惨の中で小説集を出し続けるこの作家が、最近、この句を含む『木の葉髪』という句集を出し、そのあとがきに、「小説があまり書けないので、句集をもって創作と思ひたい」と書きつけたのだった。まことにおそるべき執念というほかはな

い。小説創作が思うようにすすまぬこの人にとって、俳句が自分の創作衝動のはけ口の役割をはたし、その何分の一かのいのちの喜びをあたえていることに、私は名状しがたい衝撃を受ける。そして健康に恵まれた私たちの俳句への打ちこみ方のありようを反省せざるをえなくなる。句集に見る暁の俳句は、やはり素人の作にちがいないが、書くということはおそろしいもので、ときおりこの句のように、ふとことばが、長年の習練とこの執念によって異様な呪《じゅ》をもち、ふと作者のいのちの実相をあらわにしたたかにあばき出してしまうのだ。思いがけぬ成果なのである。作者はおそらく少年の日のことを思い出しているのだろう。唖蝉が木にとまっている。とらえようとすると、声もあげず、手に小便をかけて飛び去ってしまう。そんなことがあったことを、今のおのれの身に思いあわせているのだ。自分だってあの唖蝉ではないか。しゃべることもできぬ。小便を黙ってもらし、看護するものを困らせ、だが動くこともできぬ、そんな唖蝉ではないか。「小便もらす」はもはや唖蝉のことではなくなっている。唖蝉の表現であるならば、「小便をかけて飛び去るのみ」というふうに書かれねばならない。「もらす」というのは、それが自分だからだ。自分が身動きもならぬ身体だからだ。唖蝉がここで一変し、上林暁その人になるのである。「唖蝉や」の「や」は、唖蝉を思わせながら、同時におのれ自身を唖蝉になぞらえる、主客合一を示す切れ字である。さびしく、つらい、自嘲のこの一句の感動も、唖蝉という季語が、同時におのれ自身であることによってひきおこされているのである。

あるとき、タクシーに乗って、カー・ラジオの声に思わず耳をそばだてたことがある。それはタクシーの運転手がつけるにしては、高級な話であった。音楽の好きな運転手だったのであろう。

話していたのは、すぐれた音楽家として私が敬意を払っている吉田雅夫であった。フルート奏者として有名な吉田氏はそのときフルートの演奏の話をしていた。演奏をしていて、ときどきいつもとちがう演奏をしていることがある。家でその曲について研究し考えていたときとちがった演奏になっているのである。ところがそれを聞いたお弟子さんたちが、その演奏を、良かったといってほめるのだという。それでその演奏のときの状態を考えてみると、それがいつもとちがうということは自分でわかっていて、何故、どういうふうにちがっているのかがわからないことが知れる。そんなことを話したあと、吉田氏はそれをこんなふうにまとめていた。西洋人は人間を、身体、精神、たましいとわけて考えたが、このような演奏のときには、きっと、たましいの領域に入っているのですね。だからわかっていてわからない状態になるのです、と。

私はそれを聞いてふとプラトンの『ソクラテスの弁明』を思い出していた。ソクラテスが智恵のある人を訪ね歩いて、みんな無智のものであることを発見する話のなかで、詩人については別種の言い方をしていたのだった。ソクラテスは、詩人が時折り神のようなことばを言うことを指摘していた。けれどもそれについて質問すると、じつはその内容を知らずに詩人が語っていたことがわかったというのである。詩作についてよくインスピレーションが言われてきたのも、詩人のそうした不思議なありようにつながりがあろう。詩人はある高揚した詩想について説明はできないかもしれない。けれども、その高揚飛躍した詩を予感し、予知し、ことばの結合の奇蹟の上にそれを発見するのである。

いま語ってきた桂郎、遷子、暁の三句についても、そのことが言えるのではなかろうか。この三句は、吉田氏の言う、たましいの領域に入りこんでいるのだろう。長くことばと形式にとりく

んできて、三人の作者は、生死の境目にあった。そのとき、さまざまなことばの結合の高度の可能性のなかで、おのれのたましいが、ことばのたましいと自由に交流し、融即する、いつもとちがって、何故、どうちがっているかわからない、ある微妙霊妙な時間のなかにいることを感じたのだ。ことばは、ことば自体のたましいと作者のたましいをあわせ含んでいた。ことばは、二重の次元を同時に内蔵した。そのことばの中心になるものが季語であったのだろう。季語は、ある吐露を欲求する作者と具体物の融合する一点となり、その一点が定まった刹那、作者の内面の声が、湧出する具体的な形をとったのだ。さきの三句の主客合一の焦点が季語にあった次第は、このようなところにあったのであろう。季語は、たましいの風土、たましいの状態の具体的な一焦点なのであった。永田耕衣は、季語のこのような働きを季霊と呼んでいる。

わが国にめずらしいギリシャ正教の信者であり、東西古今に博大な学識をもつ詩人鷲巣繁男氏は、「詩とグノーシス」という文章の中で、「元来、絶対に絶たれてゐる聖なる彼方を意識する者でなくては、象徴（シンボル）といふことを感得できがたいのである。封じられた典礼空間をダイナミックに生きたものとして感得できる者にこそ、この自然が生きた交感・照応の世界として捉へられるであらう。そこに象徴としてのリアリティがなければ、それは図像にすぎない」といい、「わたしの云ふ〈宇宙構造的〉な志向の欠除してゐる風土にあつては比喩も暗喩も寓喩も象徴も漠然とした、或ひは恣意的な用ひ方をされ、芭蕉の句を簡単に象徴詩と称して憚らぬ学者や詩人まで輩出する始末である」と批判している。この観点から『海潮音』の序文にある、「象徴の用は、之が助を藉りて詩への観想に類似したる一の心状を読者に与ふるに在りて、必らずし

も同一の概念を伝へむと勉むるに非ず」という有名な解説も、「用を説くに急で、玄義を述べてゐない」という否定的な評価を受けている。たしかに日本にはキリスト教のような宇宙構造論がないし、そのような体系、また失楽園という構想からうまれた象徴という考え方の根柢は受けいれられがたいものだろう。私もまた恣意的に用いているのかもしれぬが、これまでのところで、私は、季語が一句の焦点として、作者の象徴となるとき、句はもっとも感動をあたえることを説いてきたのであった。私は詩を書いていたから、初めて季語を入れて句を作ったとき、何という奇妙な約束だろうと、不自由な思いに腹立たしくなった。それは、五・七・五という定型についても同様だった。有季定型という約束、ないし本質の不自由さは、しかし俳句の不思議な魅力の実は源泉だったのである。約束をふみ破ろうとする私たちの本来の姿が、ブーメランのように約束のなかに戻ってくる。そこに約束と形式の魅力があるのだった。五・七・五の定型は俳句本来の本質的形式であるといわれ、定型として基準をなすものと考えられている。有季の方は歴史のなかで定まってきた約束とされ、これを踏み破る人々もいる。けれども私の経験では、無季の句はイメージ性に乏しく直截になって味気ない。季語を入れて、にわかに生き生きとし、ある座標軸上にしっかりと位置するという印象がある。季語のない場合には、それにかわるべきイメージ性のゆたかな語が必要であることも経験している。

　このようなことから、俳句の二大支柱として、五・七・五音の定型と季語を、やはり動かすことのできないものとして考えるのである。これは当然のことを当然として認めたにすぎないようだが、幾多の反撥や抵抗の末にここに戻ってきたということは極めて重要なことのように思われる。私の考えによれば、五・七・五の定型は、各音のはらむ母音律と頭韻とを基調として、音楽

性をかたちづくるものと思われる。ここで音楽性というのは、萩原朔太郎のいう感情のリズムといってよいものであろう。朔太郎の感情とは、生の意識、宗教意識と言いかえられるような、われわれの根源的な情動を言い、リズムは、その情動のあらわれるときの鼓動や息づかいを言う。定型はそのリズムの変化によって、内的に千変万化するだろう。五つの母音の脈動やドラムのような頭韻が、そのリズムにさまざまな音色と強弱をあたえるだろう。

季語はこれとは別種の役割をはたしているもののようである。季語はまず、イメージ性がゆたかであることから、句に絵画性を与えるもののようである。だがそれとともに、いやむしろそれにもまして、季語は時間性と空間性をもち、時間と空間が切りむすぶ一点の場となって、句にひとつの座標軸を与えるものと思われる。季語は、何よりも宇宙の時間と空間の交差する一点であり、同時に作者の感性によって、作者の時間と空間の交差する一点をそこに重ねあわせ、融即させたものである。そのことによって句はたましいの領域に入りきり、たましいのレアリスムとなる。長谷川双魚の、

蟬の穴淋しきときは笑ふなり

という句の、「蟬の穴」とは、なんと見事な季語であろう。この句を見ていると、中七下五はすべての上五の「蟬の穴」から出てきたことばのようではないか。繰り返し読むうちにそれらはまた蟬の穴に吸われ戻って、ぽっかりとまるく蟬の穴だけが、闇をたたえてひらいている。やがてその蟬の穴が作者の胸に見えてくる。そんな不思議な穴のように思われる。季語は経験のなかで培われ、ことばとして純化された、たましいの具体的イメージなのである。

季語と伝統

安東次男氏の『鑑賞歳時記』は私の愛読書で、幾度も繰返し熟読したものだが、四季の句の鋭い鑑賞もさることながら、その「あとがき」がすばらしく、この本に接してから今日まで、私の作句の無意識の底に、いつもたしかに存在しつづけてきたような気がする。この本は絶版となり、その後内容を増補改訂して『近世の秀句』という題の読売選書に生まれかわったが、この新しい本にも、旧書の「あとがき」が引用されていた。私の季語にたいする覚悟の根柢となったこの「あとがき」の大半を、煩をいとわず書きうつしておきたい。

> 「季節の一ツもさがし出したらんは後世のよき賜」とは『去来抄』が伝える芭蕉のことばであるが、本書の意図もそこにある。といっても、屋上屋を架するような季語を、こと新しく採り上げようというのではない。かりに歳時記を開いてみると、いまや死語同然の季語が、おびただしく収録されている。これから先どれほど寿命を保つかわからないような季語も、これまたいつの間にかつけ加えられて相当数に達する。歳時記が編まれるたびに、収録季語や例句の数を、ますます誇る傾向が見られるのは、感心したことではあるまい。例句なども、理想をいえ

ば、一季語一句というぐらいの心構えがほしいが、どうであろう。どうしても逃がせない句がかりに数句あるというのなら、その数句は、それぞれ異なった質感でその季語を使っているはずである。そのばあいは、同一季語をも、違ったものとして扱うぐらいの態度がほしいものだ。もちろん、それ相応の、本質に触れた解説を必要とするかもしれない。いずれにしても、季寄せと歳時記とは、現代では違ったものであるべきだと思う。単なる形式のことではない。詩というものが、そういうふうに反省されてきている。さみだれと五月雨は違うかもしれないし、約束上は春の句が、夏に置き換えられることがあるかもしれない。季節が不断に動いてやまないというごく平凡なことを理解すれば、これは当然のことだと思う。また、その動きにぴたりとついてゆく感覚の中で、いわゆる無季の句が鮮やかな季感を帯びるということもあろう。こういうことをいい出せば、収拾がつかなくなると思われるかもしれないが、そうではあるまい。むしろ私は、限られた数の季語だけでも、詩にはこと足りるといいたい。詩は雪月花だけで足りるというところへもう一度戻れたら、そしてそこに現代のありとあらゆる変化がもし詠じこめられるものなら、むしろすばらしいことだと思う。いささかアイロニカルにいえば、そうである。約束とは別に、詩の形式というものは、自戒として必要なのだ。

安東氏は、『近世の秀句』あとがきでこの個所を引用したあと、いまもこの考えは変わっていないと述べている。私はいまこれを写しとりながら、はじめて読んだ日のように感銘していた。つねに詩心の絶対を求める安東氏が、ここでは季語について、それをその理想的な状態で語っているからである。この一文は二つの焦点をもつといえるだろう。そのひとつは、歳時記の例句が

一季一句と述べ、数句ある時は同一季語を違ったものとして扱いたいと語っているところ、もうひとつは、詩は雪月花だけで足りる、そこに現代の変化が詠じこめられたらよいと願っているところである。ここから私が、とりわけひしひしと感じとるものは、安東氏の伝統あることばにたいする尊重であり、句の絶対は、ことばの拡大にあるのではなく、伝統あることばのあらたな復活蘇生にあるのだという考え方なのである。こうした考え方は、安東氏が愛用する、芭蕉が連句の心構えとして述べた、「文台引下せばすなわち反故」ということばと根柢においてつながっているのだろう。

連句は、同時代の俳人たちと巻く共同の創作の場である。季語を用いる俳句の創作は、過去の俳人たちの作品の流れのなかでの、共同の創作の場であるともいえる。季語はそのように、過去のすぐれた作品の密蔵されている文化的な宇宙であり、現代の俳人は、その宇宙を背負いながら、現代人として何らかの変化をつけ加えてゆくのである。季語によって、そのように伝統の綜合体と接するならば、それはひとつの先人との連句的創作となり、創作への絶対的集中を覚悟として持っていなければならないだろう。安東氏の季語にたいする考え方には、こうしたきびしい態度が横溢していて、それに接して以来、私の根柢を形づくってくれたのであった。「季節の一ッもさがし出したらんは後世のよき賜」という、右の伝統観にみちた芭蕉のことばは、したがって、字面通りとって、新季語の開拓と見るよりは、雪月花といった、ともすれば死物となりやすい伝来の季語に、新しい季感を見出してやることと見たほうが、はるかに正当な読みとり方といえるだろう。

こうした考え方は、俳句についてのすぐれた観察者である外山滋比古氏も、最近語り口にアイ

ディアを見せながら語っておられるところである。読売新聞連載の「俳句六道」の五は「本歌取り」と題され、和歌には古く本歌取りという方法があり、過去の文学世界と手をにぎることで余情を高めていると始まっている。俳句ではむしろ先人の句に触れないようにするために心を砕く。先人の句を意識しながらそれからいかに逃げるかを考える。これは結局のところ、「本歌を捨てた本歌取り」にほかならないというのである。外山氏は、それを可能にしているものが季語であるという。

素材が完全にばらばらであれば、姿なき本歌をとらえるのは難しい。季語で統率されているからこそ、俳句ではこれまでの主だった作品を分類するのが容易で、歳時記というアンソロジーができる。これとは別に、俳句を作る人の頭には目に見えない歳時記ともいうべきものがあって、過去から現在にわたり、およそ俳句的なもろもろの連想をもつ世界がひろがっている。これが姿なき本歌で、その人の作風を決定づける。この姿なき本歌は作句にあたって一応は捨象されはするが、その存在はつよく意識される。ここにいう本歌捨ての本歌取りである。読者にとって、こうした本歌取りでない本歌取りが理解されるのも、やはり、季語があって、俳句的詩情に焦点が与えられているからであろう。ある一句に相対する読者は、同じ季語をもった知るかぎりの句を連想し、それを伴奏として、当面の作品を鑑賞する。十七音の短詩がときとして交響楽のような効果をあげることがあるのも、捨てられてはいるが、しかし、きわめて深いところではふまえられている姿なき本歌群の作用によるのであろう。

まことに卓抜な説明であり、句を作るときにも読むときにも、私たちの内部に、目に見えぬ歳時記世界があるという指摘は、私のつとに考えてきたところであった。

芭蕉の時代には本歌取りにあたることがかなり多く行われていたといえる。芭蕉には例の、

　世にふるもさらに宗祇のやどり哉

があり、宗祇の「世にふるもさらに時雨のやどり哉」を一字だけ替えて、無季ながら、時雨を暗示して、有季に類する一句となった。

『奥の細道』にも、

　桜より松は二木《ふたき》を三月越シ

という句があって、『後拾遺集』の橘季通の歌、「武隈の松は二木を都人いかがと問はばみきと答へん」と、門出に際して弟子の挙白に贈られた送別の句、「武隈の松見せ申せ遅桜」とに応えるものとなっている。芭蕉はこのように、同時代の仲間（横の連衆）の作品だけでなく、先人（歴史的連衆、縦の連衆）の形づくった文学世界にも強い関心を注いでいた作家だが、現代では、こうした芭蕉の作り方は、独創とか個性とかという名のもとに打ち捨てられてしまったかのようである。芭蕉は、さきにのべた「文台引下せばすなはち反故」というきびしい孤の意識と、右にいう連帯の意識との交差するところで作句する作家だったのである。今日、句会の席での批評の中で、もっとも多く用いられ、かつもっとも威力のあるものが、「類想感あり」であることを思うと、正岡子規に端を発する俳句の近代化は、俳句における孤、独創、個性の一面のみを取りあ

げ、日本文学上に大きな伝統をなしていた本歌取りという美学、あるいは、あわせるという美学を抹殺してしまうという、罪悪かもしれぬ重大な軌道修正だったと考えられてもくるのである。この時打ち捨てられた、日本的美学を復権させることはできないだろうか。

私は、句集『猫町』で、何句か、本歌取りに類する試みをしてみた。

山路きて菫があそびゐたりけり

海に出て黒蝶戻る風のなし

のような作がそれだが、もちろんこれらは、芭蕉の、

山路来て何やらゆかし菫草

や、誓子の、

海に出て木枯帰るところなし

に寄り添いながら、それを現代的に離れることを求めようとする試作だった。第一句は、芭蕉の句と同じ入り方をしながら、芭蕉の句が菫を菫のままに見て、自分と対立するものとしているところを、一歩とびこえて、菫に子どものような人間性を与え、擬人化して、一挙に遊ばせてしまったのである。この菫は菫でありながら、私の想像の中の菫である。この季語は、私の内部の象徴であり、芭蕉の季語を現代的にうまれかわらせたかったのであった。第二句は、やはり誓子と同じ入り方をしている。だが、木枯があるはずのところに黒蝶という生命あるものが来るとき、場面は一気にドラマの世界に変貌するのではなかろうか。海に出たのは黒蝶の所作だったのであ

る。風にのって、海に出てしまった黒蝶に戻る風がない以上、黒蝶にやがて来るものは死でしかないだろう。春のうららの、声なき悲劇がそこにある。木枯という季語が、黒蝶という季語に変わったことから、ひらかれる様相の急変を私は試みたのであった。

このような試みが、あまりおこなわれない時代のためか、この二句には、やはり類句があるという批判的な意見も一つ二つ見られたが、私自身は、さきに引いた芭蕉の「宗祇のやどり哉」を頭に置いていて、批判はあまり気にしていない。現代はたしかに外山氏のいうように、独創を求めすぎて、こうした変奏のたのしみを認めようとしない時代である。日本の古典は、微妙な変奏の味わいに敏感に反応するところに成り立つ部分が大きかったのだから、なんとも野暮な話で、新奇なものの発見だけが注目されてゆくのである。

こうしたもじり的な本歌取りの試みは、感興に応じて、私ひとりでおこなってゆくほかはないが、外山氏のいう「本歌捨ての本歌取り」、すなわち季語を焦点とする過去の名作との付きや離れの力学については、すべての俳句つくりが、一句毎に経験しているのではあるまいか。たとえば、「天の川」という季語で作句しようとするとき、私はいつも、

天の川怒濤のごとし人の死へ　　加藤楸邨

の一句を思いうかべてしまう。芭蕉の、

荒海や佐渡に横たふ天の川

の方はそれほど障壁にはならない。新潟県に行って作句しようとすると立ちふさがってくる句か

もしれないが、私にはいつも楸邨の天の川が壁になる。自分が手とり足とり教えを受け、また感動とともに銘記した師の句だからであろうが、その上、この句は、自分の語りたかった主題を、なだれおちるような勢いのリズムで、あまりにも見事に表現してあますところがないのである。「天の川」という季語には、この一句が決定的に君臨していて、私がつくる天の川の句は、何らかの意味で、この句にかかわってしまうのだ。

　このように、自分の師の作品を中心に、すぐれた過去の作家たち、あるいは競争相手たちの作品は、自分のなかの、見えない歳時記を形づくり、作句の際の立ちふさがる壁となる。それを乗りこえることは容易ではない。私にとってのそうした壁の歳時記は、たとえば、

死ねば野分生きてゐしかば争へり　加藤　楸邨
去年今年貫く棒のごときもの　高浜　虚子
日あるうち光ためおけ紅苺　角川　源義
年過ぎてしばらく水尾のごときもの　森　澄雄
白梅のあと紅梅の深空あり　飯田　龍太
あかあかと天地の間の雛納　宇佐美魚目

のような句によって占められ、何れも何時か接して大きな感動を受け、その思い出の残り火とともに、内部にしみついてしまったものだ。それらは、用いられている季語についての典型的名作であり、それらの季語によって作句するとき、突然舌端に浮かんで作句をさまたげるとともに、一つの価値の基準となって、なまなかな句では、脳裡から退いてはくれない。自分にとって最大の糧であるとともに、最大の敵でもある俳句宇宙なのである。

そのような、縦、横の連衆の名作のほかに、自作の何句かが、見えざる歳時記の一部を占めていることがある。気持よく一気に出来、他の評価も高かった句であることが多い。自分の作句力は、そのような一句一句を石段にして上ってきたものであるから、自分の作句の歴史の意味ある転機に、それらの句が位置しているわけである。たとえばそれは、

　吹き過ぎぬ割りし卵を青嵐
　鶏の首ころがり秋の薄目なり
　橋すぎて椿ばかりの照りの中

などで、これらの句の場合には、自分でも自信作であって、その上、師の楸邨からほめられたという個人的な思い出が大きく左右しているようだ。これらの句が突然存在してしまって以後は、これらの季語による作句の上でまことに迷惑な障壁となってしまった。自作であるので余計に腹が立つのである。

　第一句、第二句、青嵐や秋を、目で見える形であらわすことが出来たところが要点であろう。卵の白身黄身の光沢は、青嵐の通過とともに微妙にふるえることであろうし、砂の上に落ちた鶏の首という残酷なもののうすくひらいた目は、秋という形のさだかならぬものを、独特な状態で造型しているにちがいない。第三句は、佐渡に岡井省二氏と二人で吟行したときの成果で、バスの上から、椿神社などという名前を見たり、小川にかかる木の橋を見たりして、全島にかなり多く見られた椿林にイメージを収束させていったものだ。この時私は、そうした外景を見ながら、じつは私の内部に輝きを強めていた心象の椿に集中していたのだろう。そしてダンテの『神曲』の「ここ過ぎて」を思いあわすことから、一気に句をまとめ得たのだろう。その作句過程の充実

感が非常にこころよく、椿というとこの句を思いうかべてしまうのである。

自他いずれの作であれ、ある季語から思いあわされる句は、みなのりこえがたくして、しかものりこえなければ仕方のない秀作ばかりであるはずだ。そうした句を離れつつ、のりこえることは至難だが、それを果たす喜びが俳句を作りはじめてやめられなくなった者の業病である。先日ある句会で、題の一つに、「狐」が出て、私が、例句として、

襟巻の狐の顔は別にあり　高浜　虚子

狐を見てゐていつか狐に見られをり　加藤　楸邨

の二句を挙げたところ、よい句を言われて、それが邪魔になって作りにくいとこぼされてしまった。実際、今日では、狐などは野生の姿で見ることは皆無であり、婦人の襟巻や動物園で見るほかはない。その二つの場合の名作を挙げられて、壁になってしまったのである。みな苦心の結果は、次のような句となった。

毛皮ごと狐の貌で転びけり　桑原　雅子

狐みてもみくちゃにする紙片かな　関塚　康夫

冬の夜の童話の狐やさしかり　北垣　貞子

第一句、第二句はやはり襟巻、動物園からの発想で、虚子の句の「狐の顔」、楸邨の句の「狐を見てゐて」が用いられ、何となく処理に困って、転ばせてしまったり、もみくちゃにしてしまったりという印象をもつ。やはり虚子と楸邨の句のヴァリアント（変形体）ということになるのではあるまいか。第三句は冬の夜話に出てくる童話の狐で、「冬の夜」の方が季語として使われている。無理のない発想で、自然にまとめられている。現実に私の周囲でおこなわれている句会

の例でいえば、季語による題詠はこのような形で出来上がり、右の三句はかなり好調な成果をあげたが、やはりすぐれた例句との格闘が、席題の際の最大の問題になるわけである。

季語のひとつひとつに、自分を感銘させた例句があり、それらを統合して成立する私たちの脳裡の歳時記、これこそは私たちひとりひとりにとっての、日本人の美の具体的結晶体なのではあるまいか。唐木順三氏の名著、『日本人の心の歴史』は、日本人の季節の美感が、春から秋、秋から冬へと変わってゆく有様を、各時代の文学書を中心にたどってゆくもので、興味津々たる書物だが、冬を美として考えた俳人は芭蕉だった。もちろん、西行や禅思想という先行はあったが、わびやさびを基本的理念に、西行、宗祇、雪舟、利休らとひとつに貫道する風雅の誠を芭蕉は求め、『猿蓑』では、冬の時雨をこの集の美目としてはっきりと意識していたのだった。

たしかに『猿蓑』の四季の部立は変わっていて、冬、夏、秋、春の順に発句が配列分類されている。そして冬の句の冒頭に、

初しぐれ猿も小蓑をほしげ也　芭蕉
幾人かしぐれかけぬく勢田の橋　丈草
なつかしや奈良の隣の一時雨　曾良
時雨るるや黒木つむ屋の窓あかり　凡兆
いそがしや沖の時雨の真帆片帆　去来

などの佳句を含む、時雨十三句が配列されているのである。冬の美を時雨に代表させ、それを選集冒頭に置いて刊行するとは、春、秋を美目としてきた日本の詩の歴史における、なんという革命的マニフェストであることか。それは、日本人の美の世界にあたらしい美の季節をひらいたと

いうことであり、その意識的行動こそ、芭蕉のいう、季節の一つもさがしだすということの具体的内容なのであろう。こうした、時代を劃するような、季節美感の革命、それは、長い時代の準備過程があったあとでの意識の飛躍だったのであろうが、そうした日本人の心の歴史上の大変革は別として、ひとつひとつの季語の歴史においても、次第にその領域がひろがり、ふかまってきたのであった。私たちの作句の意義とは、季語の内容に新鮮な何かを加えて、日本の美意識の領野に、あらたな寄与をすることだと私は思う。

手もとの、ある歳時記には、時雨の例句として、

鷺ぬれて鶴の日のさすしぐれかな　　与謝　蕪村
ちんば鶏たまたま出れば時雨けり　　小林　一茶
小夜時雨上野を虚子の来つつあらん　　正岡　子規
街道や時雨いづかたよりとなく　　中村草田男
しぐるるや駅に西口東口　　安住　敦
チエホフを読むやしぐるる河明り　　森　澄雄
うつくしきあぎととあへり能登時雨　　飴山　実

などが挙げられている。画俳蕪村は画俳らしく形の華麗な絵をつくり、一茶はやはりすね者らしい。子規の句は淡々と明治文学史の挿絵をえがき、草田男の時雨はふかい懐をもつ。敦、澄雄、実は、やはり今日の時雨をえがき出す。芭蕉がいわば蕉風の美目としてとりあげた墨絵の情感と寂びの風趣をもつ時雨世界の境界が、時代と作家の個性によって、さまざまに拡張され、変容されてきたことがありありと見てとれるわけである。そしてその拡張や変容の根柢に、いつも過去

の時雨が想起され、書き手もまたその読み手も、時雨という季語を仲立ちにして、茫洋とした共同の文学伝統に参入しているのである。

新しい季語

『去来抄』故実の章に次のような一節があって、芭蕉の季語観をさぐる重要な文章となっている。

魯町曰《いはく》、「竹植《うう》る日は古来より季にや」。去来曰《いはく》、「不覚悟《かくごせず》。先師の句にて初《はじめ》て見侍る。古来の季ならずとも、季に然るべき物あらば撰《えら》び用ゆべし。先師、季節の一つも探り出したらんは、後世によき賜《たまもの》と也。塩かきの夜も古来の季節歟《か》しらずといへども、五月晦日《つごもり》なれば、夏季に定《さだめ》て、可南《かな》が句に沙汰《さた》し侍る也」。

簡単に註を加えておこう。魯町は去来の弟で、向井元成のこと。「竹植る日」は竹酔日《ちくすいにち》のことで、五月十三日。この日竹を植えればかならず活くと、貝原好古編『日本歳時記』(貞享五年刊)に記されているが、芭蕉の頃にはまだ季語として用いられていなかったようである。「不覚悟」とはよく知らないということ。「先師の句」とは、芭蕉の「降《ふら》ずとも竹植る日は蓑と笠」をいう。「古来の季ならずとも」から「撰び用ゆべし」までが去来の意見で、次の一センテンスが芭蕉のことばである。「塩かきの夜」は、去来の妻可南の「塩かきの夜は声ちかしほとゝぎす」を頭に

おいての話のようで、宮本三郎氏は、「住吉神社の御田植（五月二十八日）などの代掻《しろかき》のことか」としておられる。「沙汰し侍る也」は話し合って、そう取扱ったということである。以上、去来は、「竹植る日」「塩かきの夜」を例にとり、しかるべき季語があったら探り出して用いよ、それは、後世の俳人にとってよい贈物となるだろうと述べているわけで、師芭蕉の考えを根拠に、そう演繹し応用しているのである。

　この一節の中心が、芭蕉の「季節の一つも探り出したらんは、後世によき賜」という考え方にあることは疑うべくもないが、このことばを眺めていると、「季節の一つ」、つまり、新しい季節感、具体的に言って、新しい季語を探り出すということを、芭蕉が、美の伝統を受け継ぎ、それを一歩先へ進め、ひろげてゆくことと考えていたことに、やはり感銘せざるを得ないのである。芭蕉のその態度は、したがって、「竹植る日」というような個々の新季語を探り出すだけにとどまるものではなく、現に使われている季語の洗い直しや、さらには、根本的な、新しい季節感の美を探り出すところにまで向かうものであった。蕉門を代表するといわれる撰集『猿蓑』は、芭蕉の監修のもとに、去来・凡兆が編集したものだが、この集の冒頭に、時雨の句を十三句並べ、第一句の、

　　初しぐれ猿も小蓑をほしげ也　　芭蕉

から集名を定め、時雨こそこの集の美目だとしたことは、その明らかな一例であった。また、この集の全句を、冬、夏、秋、春の順に配列しているのも、冬、あるいは夏という、それまではしりぞけられがちであった季節に新しい時代の美を探り出そうとしたもので、目を見張るような新

機軸であったといえるだろう。ちなみに、夏の部の冒頭は何の句かといえば、ほととぎすであり、秋の部は秋風、春の部は梅であって、冬の部の時雨とともに、この四つが、四季のそれぞれをひらく、代表とされたのであった。「乾坤の変は風雅のたね」と芭蕉は言ったが（『三冊子』）、この四つが、季節の変化を知らせる、風雅の季物であったのである。

　右は、芭蕉がもっともはなばなしく、新しい季節感の主張をした例だが、これほど意欲的ではないにしても、その弟子たちへの指導のなかには、数々の季についての鋭敏周到な配慮を語る逸話が伝えられている。たとえば、青梔撰『花入塚』の自序にある話で、芭蕉が其角や桃隣らと青地周東の亭を訪れ、

うちよりて花入探れ梅椿

という即興句を詠んだ。これを発句に歌仙を巻こうとしたが、「探梅」の季節がわからないので脇の句がつけられない。脇の句は発句と同季でなければならないからである。芭蕉に尋ねると、冬としてよかろうと言う。そのわけを聞くと、「すべて探梅を冬季に用る事、詩家の格なり」と教えられ、初雪の脇をつけて、一巻が進行したというのである。「探梅」は漢詩の題で、『漢和法式』に冬として初出する。冬のうちに早咲きの梅を野山にたずねること。芭蕉は、早咲きの梅を野山にではなく、花入れに探れとひるがえして、俳諧味を工夫したのだ。漢詩の題を俳諧に取り込み、一ひねりした世界のなかで、新しい俳諧の季語にうまれかわらせたのである。

　これに類する話に「宵闇」をめぐるものがある。『去来抄』に出ているものだが、宵闇とは、陰暦八月十七、八日以後、月の出が次第に遅くなって、宵の間は闇夜であることを言う。月につ

いては、いろいろの季語があり、陰暦八月十四日の夜を待宵、十五夜の月を名月、十六日の夜を十六夜《いさよい》、十七日の月を立待月、十八日の月を居待月、十九日の月を寝待月、二十日の月を更待月《ふけまちづき》などという。宵闇は、こうした月を待つ心を反映した季語で、月を賞美する気持をこめているわけである。芭蕉はこの季語を月の季語として用いたのであった。深川での会（許六の旅亭での会）に、芭蕉が、

宵闇はあらぶる神の宮遷し

という付句を出した。そして、宵闇といえば句の裏側に月がこめられているのだから、改めて月の句を出すのは拙いことだと言い、これを月の句として用い、そうはいっても、句の文字面《づら》に月の字を出さないのもどうかと思うからと言って、

八月は旅面白き小服綿　洒堂

を、つづく二句目に用いたというのである。「八月」の「月《マンス》」は、月次《つきなみ》の月といい、別に名月の意味の月《ムーン》ではない。なんとも周到な配慮ではないか。芭蕉が宵闇を月として扱ったのには、これだけ微妙な心くばりがあった。ところが、弟子は、その表面だけを模倣してしまう。去来は風国と歌仙を巻き、宵闇の句を出し、「先師已《すで》に是《この》式を立らるゝ上は、いざ其《その》法にならはんと、是《これ》を月に用ひ」てしまう。芭蕉の心くばりを忘れ、形骸化した法式として利用したわけである。許六はこの歌仙を知って、去来に手紙をよこす。先生が宵闇を月として用いられたのは、わけがあってのことだ。「然るを何のゆゑなく月に用ひるは浅ましし」という非難の手紙だった。去来はこ

の手紙を読んで、自分らの非をさとる。「許六は其深川の会徒也。いか様子《さまし》細《さい》有べし」とはじめて芭蕉の心くばりに目が届くのであった。

芭蕉の季をめぐる逸話には、いつもこのような心くばり、目くばりがあった。かれは、季語を、日本人が受けつぎ、受け伝えるべき美の資産と考えていて、その財産目録を死物化せぬように、うまれかわらせ、また、しかるべきものをあらたにつけ加えて、活用してゆくことが、いま俳諧にたずさわるものの、責任とも義務とも感じていたのであった。したがって、かれの季語観の中心は、自分が受けついでいる季語を正しく受用し、その上でそれを今の俳に転じてゆくところにあったといえる。私はその意味で、『三冊子』にある次の一節を、きわめて重要なものと思い、芭蕉の内面をのぞきこむような気持まで抱くのである。

　春雨《はるさめ》はをやみ《（小止）》なくいつまでもふり《（降）》つゞく様にする。三月をいふ。二月すゑよりも用《もちふ》る也。正月・二月はじめを春の雨と也。五月《さみだれ》を五月雨といふ。晴間なきやうにいふ物也。六月ゆふだち、七月にもかゝるべし。九月露しぐれ也。十月時雨《しぐれ》、其後を雪・みぞれなどいひ来《きた》る也。急雨《むらさめ》は三四月、七八月の間に有《ある》心得也。　（上掲書）

ここで言われていることは、和歌以来、日本詩歌の伝統のなかで重要なものであった季の詞の本意を正しくつかみ、正しく用いなければならないということで、芭蕉は、このようなしっかりした本意の把握に立って、はじめて、新しい季語を探り、その本意を定めてゆくことができたのであった。伝統への随順があったからこそ、新しい季語の開拓に進むことができ、また既存の季

語の新しい用法を決定してゆくことができたのであった。この態度は時代をこえて、およそ俳句をたしなむものの手本とすべきものとはいえないだろうか。

このあたりで目を近代、現代の俳句に移そう。明治以後の新しい季語はおびただしい数にのぼるだろうが、なかでもとりわけ有名なものは、「万緑」であるにちがいない。夏の季節を通して用いられ、初夏、仲夏、晩夏を通ずる三夏の季語となっている。新しい歳時記の一つである講談社版『新編俳句歳時記』夏の巻（草間時彦編）には、次のような解説と例句が載っている。

王安石の詩の「万緑叢中紅一点」から出た言葉だが、中村草田男が、「万緑の中や吾子の歯生え初むる」の句で用い、彼の代表作のひとつとなり、更に句集の題となってから、定着した季語である。見渡す限りの緑という意で、〈新緑〉より更に景色が大きい。また、語感も調子が高い。↓新緑

万緑の中や吾子の歯生え初むる　中村草田男
万緑のまつしぐらなり尼の肘　石田波郷
万緑やわが恋川をへめぐれる　角川源義
万緑の中富士とわが一対一　富安風生
万緑やわが掌に釘の痕もなし　山口誓子
万緑を深くぞえぐる谷と谷　阿波野青畝
万緑やこぼさぬやうに産湯桶　鷹羽狩行
万緑の底に隠し湯とて今も　堤俳一佳

万緑や土恋ひ出づる土不踏　井沢　正江
万緑や撲たれしごとき身の火照り　岡本　眸
万緑や牛飼ひの掌のひろく優し　成田　千空
万緑や溢れしむもの水と恋　河野多希女
万緑ややややに向き替へソ連船　高岸まなぶ
万緑にひとかたまりの故郷かな　渡辺　水鶏
万緑や一語づつ読むマタイ伝　田島　佑子
万緑や神父の歩幅裾中に　神林　信一
万緑の森に秘め置く鍵一つ　坂田　文子
万緑や罅ふかく抱く出土甕　河合　照子

右の解説は、どの歳時記を見てもほぼ同様で、誰が書いてもこのようになるほかはないものである。景の大きさ、生命感、調子の高さがこの季語のポイント、本意になるわけである。おかしなことにこの季語は、虚子の『新歳時記』には採用されていない。虚子は草田男の師匠であり、この歳時記も、昭和九年の初版以来幾度も改訂、増訂されたのだが、虚子は「青葉」でよしとしたようで、認めようとしなかったらしい。「万緑」を使うのは草田男の世代以後であった。草田男が自分の主宰する結社の名前に、これを用いていることは、この季語の得た好評を物語るものだろう。十八句の例句について言えば、初出の句から、もっとも新しい句まで、順を追って並べているわけである。この歳時記は、全国の結社、俳人にひろく例句の提出を求め、そのなかから

佳句を選んで掲載したもので、類書のなかでもっとも新しい例句を集めているのである。これら十八句によって、草田男以来今日までのこの季語愛用の軌跡がかなりはっきりするだろう。それぞれの句が万緑の新しい局面を探り出しているのは言うまでもないが、それらがおのずから、大景、生命感、格調の二つの何れかに属してゆくように思われるのは、「万緑」の語がもつ性格のしからしむるところであろう。風生、青畝、まなぶの句のように、大景感をくりひろげるものも、俳一佳、水鶏の句のように、大景のなかの一点をえがくものもある。草田男の句がもともとそうであったように生命感をあふれさせる句に、波郷、源義、狩行、正江、眸、千空、多希女などの作がある。生命の誕生や成長だけでなく、恋が重ねられているのも、なかなかおもしろい取り合わせである。もう一種類のタイプに、宗教、とくにキリスト教があらわれて、聖性を暗示しているのも、万緑の語の神秘な格調にかかわりがあるのだろう。誓子、佑子、信一の句がそれにあたるが、文子の句の「鍵一つ」や照子の句の「出土甕」なども、それに準ずるものと見ることができる。季語はその本意、本情を核にして、例句の増加により、その世界をひろげ、ゆたかにしてゆくのだが、「万緑」はそのすぐれたイメージ性や音感、味わいによって愛用され、これだけ、その世界をゆたかにひろげてきたのであった。

「万緑」は近代俳句の発見した新季語の傑作であったが、近代、現代俳句は、精神生活、物質生活の近代、現代化に呼応して、ほかにもさまざまの新しい季語を開発してきたのであった。定評のある季語として愛用されるためには、「万緑」のように、好ましい特色をもつ語でなければならないが、とにかく万人による美の選択を受けなければならないわけである。季語には、そうした公認が必要なのだ。しかしまず、句による新季語の提示がなければならない。それが多くの人

の支持を受けて、公認のものになってゆくのである。俳句の近代化を素材の新しさと即物的構成の面から追求して、多くの新季語を開発したことで、もっとも顕著な活躍を示した俳人が一人いた。虚子に「辺境に鉾を進むる征夷大将軍」と呼ばれた山口誓子である。平畑静塔氏は、「山口誓子・人と作品」という文章で、次のように書いている。

誓子俳句の新しさの第一歩は、俳句の素材の新しさからであった。「凍港や旧露の街はありとのみ」「郭公や韃靼《だったん》の日の没《い》るなべに」「橇行や氷下魚《こまい》の穴に海溢る」これは少年時に居住した旧樺太への回想であり、「スケート場沃度《ヨード》丁幾《チンキ》の壜がある」「外人の声ラグビーを励ましつ」「日蔽やキネマの衢《ちまた》鬱然と」は大阪に勤務してからの日常の風景である。それまでのホトトギス俳句になかった、全く異色斬新の取材ぶりであった。恐らく当時の俳句歳時記に殆ど例句の記載の見られなかった題材であった。労働祭、天主堂、熔鉱炉等々みな然りである。それがオクターブの高い、めりはりの強い調子で発表されたため、昭和の初頭になって、『ホトトギス』の正統であった花鳥諷詠の低音単調の俳句を一挙にくつがえしたのである。

この指摘は、初期の誓子俳句の素材についてのもので、かならずしも、季語の新しさにかかわるものではないが、しかし、このような態度で、新しい素材を探し求め、即物的構成によって一句を作れば、使われている従来の季語もニュアンスを一新させることになり、また、近代生活のなかでの新しい季節の発見につながってゆくのは当然のことであった。たとえば、「スケート場

沃度丁幾の壜がある」の句の「スケート」という新季語が「沃度丁幾の壜」と結合するような構成が、それまでの俳句に見られただろうか。その新鮮さは、T・S・エリオットの「アルフレッド・プルーフロックの恋歌」の冒頭、

さあ、いっしょに出かけよう、君と僕と、
手術台で麻酔にかけられた患者のように
夕暮が空いちめんに広がるとき、
（上田保訳）

の新鮮さに匹敵するものとは言えないだろうか。誓子はこのような新素材、新季語、新構成をぞくぞくと開拓し、虚子に、一番早く俳句を見棄てるのではないかと危ぶませたのであった。素材が新しく、季語が新しくても、句が新しいとは言えぬ。誓子の新しさは、即物的に構成の新を発見する目の斬新さにあって、虚子の危惧を裏切り、「ピストルがプールの硬き面《も》にひびき」「海に出て木枯帰るところなし」「蝸牛渦の終りに点をうつ」「鶫《つぐみ》死して翅拡ぐるに任せたり」「木星や娼婦泳ぎし海の上」「冬河に新聞全紙浸り浮く」「海べりの寒きテレヴィの白画面」などの、独特の秀抜な句を発表しつづけたのであった。新季語は「プール」だけかも知れないが、従来の季語が、誓子の視界のなかで、それまでとまったく別の雰囲気をもっていることを、認めなければならないだろう。安東次男氏は、いたずらに新しい季語を作り出すよりも、月・雪・花しか季語がないところに戻り、こうしたもっとも中心的な季語をうまれかわらせるところに、俳人の心せねばならぬ重要な点があるのではないかという趣旨のことを述べておられたが、これはまことにその通りのことにちがいない。

時代の変化につれて、社会や生活、風俗などがかわり、それが俳句に反映して、次々に新季語

がうまれる。戦後は変化のもっとも急激な時代だったから、新季語の発生も衰滅もさかんであった。

ランチゆく越冬資金議する窓に　指宿　沙丘
夏季闘争ぱっちり黒い眼の少女　佐藤　鬼房
女着て縞獣めくアロハシャツ　井上草加江《くさかえ》
電熱器造りもたらし弟の手　中村草田男
よそほひて成人の日の眉にほふ　猿山《さやま》　木魂
天皇誕生日未明に鮨を匂はしめ　林　翔
パチンコの玉流れ出て文化の日　林屋清治郎
愛の羽根透視を了へて失へる　児玉　典子
九月蚊帳サンマータイム終りけり　日野　草城
原爆の日の泉面に顔浸《つ》けて　平畑　静塔

などの句は、そうしたものの例であり、このような流行的な新季語の誕生は、今日まで陸続とつづいているのである。問題は、それらのなかから、「万緑」のようなすぐれた季語が、どのくらい残ってゆくかということだ。そして、それも大切なことだが、既存の季語が、うまれかわって、時代に応える新しい生命を持つことの方が、私にはより重要なことのように思える。古くから伝わる、月・雪・花でもよい。基本的な季語が、新鮮な例句を得て見違えるような、生き生きした充実をあらわすとしたら、すばらしいことではないか。句は特別な語で作られるよりも、ずっと基本的な語によって作られるものだ。歴史の長い、使い古された季語が、新鮮な配合によって、

新季語ともいえるようなものにうまれかわること、私はそれこそが俳句における大道なのではないかと考えるのである。

以上眺めてきたところによって、季語というものが、日本の詩歌の歴史における美意識の象徴ともいうべきものであったこと、時代の変化に応じて、ひとつひとつの季語の持つ世界に変容が生ずること、新季語の発見が時代を反映し、句の時代性をもたらす一要素になるということなどがわかってきたわけである。季語の世界は、日本人の生活の現実から生まれながら、それと不即不離の、しかし、わずかに紙一枚切れた、ひとつの美意識の、虚の世界を形づくり、それが時代とともに、変化盛衰を示しながら、連綿とつづく伝統をなしているのである。近代以後の俳人は多くその伝統に新しい様相をあたえることに熱中し、伝統をふりかえることが忘れられがちであったために、先の安東氏のような反省がなされたのであった。その意味で、芭蕉は、やはりなみはずれた伝統意識の持主であったといえよう。

このような季語の連綿とした流れを考えるとき、私たちは、山本健吉氏が思いえがいた季語のピラミッドのことを忘れることができない。山本氏は、「そのような季語の集積は、現実そのままの反映ではなく、一つのフィクションの世界、秩序の世界として成立している」として、中心に、五箇の景物（花・時鳥・月・雪・紅葉）をおき、その周辺に、歴史の流れにしたがって、和歌の題、連歌の季題、俳諧の季題、俳句の季題が次々にひろがり、最後に、風土の季節現象のすべてをあつめる季語があって現実世界と接する同心円、あるいは、ピラミッドの世界を考えておられる。ここで注意すべきは、山本氏が季語と季題（題）とを区別しておられることで、季節を

あらわす語はまだ季語であり、それが季節の美目として時代に公認されたとき、題、あるいは季題となり、美意識の象徴的景物となるわけなのである。したがって、もっとも歴史の古い五箇の景物は、季節の美の中枢、日本人の美意識の焦点中の焦点になると考えられているのだ。

以上は、山本氏がみずからの編著『最新俳句歳時記』新年の巻に付した、「歳時記について」というすぐれた文章の結論にあたるものだが、山本氏はそれにつづけて、「季題・季語表」を付け、一々の語に、✿（五箇の景物）、⊚（和歌の題）、◎（連歌の季題）、○（俳諧の季題）、△（俳句の季題）、無印（季節現象を示す言葉、季語）のマークを加えておられる。これは大変な労作で、一語一語の年輪が一目瞭然となってまことに便利なものだが、これを見ていると、季題、季語の経てきた、あるいは経つつある栄枯盛衰が身にしみるようで、感動すらおぼえるほどである。「万緑」のあたりを一部抄出しておこう。

夏　三夏　山野

⊚夏の山　夏富士⊚夏野⊚青葉⊚茂△万緑◎夏木立○結葉《むすびば》○病葉《わくらば》⊚木下闇⊚夏草△青芝
○梧桐《あおぎり》△青蔦△滴り⊚清水⊚泉⊚滝⊚鹿《か》の子《こ》⊚鼯鼠《むささび》⊚蝙蝠《こうもり》⊚照射《ともし》⊚老鶯《おいうぐいす》✿時鳥○郭公
⊚筒鳥　十一

「万緑」はすでに俳句の季題として認められているのである。それにしても、一語一語が時代の評価を経て、季語のおびただしい数のなかから季題に定着し、美意識のピラミッドのなかにその位置を占めてゆく、そのピラミッドが時の流れとともに次第に一語一語の配置を変えてゆく、そ

の、現実の上に思いえがかれる美意識の集合体は、虚の秩序のものであるだけにまことに壮観ではないか。だがそれは、虚であっても、日本人の季節感を支配することによって、現実の生活に大きな影響をあたえているのだ。そうした虚と実とのかかわりのなかに、日本の詩歌の成立する基盤があるのである。

山本氏の「季題・季語表」のなかに、「ダチュラ」という一語が載っている。文芸春秋版の歳時記のその項目は解説があるだけで、例句がない。つまりこの語は、山本氏が採集した季節現象をあらわすもろもろの語の一つで、無印の季語にあたる。ところが、この歳時記の普及版ともいうべき、文春文庫の『最新俳句歳時記（夏）』には、

気違ひ茄子の夕闇白し廃僧院　照敏

月涼し一夜の華の曼陀羅華　紫陽子

の二句が例句として挙げられている。気違ひ茄子も曼陀羅華もダチュラ（エンゼルス・トランペット）の異名である。山本氏の普段の例句蒐集の努力が、私にまで及んでいたことに感銘を受けた。私の句はイタリーで作ったものであった。山本氏は、梅崎春生の小説『幻化』のなかに、坊の津のこの花の鮮かな描写がある由を解説に記しておられるが、私も先日、その坊の津のダチュラを実見して、なるほどと思い、私も一つだけ新季語開発に役割を演じたことを嬉しく思った。この新季語に、季題として公認される日がはたしておとずれるものであろうか。

行事一覧

*印は本歳時記に収載

一月

一日　元日、おけら詣*（京都市八坂神社）、繞道祭《にようとうさい》（桜井市大神《おおみわ》神社）、延寿祭（奈良県橿原神宮）

二日　三弘法詣（京都）、玉取祭*（福岡市筥崎《はこざき》宮）、太占《ふとまに》祭*（青梅市御嶽神社）、花祭（〜三日。愛知県北設楽郡）、書初（京都市北野天満宮）

三日　玉せせり（福岡市筥崎宮）、鳳来寺田楽（愛知県鳳来寺）

四日　御用始め

五日　初水天宮（各地）、ひよんどり（静岡県川名薬師堂）

六日　出初式*、だるま市*（〜七日。群馬県高崎市少林山達磨寺ほか）

七日　七種《ななくさ》*、うそ替え*（福岡県太宰府天満宮）、柳《やな》津《いず》裸まつり（福島県柳津町虚空蔵）、鬼会《おにえ》（久留米市玉垂《たまたれ》神社）

八日　初薬師*、おこない祭（滋賀県勝部神社）、みしお＝御修法（京都市東寺）、どんど焼（東京都鳥越神社）

九日　えびす祭（〜十一日。大阪市今宮戎神社、兵庫県西宮神社）

十日　初金比羅*、十日えびす*、飴市祭（松本市）

十一日　鏡開き、鉢蔵出初（京都市空也堂）

十二日　裸踊り（京都市日野法界寺）、だるま市（東京都青梅市、福島県三春町）

十四日　ほんやら堂＝鳥追い（新潟県十日町市）、大崎どんど焼＝松焚祭（仙台市大崎八幡神社）、どやどや（大阪市四天王寺）、陀々堂の鬼走り（奈良県念持寺）、新野《にいの》の雪祭*（〜十五日。長野県阿南町）

十五日　成人の日*、十五日粥*、筒粥神事（埼玉県金鑽

神社)、蘇民将来《そみんしょうらい》(長野県国分寺)、*なまはげ(秋田県男鹿半島)、野沢の火祭(長野県野沢温泉村)、若草山の山焼き(奈良市)、*ちゃっきらこ(神奈川県三浦市三崎海南神社)、弓引初め(京都市東山三十三間堂)、ボロ市(~十六日。東京都世田谷)

十六日　*やぶ入り、*初えんま

十七日　紅葉祭・梅祭(熱海市)

十八日　*初観音、青山祭=道饗祭(京都府八幡市石清水八幡宮)

二十日　*骨正月、湯かけ祭(群馬県川原湯温泉)、毛越寺延年の舞(岩手県平泉町毛越寺)

二十一日　*初大師

二十五日　*初天神、うそ替え(東京都亀戸天神・湯島天神・五条天神)

二十八日　*初不動

旧一日　*和布刈神事(北九州市和布刈神社)

旧十五日　*綱引(秋田県諏訪神社・浮島神社)

二月

一日　ヤーヤー祭(三重県尾鷲神社)、黒川の王祇《おうぎ》祭(~二日、山形県櫛引《くしびき》町黒川の春日神社)

三日　*節分、万灯籠(奈良市春日神社)、星祭(京都市壬生寺)、追儺式(京都市吉田神社)

五日　札幌雪まつり(~十一日。ただし年によっては、六日~十二日)

六日　神倉山の火祭(新宮市神倉神社)

八日　*針供養、事始、ひよんどり祭(静岡県伊平薬師)

初午の日　*初午、初荷初午(京都市伏見など)、*摩耶《まや》詣《もうで》(神戸市摩耶山)

十日　御願神事=青竹祭(石川県加賀市大聖寺)

十一日　*建国記念の日、徳丸田遊び祭(東京都北野神社)、砂かけ祭(奈良県広瀬神社)

十三日　田遊び(東京都板橋諏訪神社)

十四日　聖バレンタインデー

十五日　*かまくら(~十七日。秋田県横手市)、黒森かぶき(~十七日。酒田市黒森日枝神社)、涅槃会

十六日　日蓮誕生会(千葉県天津小湊町誕生寺)

十七日　*祈年祭(伊勢市皇大神宮)、*えんぶり(青森県八戸市)、*ぼんでん祭(秋田県横手市旭岡山神

社）
二十日　一夜官女（大阪市住吉神社）
第3土曜　西大寺会陽《えよう》はだか祭（岡山市西大寺）
二十三日　仁王会（京都市醍醐寺）
二十四日　さんやれ祭（京都市上賀茂神社）、左義長（〜二十五日、福井県勝山市）
二十五日　*梅花祭（京都市北野神社）

三月

一　日　*二月堂修二会《しゅにえ》（〜十四日。奈良市東大寺）
三　日　*雛祭、耳の日、押合《おしあい》祭（新潟県浦佐毘沙門堂）、深大寺だるま市（調布市深大寺）
九　日　祭頭祭（茨城県鹿島神宮）
十　日　帆手祭（宮城県塩竈神社）、鬼祭（豊橋市神明社）
第2日曜　火渡り祭（八王子市高尾山薬王院）
中旬の土・日曜　左義長（近江八幡市）
十三日　*春日祭（奈良市春日神社）、*お水取（奈良市東大寺二月堂）
十五日　*嵯峨おたいまつ（京都市嵯峨清涼寺）、左義長祭（滋賀県近江八幡神社）、豊年祭（愛知県小牧市田県神社・犬山市大県神社）、*常楽会（大阪市四天王寺、奈良市興福寺）
十八日頃　*彼岸入り
二十一日　今津獅子舞（福島県南・北会津両郡）
二十一日頃　*春分の日
二十二日　法隆寺会式《えしき》（〜二十四日。奈良県斑鳩町）
二十五日　*菜種御供大祭（京都市北野神社）
二十六日　水掛け祭（岩手県大原町八幡神社）、火渡り（鎌倉市浄光明寺）、比良八講（滋賀県本福寺）
二十八日　お身拭《みぬぐい》（奈良市薬師寺）
三十日　薬師寺花会式《はなえしき》（〜四月五日、奈良市薬師寺）

四月

一　日　*四月馬鹿、*緑の週間（関東地方）、*義士祭（東京都泉岳寺）、*都おどり（京都市）、*芦辺おどり（大阪市）、*東おどり（東京都）、チャンチャン祭（奈良県大和神社）、火の国まつり（熊本市）
二　日　強飯式《ごうはんしき》（栃木県日光市輪王寺）
三　日　*うちわ撒（奈良市唐招提寺）
七　日　犬山祭（愛知県犬山市針綱神社）、青柴垣《あおふしがき》の神事（島根県美保神社）

八　日　灌仏、*花まつり、*おたいまつ（奈良市新薬師寺）
九　日　喧嘩祭（新潟県糸魚川市天津神社）
十　日　*桜祭（大分県宇佐神宮）、やすらい祭（京都市今宮神社）、凧上げ（長崎市）
十一日　*花会式（奈良県吉野蔵王堂）
第2土・日曜　*嵯峨念仏（京都市嵯峨清涼寺）
十三日　*十三詣（京都市嵯峨法輪寺）
十四日　*高山祭（岐阜県高山市）、山王祭（滋賀県日吉神社）、神幸祭（千葉県香取神宮）、曳山狂言（〜十六日。滋賀県長浜市）
十五日　川除式（山梨県一宮町浅間神社）、提灯祭（神戸市生田神社）、大茶盛り（奈良市西大寺）、梅若忌（東京都向島木母寺）
十八日　*花供養（京都市鞍馬寺）、獅子舞（川越市観音寺）、流し雛（旧三月三日・四日。鳥取県用瀬町）
十九日　*御身拭（京都市清涼寺）
二十日　起太鼓（岐阜県古川町気多若宮神社）、牡丹まつり（〜五月十九日。桜井市長谷寺）
二十一日　*壬生狂言（〜二十九日。京都市壬生寺）、太夫道中（京都市島原）、*靖国神社春季大祭
二十二日　*聖霊会（大阪市四天王寺）、知恩院御忌会（京都市知恩院）、火防《ひぶせ》祭（岩手県水沢市日高神社）
二十三日　*先帝祭（下関市赤間神宮）
二十四日　文殊祭（奈良市興福寺）
二十六日　*釈奠《せきてん》
二十七日　鐘供養（和歌山県道成寺）、お吉供養（静岡県下田市）
二十八日　按針《あんじん》祭（横須賀市）、花嫁祭（千葉県鹿野山神野寺）、軍越神事（長崎県壱岐住吉神社）
二十九日　*みどりの日（旧昭和天皇誕生日）、山神祭（栃木県足尾銅山）、曲水の宴（京都市城南宮）

五月

一　日　*メーデー、*鴨川おどり（京都市）、藤原祭（岩手県平泉町中尊寺）、御車山祭《おくるまやまつり》＝曳山祭（富山県高岡市関野神社）、陶器祭（佐賀県有田町）
二　日　聖武天皇祭（奈良市東大寺）
三　日　*博多どんたく＝*松ばやし（福岡市）、*憲法記念日、凧揚合戦（〜五日。浜松市）

四日　酔笑人神事（名古屋市熱田神宮）

五日　*こどもの日、*薬の日、*端午の節句、くらやみ祭（府中市大国魂神社）、*賀茂競馬（京都市上賀茂神社）

八日　*筑摩《つくま》祭＝鍋冠《なべかむり》祭（滋賀県筑摩神社）、花湯祭（鳥取県三朝温泉）

九日　花の撓神事（名古屋市熱田神宮）、八瀬祭（京都市八王子天満宮）

十日　*愛鳥の日（～十六日）

寅・申の年の上旬　御柱《おんばしら》祭（長野県諏訪大社）

十一日　薪能（～十二日。奈良市興福寺）、長良川鵜飼開き（岐阜市）

第2日曜　*母の日

十四日　あやめ祭（静岡県伊豆長岡町）、青柏《せいはく》祭（石川県七尾市大地主神社）、御旅祭（石川県小松市）、*練供養（奈良県当麻寺）

十五日　*賀茂祭（葵祭とも。京都市上賀茂・下鴨神社）、神田祭（東京都神田明神）

十六日　黒船祭（静岡県下田市）

十七日　日光山延年舞（日光市輪王寺）、東照宮春祭（日光市東照宮）

十八日　ホーランエンヤ（松江市稲荷神社）、千人武者行列（日光東照宮）、三社祭（東京都浅草。十八日に近い土・日曜に行う）

十九日　団扇《うちわ》撒き（奈良市唐招提寺）、三国まつり（～二十一日。福井県三国町）

二十一日　閻魔堂狂言（京都市引接《いんじょう》寺）

第3日曜　*三船祭（京都市車折神社）

二十三日　薪能（京都市平安神宮）

二十四日　楠公祭（神戸市湊川神社）

二十五日　化物祭（山形県鶴岡市天満宮）、湯島天神祭（東京都湯島）

二十八日　曾我どんの傘焼き（小田原市城前寺）

上卯の日　卯の葉神事（大阪市住吉大社）

月末日曜　蓮台渡し（島田市大井川）

三十一日　植木市（～六月一日。東京都浅草・富士浅間神社）

六月

一日　更衣、川渡《かわと》祭（～二日。福岡県久留米市高良神社）、氷室祭（熊本県八代神社）

二日　奈良あやめ祭、横浜開港記念日

五　日　県祭《あがた》（〜六日。宇治市県神社）
第1日曜　ペーロン（長崎市）、花田植（広島県千代田町）
九　日　綱引（佐賀県呼子町）、浅草鳥越神社大祭（東京都浅草）
十　日　*時の記念日、漏刻祭（大津市近江神宮）
十二日　つぼうさし（佐渡）、百万石祭（〜十四日。金沢市）
十四日　御田植祭《おたうえ》（大阪市住吉大社）
中　旬　山王祭（東京都日枝神社）
十五日　聖体行列（長崎市浦上天主堂）、ちゃぐちゃぐ馬っこ（盛岡市駒形神社）
十七日　三枝祭《さいぐさ》（奈良市率川《いさかわ》神社）
二十日　*鞍馬の竹伐（京都市鞍馬寺）
第3日曜　*父の日
二十四日　角兵衛獅子祭（新潟県月潟村）、愛宕神社千日詣（東京都愛宕神社）、御田植《おたうえ》神事（三重県伊雑宮《いぞうのみや》）
二十五日　鬼太鼓《おんでこ》（佐渡日吉神社）
三十日　夏越《なごし》、大祓《おおはらえ》、愛染祭（〜七月二日。大阪市四天王寺別院）、夏越《なごし》の祓《はらえ》（京都市上賀茂神社）
旧十七日　厳島神社管絃祭（広島県宮島町）

七月

一　日　*山開き、海開き、プール開き、御戸代神事（京都市上賀茂神社）、博多祇園山笠（〜十五日。福岡市櫛田神社）
六　日　入谷朝顔市（東京都下谷真源寺）
七　日　*七夕、平塚七夕まつり（神奈川県平塚市）、*硯洗＝御手洗《みたらし》祭（京都市北野神社）、蛙飛び（奈良県吉野町金峰山寺）
八　日　六道詣り（京都市珍皇寺）
七　日　*鬼灯《ほおずき》市（〜十日。東京都浅草観音）
十　日　大峰入行列（京都市聖護院）、祇園太鼓（北九州市小倉）、浅草観音四万六千日（東京都浅草）
十一日　石採祭（三重県桑名神社）、しろんご祭（三重県鳥羽市）
十二日　*草市、青柚祭（府中市大国魂神社）
十三日　*盂蘭盆、迎え火、靖国神社みたま祭（東京都靖国神社）、戸畑祇園山笠（〜十五日。北九州市）
十四日　那智の火祭＝扇祭（和歌山県熊野那智神社）、すすき念仏（神奈川県藤沢市遊行寺）、*巴里祭

十五日　*中元、*施餓鬼、水まつり（静岡県三島市）、鉱山祭（佐渡）、羽黒山花まつり（山形県羽黒神社）

十六日　送り火、*後の藪入り、*閻魔詣、*精霊流し

十七日　*祇園祭（京都市八坂神社）

二十日　海の記念日、東京港祭、団扇祭（熊谷市）、すもも祭（府中市大国魂神社）、鷺祭（二十七日も。島根県津和野町弥栄神社）、恐山大祭（～二十四日。青森県むつ市恐山円通寺）

二十二日　宇和島まつり・和霊大祭（～二十四日。愛媛県宇和島市）

二十三日　野馬《のま》追い（～二十五日。福島県相馬市ほか）

二十四日　神水取神事（鳥取県大神山神社）、笠鉾祭（田辺市闘鶏神社）

二十五日　虫干し（京都市吉田真如堂）、天満*天神祭（大阪市天満宮）、灯籠渡り（新潟県弥彦神社）、相川鉱山祭（～二十七日。佐渡）

二十七日　大山の夏山まつり（神奈川県伊勢原市阿夫利神社）、竜ケ崎祇園祭（茨城県竜ケ崎市）、貴船祭（神奈川県真鶴貴船神社）

二十八日　御田植祭（～二十九日。熊本県阿蘇神社）

第4土曜　オロチョンの火祭（北海道網走市）

第4土・日曜　津島祭（愛知県津島神社）

三十日　御船謡（萩市住吉神社）

三十一日　鷲のなごし（埼玉県鷲宮神社）、湖上祭（神奈川県箱根町芦ノ湖畔）、千日詣（京都市愛宕神社）、住吉祭（～八月一日。大阪市住吉大社）

八月

一日　灯籠流し（栃木県中禅寺湖）、ねぷた（～七日。弘前市）

三日　ねぶた（～七日。青森市）、奄美祭（～六日。名瀬市）

四日　港祭（函館市）、北野天満宮例祭（京都市）

五日　竿灯《かんとう》（～七日。秋田市）、湖上祭（山梨県河口湖）、山口提灯まつり（山口市）

六日　*原爆忌、広島平和祭、住吉祭（東京都佃島住吉神社）、七夕祭（仙台市）

七日　夏越神事（京都市下鴨神社）、数《す》方庭《ほうでい》祭（下関市忌宮神社）、大仏お身ぬぐい（奈良市東大寺）

八日　*迎鐘（京都市珍皇寺）

九　日　長崎原爆忌、よさこい祭（高知市）、絵馬市（高山市松倉観音）
十二日　阿波踊り（～十五日。徳島市）
十三日　田楽祭（東京都王子神社）、松山踊り（岡山県高梁市）、郡上《くじょう》踊り（～九月上旬。岐阜県郡上郡八幡町）
十四日　よされ盆踊り（青森県黒石市）、姫島盆踊り（～十七日。大分県姫島村）
十五日　*終戦記念日、樺火（盛岡市）、深川八幡祭（東京都深川八幡）、月の輪神事（安来市）、題目踊り（京都市湧泉寺）、精霊船（長崎市）、みちのく芸能まつり（北上市）、灯籠祭（～十七日。熊本県山鹿市大宮神社）
十六日　旧盆、*大文字送り火（京都市如意ヶ岳・小田原市明星ヶ岳）、九品仏お面かぶり（四年に一度、東京都世田谷浄真寺）
十八日　じゃんがら（長崎県平戸市）
二十日　玉取祭（広島県厳島神社）、鎌倉八幡宮祭
二十二日　新潟まつり（新潟市住吉神社）
二十三日　千灯供養（～二十四日。京都市化野念仏寺）
二十四日　*地蔵盆、六斎念仏（京都市堀川東空也堂）、綱火（茨城県伊奈村愛宕神社）、エイサー（旧盆。沖縄各地）
二十六日　一色大提灯祭（～二十七日。愛知県一色町諏訪神社）、吉田の火祭（富士吉田市浅間神社）
第4土曜　大曲花火大会（秋田県大曲市）
二十八日　大山の神楽舞（神奈川県伊勢原市）、大島の流人祭（東京都大島元町）
旧一日　*八朔の節供
土用丑の日　おきんじょ替え（熊本県日奈久温泉神社）

九月

一　日　*震災記念日、神幸祭（茨城県鹿島神宮）、*風の盆（～三日。富山県八尾《やつお》町）
一日頃　*二百十日
七　日　飾山囃子《おやまばやし》（秋田県角館町）
九　日　重陽の会
十一日　しょうが市＝だらだら祭（東京都芝大神宮）
十一日頃　二百二十日
十二日　放生会（福岡県筥崎宮）

十三日　十二社祭（千葉県一宮国前神社）
十四日　浜の市＝仲秋祭（大分市柞原八幡宮）、大綱引き（沖縄県糸満市）
十五日　*敬老の日、石清水祭（京都市石清水八幡宮）、随兵（熊本県藤崎八幡）、義経祭（京都市鞍馬寺）、鶴岡八幡宮例大祭（～十六日。鎌倉市）
十六日　流鏑馬《やぶさめ》（鎌倉市鶴岡八幡宮）
十九日　お熊甲《かぶと》祭（～二十一日。石川県中島町）
二十日頃　*秋彼岸入り
二十一日　こども神楽（新潟県三条諏訪神社）
第3土・日曜　せともの祭（愛知県瀬戸市）
二十二日　鎌倉宮薪能（鎌倉市）、灯籠人形（～二十四日。福岡県八女市）
二十三日　はだか祭（～二十四日。千葉県大原市）
二十三日頃　*秋分の日
二十五日　唐戸山相撲（石川県羽咋神社）
二十六日　*彼岸明け
旧九日　*温め酒、*菊供養（東京都浅草寺）

十月

一　日　更衣、*赤い羽根共同募金、田楽舞（和歌山県南広村八幡神社）、放生会（福岡県宗像神社）、ずいき祭（京都市北野神社）
三　日　農村歌舞伎（香川県小豆島）
四　日　提灯祭（～六日。福島県二本松市）
上　旬　角乗り（東京都深川）
上旬の日曜　鹿の角切り（奈良市春日大社）
七　日　おくんち・蛇《じゃ》踊り（～九日。共に長崎市諏訪神社）
九　日　金刀比羅宮大祭（香川県琴平町）、高山祭（～十日。岐阜県高山市）、那覇まつり（～十日。沖縄県）
十　日　日峯さん（佐賀県松原・佐賀両社）、フナグロ（長崎県壱岐島）、体育の日、双十節（横浜市中華街）
十二日　*お会式（十一日～十三日。東京都池上本門寺）、*牛祭（京都市太秦広隆寺）
十三日　曳山祭（滋賀県長浜市）
十四日　喧嘩祭（姫路市妻鹿神社）、川越まつり（～十五日。川越市）
中旬の金・土・日　島田帯祭（静岡県島田市）
十五日　御船祭（新宮市熊野速玉神社）

十七日　宝の市（大阪市住吉大社）、伊勢神宮神嘗祭、日光東照宮秋祭
十八日　靖国神社秋祭、津山まつり（〜二十三日。岡山県津山市）
十九日　*べったら市（東京都日本橋）、船岡祭（京都市建勲神社）
二十日　*えびす講、*誓文払い
二十二日　時代祭（京都市平安神宮）、鞍馬の*火祭（京都市由岐神社）
二十五日　有賀祭（茨城県大洗磯前神社）
二十八日　宇和津彦神社祭（〜二十九日。愛媛県宇和島市）

十一月

三　日　*文化の日、唐津おくんち（佐賀県唐津市）、もみじ祭（京都市嵐山）、闘犬喰合大会（高知市）、神楽祭（宮崎県天岩戸神社）、箱根大名行列（神奈川県箱根町湯本）
五　日　弥五郎どん（鹿児島県大隅町）、十夜念仏（〜十五日。京都市真如堂）
第1日曜　おはら祭（鹿児島市）
八　日　火焚祭（京都市伏見稲荷神社）、*ふいご祭（岐阜県関市）
十　日　神在祭（〜十七日。島根県出雲大社）
酉の日　*酉の市（計3回。東京都鷲《おおとり》神社）
第2日曜　嵐山もみじ祭（京都市）
十五日　*七五三祝、狩猟解禁
十八日　妙見《みょうけん》祭（熊本県八代市）
十九日　参候《さんぞろ》祭（愛知県設楽町）
二十一日　東本願寺報恩講（京都市東本願寺）
第3土曜　牡丹焚火（福島県須賀川牡丹園）
二十二日　神農祭（〜二十三日。大阪市少彦名神社）
二十三日　*勤労感謝の日、古伝新嘗祭（島根県出雲大社）
二十四日　大師講
二十七日　千体荒神（東京都品川海雲寺）
二十八日　鎮火祭（小田原市道了尊）

十二月

一　日　献茶祭（京都市北野神社）、歳末助け合い運動
三　日　諸手船《もろてぶね》神事（島根県美保神社）、秩父の夜祭

（埼玉県秩父神社）
八　日　*臘八会《ろうはちえ》、*納めの薬師、針供養、こと納め
九　日　*大根焚（〜十日。京都市了徳寺）、甘酒祭（大分県湯布院霧島神社）
十　日　大湯祭（大宮市氷川神社）、裸祭（岐阜市池上神社）
上　旬　遠山の霜月祭（長野県南信濃村・上村）
十三日　出代り、*煤はらい
十四日　やっさもっさ祭＝石津の火渡り（大阪石津戎神社）、義士祭（東京都高輪泉岳寺）
十六日　春日若宮おん祭（〜十八日。奈良市春日大社）
十七日　年の市、羽子板市（〜十八日。東京都浅草）
二十日　すす払い（京都市東・西本願寺）
冬至の日　*神農祭
二十三日　天皇誕生日
二十四日　クリスマス・イヴ
二十五日　*クリスマス、御身拭い（京都市知恩院）
二十七日　しめ飾り、門松立て
二十八日　餅つき、鉢敲き結願、御用納め
三十一日　年越、大祓、斎火祭（京都市平野神社）、鑽火祭（京都市北野神社）、鎮火祭（広島県厳島神社）、*なまはげ（秋田県男鹿市）、除夜の鐘、*オケラ詣（京都市八坂神社）、松例祭《しょうれい》（〜一月一日。山形県羽黒山）

忌日一覧

一月（及び旧暦一月）

九　日　青々忌（松瀬青々、俳人。昭和十二年没）
十九日　遷子忌（相馬遷子、俳人。昭和五十一年没）
二十日　乙字忌（大須賀乙字、俳人。大正九年没）
二十一日　久女忌（杉田久女、俳人。昭和二十一年没）
二十九日　草城忌（日野草城、俳人。昭和三十一年没）
三十日　白泉忌（渡辺白泉、俳人。昭和四十四年没）
旧一月六日　夕霧忌（遊女。延宝六年、一六七八没）
旧一月六日　良寛忌（僧侶・歌人。天保二年、一八三一没）
旧一月二十日　暁台忌（加藤暁台、俳人。寛政四年、一七九二没）
旧一月二十日　契沖忌（国学者・歌人。元禄十四年、一七〇一没）
旧一月二十日　義仲忌（源義仲、武将。寿永三年、一一八四没。義仲寺で修忌をおこなう）
旧一月二十五日　法然忌〔御忌〕（法然上人。建暦二年、一二一二没。修忌は四月十九日～二十五日）
旧一月二十七日　実朝忌（源実朝、将軍・歌人。承久元年、一二一九没。修忌は二月二十七日）

二月（及び旧暦二月）

一　日　碧梧桐忌（河東碧梧桐、俳人。昭和十二年没）
六　日　句仏忌（大谷句仏、僧侶・俳人。昭和十八年没）
七　日　瓜人《かじん》忌（相生垣瓜人、俳人。昭和六十年没）
八　日　節《たかし》忌（長塚節、歌人。大正四年没）
八　日　友二忌（石塚友二、俳人。昭和六十一年没）
十五日　利玄忌（木下利玄、歌人。大正十四年没）
二十日　鳴雪忌（内藤鳴雪、俳人。大正十五年没）
二十日　多喜二忌（小林多喜二、小説家。昭和八年没）

二十一日　泰忌（上野泰、俳人。昭和四十八年没）

二十二日　風生忌（富安風生、俳人。昭和五十四年没）

二十四日　不器男忌（芝不器男、俳人。昭和五年没）

二十五日　茂吉忌（斎藤茂吉、歌人。昭和二十八年没）

二十六日　朱鳥忌（野見山朱鳥、俳人。昭和四十五年没）

二十七日　良太忌（佐野良太、俳人。昭和二十九年没）

二十八日　逍遙忌（坪内逍遙、文学者。昭和十年没）

二十九日　三汀忌〔海棠忌〕（久米正雄、小説家。昭和二十七年没。修忌は四月第1日曜）

旧二月二日　光悦忌（本阿弥光悦、工芸家。寛永十四年、一六三七没）

旧二月二日　行基忌（法相宗僧侶。天平感宝元年、七四九没）

旧二月十五日　兼好忌（吉田兼好、歌人・随筆家。観応元年、一三五〇没）

旧二月十六日　西行忌（歌人。建久元年、一一九〇没）

旧二月二十二日　後鳥羽院忌（第八十二代天皇。延応元年、一二三九没）

旧二月二十四日　丈草忌（内藤丈草、俳人。元禄十七年、一七〇四没）

旧二月二十八日　利休忌（千利休、茶人。天正十九年、一五九一没）

旧二月三十日　其角忌（宝井其角、俳人。宝永四年、一七〇七没。修忌は三月三十日）

三月（及び旧暦三月）

三　日　立子忌（星野立子、俳人。昭和五十九年没）

三　日　草堂忌（山口草堂、俳人。昭和六十年没）

七　日　赤黄男忌（富沢赤黄男、俳人。昭和三十七年没）

十一日　宋淵忌（中川宋淵、禅僧・俳人。昭和五十九年没）

十四日　元麿忌（千家元麿、詩人。昭和二十三年没）

十七日　月斗忌（青木月斗、俳人。昭和二十四年没）

十七日　禅寺洞忌（吉岡禅寺洞、俳人。昭和三十六年没）

十七日　兜子忌（赤尾兜子、俳人。昭和五十六年没）

二十日　大石忌（大石良雄が遊興したという伝えにもとづき、祇園万亭（一力）で法要、供養）
二十六日　鉄幹忌（与謝野鉄幹、歌人・詩人。昭和十年没）
二十六日　犀星忌（室生犀星、詩人・小説家。昭和三十七年没）
旧三月十五日　梅若忌（謡曲「隅田川」の主人公。隅田川畔木母寺で修する）
旧三月十八日　人麿忌（柿本人麿、歌人。忌日は、伝えられるところによれば四月十八日。その日に人丸祭をおこなう）
旧三月二十一日　空海忌〔御《み》影《えい》供《く》〕（弘法大師、真言宗開祖。承和二年、八三五没。修忌は四月二十一日）
旧三月二十五日　蓮如忌（蓮如上人、僧侶。明応八年、一四九九没）
旧三月二十八日　宗因忌（西山宗因、連歌師・談林派俳人。天和二年、一六八二没）

四月（及び旧暦四月）

一　日　三鬼忌〔西東忌〕（西東三鬼、俳人。昭和三十七年没）
二　日　光太郎忌（高村光太郎、彫刻家・詩人。昭和三十一年没）
五　日　達治忌（三好達治、詩人。昭和三十九年没）
七　日　放哉忌（尾崎放哉、俳人。大正十五年没）
七　日　鷹女忌（三橋鷹女、俳人。昭和四十七年没）
八　日　虚子忌〔椿寿忌〕（高浜虚子、俳人。昭和三十四年没）
十三日　啄木忌（石川啄木、歌人。明治四十五年没）
十六日　康成忌（川端康成、小説家。昭和四十七年没）
二十日　百閒忌（内田百閒、小説家。昭和四十六年没）
三十日　荷風忌（永井荷風、小説家。昭和三十四年没）
旧四月十八日　北斎忌（葛飾北斎、浮世絵師。嘉永二年、一八四九没）
閏四月三十日　義経忌（源義経、武将。文治五年、一一八九没）
閏四月三十日　弁慶忌（武蔵坊弁慶、義経の家臣。文治五年、一一八九没）

五月（及び旧暦五月）

六日　万太郎忌〔傘雨忌〕（久保田万太郎、劇作家・俳人。昭和三十八年没）

六日　春夫忌（佐藤春夫、詩人・小説家。昭和三十九年没）

七日　健吉忌（山本健吉、評論家。昭和六十三年没）

八日　玄忌（斎藤玄、俳人。昭和五十五年没）

九日　泡鳴忌（岩野泡鳴、小説家。大正九年没）

十日　四迷忌（二葉亭四迷、小説家。明治四十二年没）

十一日　朔太郎忌（萩原朔太郎、詩人。昭和十七年没）

十一日　たかし忌（松本たかし、俳人。昭和三十一年没）

十三日　花袋忌（田山花袋、小説家。昭和五年没）

十六日　四明忌（中川四明、俳人。大正六年没）

十六日　透谷忌（北村透谷、詩人。明治二十七年没）

二十日　井泉水忌（荻原井泉水、俳人。昭和五十一年没）

二十八日　辰雄忌（堀辰雄、小説家。昭和二十八年没）

二十九日　晶子忌（与謝野晶子、歌人。昭和十七年没）

二十九日　多佳子忌（橋本多佳子、俳人。昭和三十八年没）

三十一日　青峰忌（島田青峰、俳人。昭和十九年没）

旧五月二十四日　蟬丸忌（琵琶の名手、歌人。伝承によりこの日が忌日とされる）

旧五月二十四日　頼政忌（源三位入道頼政、武将・歌人。治承四年、一一八〇没。修忌は六月二十四日、宇治平等院）

旧五月二十八日　業平忌（在原業平、歌人。元慶四年、八八〇没）

六月（及び旧暦六月）

二日　秋を忌（加倉井秋を、俳人。昭和六十三年没）

九日　武郎忌（有島武郎、小説家。大正十二年没）

十七日　波津女忌（山口波津女、俳人。昭和六十年没）

十九日　桜桃忌〔太宰忌〕（太宰治、小説家。昭和二十三年没）

二十三日　独歩忌（国木田独歩、小説家。明治四十一年没）

二十五日　白葉女忌（柴田白葉女、俳人。昭和五十九年没）

二十九日　爽雨忌（皆吉爽雨、俳人。昭和五十八年没）

旧六月二日　信長忌（織田信長、武将。天正十年、一五八二没。明智光秀に六月二日に討たれたが、新暦六月二日、京都大徳寺で修忌をおこなう）

旧六月二日　光琳忌（尾形光琳、画家。享保元年、一七一六没）

旧六月四日　最澄忌（伝教大師、天台宗開祖。弘仁十三年、八二二没）

旧六月十五日　季吟忌（北村季吟、俳人・歌学者。宝永二年、一七〇五没）

旧六月十五日　春信忌（鈴木春信、浮世絵師。明和七年、一七七〇没）

旧六月十六日　也有忌（横井也有、俳人。天明三年、一七八三没）

旧六月二十七日　秋成忌（上田秋成、物語作者。文化六年、一八〇九没）

七月（及び旧暦七月）

八　日　重信忌（高柳重信、俳人。昭和五十八年没）

八　日　敦忌（安住敦、俳人。昭和六十三年没）

九　日　鷗外忌（森鷗外、医師・文学者。大正十一年没）

十七日　茅舎忌（川端茅舎、俳人。昭和十六年没）

二十四日　河童忌〔我鬼忌〕（芥川龍之介、小説家。昭和二年没）

二十五日　不死男忌（秋元不死男、俳人。昭和五十二年没）

二十七日　零余子忌（長谷川零余子、俳人。昭和三年没）

三十日　露伴忌（幸田露伴、文学者。昭和二十二年没）

三十日　潤一郎忌（谷崎潤一郎、小説家。昭和四十年没）

三十日　左千夫忌（伊藤左千夫、歌人。明治四十五年没）

旧七月二十二日　世阿弥忌（世阿弥元清、能楽の大成者。嘉吉三年、一四四三没）
旧七月三十日　宗祇忌（飯尾宗祇、連歌師、俳諧の祖。文亀二年、一五〇二没）

八月（及び旧暦八月）

一日　古郷忌（村山古郷、俳人。昭和六十一年没）
三日　しづの女忌（竹下しづの女、俳人。昭和二十六年没）
四日　夕爾忌（木下夕爾、詩人・俳人。昭和四十年没）
五日　草田男忌（中村草田男、俳人。昭和五十八年没）
八日　普羅忌（前田普羅、俳人。昭和二十九年没）
八日　国男忌（柳田国男、民俗学者。昭和三十七年没）
十一日　千樫忌（古泉千樫、歌人。昭和二年没）
十三日　水巴忌（渡辺水巴、俳人。昭和二十一年没）
十七日　秋桜子忌（水原秋桜子、俳人。昭和五十六年没）
二十一日　辰之助忌（石橋辰之助、俳人。昭和二十三年没）
二十一日　林火忌（大野林火、俳人。昭和五十九年没）
二十二日　藤村忌（島崎藤村、詩人・小説家。昭和十八年没）
二十九日　夜半忌（後藤夜半、俳人。昭和五十一年没）
三十日　退蔵忌（潁原退蔵、俳文学者。昭和二十三年没）
旧八月二日　鬼貫忌（上島鬼貫、俳人。元文三年、一七三八没）
旧八月八日　守武忌（荒木田守武、俳諧の始祖。天文十八年、一五四九没）
旧八月九日　太祇忌（炭太祇、俳人。明和八年、一七七一没）
旧八月十日　西鶴忌（井原西鶴、俳人・浮世草子作者。元禄六年、一六九三没）
旧八月十二日　宗達忌（俵屋宗達、画家。寛永二十年、一六四三没）
旧八月十五日　素堂忌（山口素堂、俳人。享保元年、一七一六没）

旧八月十八日　秀吉忌（豊臣秀吉、武将。慶長三年、一五九八没）
旧八月二十日　定家忌（藤原定家、歌人。仁治二年、一二四一没）
旧八月二十三日　一遍忌〔遊行忌〕（一遍上人、時宗開祖。正応二年、一二八九没）
旧八月二十五日　吉野太夫忌（遊女。寛永二十年、一六四三没）

九月（及び旧暦九月）

一日　木歩忌（富田木歩、俳人。大正十二年没）
一日　夢二忌（竹久夢二、画家・詩人。昭和九年没）
三日　迢空忌（釈迢空＝折口信夫、歌人・国文学者。昭和二十八年没）
五日　小波忌（巌谷小波、小説家・童話作家。昭和八年没）
七日　鏡花忌（泉鏡花、小説家。昭和十四年没）
十日　みどり女忌（阿部みどり女、俳人。昭和五十五年没）
十七日　牧水忌（若山牧水、歌人。昭和三年没）
十七日　鳳作忌（篠原鳳作、俳人。昭和十一年没）
十七日　鬼城忌（村上鬼城、俳人。昭和十三年没）
十八日　蘆花忌（徳富蘆花、小説家。昭和二年没）
十九日　子規忌（正岡子規、俳人・歌人。明治三十五年没）
二十日　汀女忌（中村汀女、俳人。昭和六十三年没）
二十二日　かな女忌（長谷川かな女、俳人。昭和四十四年没）
二十六日　八雲忌（小泉八雲＝ラフカディオ・ハーン、文学者。明治三十七年没）
二十六日　秀野忌（石橋秀野、俳人。昭和二十二年没）
旧九月六日　広重忌（安藤広重、浮世絵師。安政五年、一八五八没）
旧九月八日　千代女忌（加賀千代女、俳人。安永四年、一七七五没）
旧九月十日　去来忌（向井去来、俳人。宝永元年、一七〇四没）
旧九月十三日　白雄忌（加舎白雄、俳人。寛政三年、一七九一没）
旧九月二十日　歌麿忌（喜多川歌麿、浮世絵師。文化三年、一八〇六没）

十月（及び旧暦十月）

三　日　蛇笏忌（飯田蛇笏、俳人。昭和三十七年没）

四　日　素十忌（高野素十、俳人。昭和五十一年没）

九　日　夢道忌（橋本夢道、俳人。昭和四十九年没）

十　日　素逝忌（長谷川素逝、俳人。昭和二十一年没）

十　日　山頭火忌（種田山頭火、俳人。昭和十五年没）

十一日　麦南忌（西島麦南、出版社員・俳人。昭和五十四年没）

二十一日　直哉忌（志賀直哉、小説家。昭和四十六年没）

二十六日　年尾忌（高浜年尾、俳人。昭和五十四年没）

二十七日　源義忌（角川源義、俳人・出版社社長。昭和五十年没）

三十日　紅葉忌（尾崎紅葉、小説家。明治三十六年没）

旧十月二日　宗鑑忌（山崎宗鑑、連歌師、俳諧の祖。天文二十二年、一五五三没）

旧十月五日　達磨忌（菩提達磨、禅宗初祖。永安元年、五二九没）

旧十月十二日　芭蕉忌〔時雨忌、桃青忌、翁忌〕（松尾芭蕉、俳諧の大成者。元禄十年、一六九四没）

旧十月十三日　嵐雪忌（服部嵐雪、俳人。宝永四年、一七〇七没）

旧十月十三日　日蓮忌（日蓮上人、日蓮宗開祖。弘安五年、一二八二没）

旧十月二十三日　几董忌（高井几董、俳人。寛政元年、一七八九没）

十一月（及び旧暦十一月）

二　日　白秋忌（北原白秋、詩人・歌人。昭和十七年没）

六　日　花蓑忌（鈴木花蓑、俳人。昭和十七年没）

六　日　桂郎忌（石川桂郎、俳人。昭和五十年没）

十一日　亜浪忌（臼田亜浪、俳人。昭和二十六年没）

十八日　秋声忌（徳田秋声、小説家。昭和十八年没）

十八日　白虹忌（横山白虹、俳人。昭和五十八年没）

十九日　成美忌（夏目成美、俳人。文化十三年、一八一六没）

二十一日　波郷忌（石田波郷、俳人。昭和四十四年没）
二十一日　孝作忌（滝井孝作、小説家。昭和五十九年没）
二十三日　一葉忌（樋口一葉、小説家。明治二十九年没）
二十四日　稚魚忌（岸田稚魚、俳人。昭和六十三年没）
旧十一月六日　馬琴忌（滝沢馬琴、戯作者。嘉永元年、一八四八没）
旧十一月十三日　空也忌（空也上人、踊念仏の開祖。天禄三年、九七二没）
旧十一月十五日　貞徳忌（松永貞徳、俳人。承応二年、一六五三没）
旧十一月十九日　一茶忌（小林一茶、俳人。文政十年、一八二七没）
旧十一月二十一日　一休忌（一休宗純、禅僧。文明十三年、一四八一没）
旧十一月二十二日　近松忌（近松門左衛門、歌舞伎・浄瑠璃作者。享保九年、一七二四没）
旧十一月二十八日　親鸞忌（親鸞上人、浄土真宗開祖。弘長二年、一二六二没）
旧十一月三十日　俊成忌（藤原俊成、歌人。元久元年、一二〇四没）

十二月（及び旧暦十二月）

九　日　漱石忌（夏目漱石、小説家。大正五年没）
十五日　青邨忌（山口青邨、俳人。昭和六十三年没）
十八日　憲吉忌（楠本憲吉、俳人。昭和六十三年没）
二十日　劉生忌（岸田劉生、画家。昭和四年没）
二十日　石鼎忌（原石鼎、俳人。昭和二十六年没）
二十四日　昭忌（三谷昭、俳人。昭和五十三年没）
三十日　横光忌（横光利一、小説家。昭和二十二年没）
三十一日　寅彦忌（寺田寅彦、物理学者・随筆家。昭和十年没）
三十一日　一碧楼忌（中塚一碧楼、俳人。昭和二十一年没）
旧十二月二十五日　蕪村忌〔春星忌〕（与謝蕪村、画家・俳人。天明三年、一七八三没）

二十四節気・七十二候

四季	二十四節気名	現行暦による大略の日取	七十二候（　）内は大略の日取	七十二候解説 中国	七十二候解説 日本	日本の気候 東京
初春	立《りっ》春《しゅん》	二月五日	初候（五―九）	東風凍《こおり》を解く	東風凍を解く	気温が上りはじめる
			二候（一〇―一四）	蟄《ちっ》虫《ちゅう》始めて振《うご》く	黄鳥睍睆《うぐいすさえずる》	椿が咲く
			三候（一五―一九）	魚氷《ひ》に渉《のぼ》る	魚氷《ひ》に上る	ふきのとうが出る
	雨《う》水《すい》	二月二十日	初候（二〇―二四）	獺《かわうそ》魚を祭る	土脈潤《うるお》い起る	うぐいすが鳴く
			二候（二五―二八）	鴻雁《こうがん》来たる	霞始めて靆《たなび》く	雲雀が鳴く
			三候（一―五）	草木萌え動く	草木萌え動く	気温が上り春らしくなる
仲春	啓《けい》蟄《ちつ》	三月六日	初候（六―一〇）	桃始めて華《ひら》く	蟄虫《ちっちゅう》戸を啓《ひら》く	ストーブをしまう
			二候（一一―一五）	倉庚《ひばり》鳴く	桃始めて笑う	あぶらなが咲く
			三候（一六―二〇）	鷹化して鳩と為る	菜虫《さいちゅう》蝶と化す	紋白蝶があらわれる
	春《しゅん》分《ぶん》	三月二十一日	初候（二一―二五）	玄鳥《つばめ》至る	雀始めて巣《すく》う	雪や氷がまれになる
			二候（二六―三〇）	雷乃《すなわ》ち声を発す	桜始めて開く	桃が咲く
			三候（三一―四）	始めて電《いなびかり》す	雷乃《すなわ》ち声を発す	そめいよしのが咲く

晩春		初夏		仲夏	
清《せい》明《めい》	穀《こく》雨《う》	立《りっ》夏《か》	小《しょう》満《まん》	芒《ぼう》種《しゅ》	夏《げ》至《し》
四月五日	四月二十日	五月五日	五月二十一日	六月六日	六月二十一日
初候（五―九） 二候（一〇―一四） 三候（一五―一九）	初候（二〇―二四） 二候（二五―二九） 三候（三〇―四）	初候（五―九） 二候（一〇―一四） 三候（一五―二〇）	初候（二一―二五） 二候（二六―三〇） 三候（三一―五）	初候（六―一〇） 二候（一一―一五） 三候（一六―二〇）	初候（二一―二六） 二候（二七―一） 三候（二―六）
桐始めて華《ひら》く 田鼠《でんそ》化して鴽《うずら》と為る 虹始めて見《あらわ》る	萍《うきくさ》始めて生《お》う 鳴鳩《めいきゅう》其羽を払《う》つ 戴勝《きくいただき》桑に降《くだ》る	螻蟈《かえる》鳴く 蚯蚓《みみず》出《い》づ 王瓜《からすうり》生ず	苦菜《にがな》秀《ひい》づ 靡草《びそう》(なずななどの枝葉の細かい草)死す 麦秋至る	蟷螂《かまきり》生まる 鵙《もず》始めて鳴く 反舌《うぐいす》声無し	鹿角《しかのつの》解《お》つ 蜩《せみ》始めて鳴く 半夏《はんげ》（からすびしゃく）生ず
玄鳥《つばめ》至る 鴻雁北《きた》す 虹始めて見《あらわ》る	葭《よし》始めて生ず 霜止み苗を出す 牡丹華《ひら》く	鼃《がま》始めて鳴く 蚯蚓出《い》づ 竹笋《たけのこ》生ず	蚕起きて桑を食う 紅花《べにばな》栄《さ》く 麦秋至る	蟷螂《かまきり》生まる 腐草《ふそう》蛍と為る 梅子《うめのみ》黄ばむ	乃東《うつぼぐさ》枯る(夏枯れの草) 菖蒲《しょうぶ》華《ひら》く 半夏生ず
汲みおいた水がぬるみだす つばめが来る 八重桜が咲く	雨蛙が鳴く 冬服をぬぐ 天気ほぼ安定し夏型になる	蚊が現われる あわせをセルに着がえる はりえんじゅが咲く	かっこうが鳴く セルをひとえに着がえる 蛍が現われる	入梅 夏服を着る かやをつる	紫陽花が咲く ひとえを浴衣に着がえる にいにいぜみが鳴く

晩夏	小《しょう》暑《しょ》	七月七日	初候（七—一二） 二候（一二—一六） 三候（一七—二二）	温風至る 蟋蟀《こおろぎ》壁に居る 鷹乃《すなわち》ち学《はづかい》を習う	温風至る 蓮始めて開く 鷹乃ち学を習う	向日葵が咲く 油蟬が鳴く 梅雨があける
	大《たい》暑《しょ》	七月二十三日	初候（二三—二八） 二候（二九—二） 三候（三—七）	腐《ふ》草《そう》蛍と為る 土潤《うるお》いて溽暑《むしあつ》し 大雨《たいう》時に行く	桐始めて華を結ぶ 土潤いて溽暑し 大雨時に行く	百日紅《さるすべり》が咲く 撫子が咲く 気温が最高になる
初秋	立《りっ》秋《しゅう》	八月八日	初候（八—一三） 二候（一三—一七） 三候（一八—二二）	涼風至る 白露《はくろ》降《くだ》る 寒蟬《つくつくほうし》鳴く	涼風至る 寒蟬《つくつくほうし》鳴く 蒙霧《くらききり》昇り降る	蟋蟀が鳴く すいれんが咲く 気温がさがりはじめる
	処《しょ》暑《しょ》	八月二十三日	初候（二三—二七） 二候（二八—一） 三候（二—七）	鷹乃《すなわ》ち鳥を祭る 天地始めて粛《しずま》る 禾《いね》乃《すなわ》ち登《みの》る	綿柎《わたのはな》開く 天地始めて粛《しずま》る 禾《いね》乃《すなわ》ち登《みの》る	浴衣をひとえに着がえる 台風が来る コスモスが咲く
仲秋	白《はく》露《ろ》	九月八日	初候（八—一三） 二候（一三—一七） 三候（一八—二二）	鴻雁《こうがん》来たる 玄鳥《つばめ》帰る 群鳥羞《しゅう》を養う	草露《そうろ》白し 鶺鴒《せきれい》鳴く 玄鳥《つばめ》去る	秋霖が始まる 夏服をぬぐ かやをしまう
	秋《しゅう》分《ぶん》	九月二十三日	初候（二三—二七） 二候（二八—二） 三候（三—八）	雷始めて声を収む 蟄虫《ちっちゅう》戸を坏《ふさ》ぐ 水始めて涸《か》る	雷乃《すなわ》ち声を収む 蟄虫戸を坏ぐ 水始めて涸る	ひとえをセルに着がえる せきれいが鳴く つくつくほうしが鳴きおわる

晩秋		初冬		仲冬	
寒《かん》露《ろ》	霜《そう》降《こう》	立《りっ》冬《とう》	小《しょう》雪《せつ》	大《たい》雪《せつ》	冬《とう》至《じ》
十月　八日	十月二十三日	十一月　八日	十一月二十三日	十二月　七日	十二月二十二日
初候（九—一三） 二候（一四—一八） 三候（一九—二三）	初候（二四—二八） 二候（二九—　二） 三候（三—　七）	初候（八—一二） 二候（一三—一七） 三候（一八—二二）	初候（二三—二七） 二候（二八—　二） 三候（三—　六）	初候（七—一一） 二候（一二—一六） 三候（一七—二一）	初候（二二—二六） 二候（二七—三一） 三候（一—　四）
鴻雁来賓《こうがんらいひん》す 爵《すずめ》大水に入りて蛤《はまぐり》と為る 菊に黄華《こうか》有り	豺乃《やまいぬすなわ》ち獣を祭る 草木黄落す 蟄虫咸《ちっちゅうことごと》く俯《ふ》す	水始めて氷る 地始めて凍る 雉《きじ》大水に入りて蜃《おおはまぐり》と為る	虹蔵《かく》れて見えず 天気上騰《のぼ》り地気下降《くだ》る 閉塞《へいそく》して冬を成す	鶡鳥《やまどり》鳴かず 虎始めて交《さか》る 茘挺《れいてい》（うまにら・ばりん）出《い》づ	蚯蚓《みみず》結ぶ 麋角《おおしかのつの》解つ 水泉《すいせん》動く
鴻雁来る 菊花開く 蟋蟀《こおろぎ》戸に在り	霜始めて降る 霎《こさめ》時に施《し》く 楓蔦《かえでつた》黄なり	山茶《つばき》始めて開く 地始めて凍る 金盞香《きんせんかんば》し	虹蔵《かく》れて見えず 朔風《さくふう》葉を払う 橘始めて黄なり	閉塞して冬を成す 熊穴に蟄《ちつ》す 鱖魚《さけ》群がる	乃東《うつぼぐさ》生ず 麋角解つ 雪下麦を出《いだ》す
秋霖があける セルをあわせに着がえる 汲みおいた水が冷えはじめる	菊が咲く 冬服を着る かえでが紅葉する	いちょうが黄葉する 初霜 天気ほぼ安定し冬型になる	桐が落葉する ストーブをたきはじめる 初氷	気温がさがりはじめる くちなしの実が紅熟 やぶこうじが紅染する	初雪 うめもどきが紅染する みかんがみのる

晩冬	
小《しょう》寒《かん》	大《たい》寒《かん》
一月五日	一月二十一日
初候（五—九） 二候（一〇—一四） 三候（一五—二〇）	初候（二一—二五） 二候（二六—三〇） 三候（三一—四）
雁北に郷《むか》う 鵲《かささぎ》始めて巣《すく》う 雉《きじ》雊《な》く	鶏乳《にゅう》す（卵をふせること） 征鳥《わたりどり》厲《と》く疾《はや》し 水沢腹《あつ》く堅し
芹乃《すなわ》ち栄ゆ 水泉動く 雉《きじ》始めて雊《な》く	款冬《つわぶき》華《ひら》く 水沢腹《あつ》く堅し 鶏始めて乳《にゅう》す
せりが出さかる 雨が降らず気温は最低に近い もっともさむい時期。雪も降る。	気温が最低になる 白梅が咲く すいせんが咲く

総索引

順序は新かなづかいによる。
（＊は本見出しを示す）

あ

う

か

き

け

し

す

ち

つ

な

に

ひ

ふ

へ

ま

ゆ

よ

ら

り

る

編者

平井照敏（ひらい・しょうびん）

一九三一―二〇〇三年。東京都生まれ。
俳人、詩人、評論家、フランス文学者。青山学院女子短期大学名誉教授。句集に『猫町』『天上大風』『枯野』『牡丹焚火』『多磨』、評論集に『かな書きの詩』『虚子入門』、詩集に『エヴァの家族』など。

本書は、『改訂版　新歳時記　新年』（一九九六年一二月刊、河出文庫）を判型拡大のうえ復刻した二〇一五年版を、さらにリサイズしたソフトカバー版です。

新歳時記　新年　軽装版

一九九〇年　一　月一〇日　初版発行
一九九六年一二月一六日　改訂版初版発行
二〇一五年　二　月二八日　復刻新版初版発行
二〇二一年　九　月二〇日　軽装版初版印刷
二〇二一年　九　月三〇日　軽装版初版発行

編　者――平井照敏
装　丁――松田行正＋杉本聖士
発行者――小野寺優
発行所――株式会社河出書房新社
〒一五一-〇〇五一
東京都渋谷区千駄ヶ谷二-三二-二
電話〇三-三四〇四-一二〇一（営業）
〇三-三四〇四-八六一一（編集）
https://www.kawade.co.jp/

印刷・製本――凸版印刷株式会社

Printed in Japan
ISBN978-4-309-02989-4